Tochter des Winters

CELTIC MAGIC
BUCH EINS

SKYE MACKINNON

AUS DEM ENGLISCHEN VON
AMALIA KRAFT

Peryton Press

FSC
www.fsc.org
MIX
Papier aus ver-
antwortungsvollen
Quellen
Paper from
responsible sources
FSC® C105338

Impressum

Tochter des Winters © 2022 Skye MacKinnon

ISBN: 9783754686980

Die Originalausgabe erschien 2017 unter dem Titel *Winter Princess*.

Verlag: Peryton Press, Laggary House, Helensburgh, Großbritannien.

Übersetzung: Amalia Kraft

Umschlaggestaltung: MiblArt

Satz: Peryton Press

perytonpress.com

skyemackinnon.de

Herstellung und Druck über tolino media GmbH & Co. KG, Albrechtstr. 14, 80636 München. Printed in Germany. Fragen zu Produktsicherheit an: gpsr@tolino.media.

Inhalt

Für meine Mama,
die in mir als Erste die Liebe zu Büchern entfacht hat.

Glossar

AA - dem ADAC vergleichbarer Automobilclub, der im Notfall Autofahrern Hilfe leistet

Aye - schottisch: Ja

Calanais - auch bekannt als die Callanish Standing Stones auf der Isle of Lewis, Äußere Hebriden

Cailleach - hexenartige Riesin/Göttin der keltischen Mythologie, die oft mit dem Winter in Verbindung gebracht wird

Notruf 999 - entspricht in Europa der 112

Cairn - eine keltische Begräbnisstätte, bzw. ein Grabhügel

Kilt - der berühmte »Schottenrock«, allerdings ausschließlich von Männern getragen

Lass(ie) - schottische Anrede für (besonders junge) Frauen

Loch - schottisch für *Lake* / See

Sporran - Tasche, die vorne über dem Kilt getragen wird

KAPITEL
Eins

Wenn ich den Leuten erzählen würde, dass meine Mutter die Königin des Winters ist, würden sie mich auslachen. Und wenn sie wüssten, dass ich zaubern kann, würden sie mich wahrscheinlich einsperren. Oder zumindest vor mir davonlaufen.

Nicht, dass ich etwa in einem Palast oder etwas Ähnlichem aufgewachsen wäre. Im Gegenteil, ich bin in einer völlig unauffälligen Doppelhaushälfte am Rande von Edinburgh, Schottlands Hauptstadt, groß geworden.

Heutzutage hat kaum jemand je von Beira, der Königin des Winters gehört. Sollte ich mich an Mutters Stelle deshalb beleidigt fühlen? Früher kannte sie jedes Kind. Man nannte sie die Mutter der Götter und Göttinnen, die Verschleierte, die Cailleach und – weniger schmeichelhaft – die alte einäugige Hexe. Man kann sich unschwer vorstellen, welchen Titel meine Mutter bevorzugt.

Trotz aller Legenden, die sich um sie ranken, sieht sie keineswegs wie eine alte Hexe aus. Sicher, sie ist alt – richtig steinalt, die genaue Zahl an Jahren kenne nicht einmal ich – aber sie ist dabei wunderschön.

Diese Gene hat sie mir leider nicht vererbt. Ich sehe ganz gewöhnlich aus, bin nichts Besonderes. Dunkle Haare, braune Augen, dazu ein paar Pfunde zu viel auf den Hüften, die ich jeden Morgen verfluche, wenn ich in meine Jeans steige. Aber auf diese Weise falle ich nicht weiter auf; denn es ist schon schwierig genug, meine Zauberkräfte zu verbergen, da muss nicht noch ein außergewöhnliches Äußeres dazukommen. So versuche ich, in allem etwas Positives zu sehen.

Meine Mutter und mein Vater sind die Einzigen, die über meine Abstammung Bescheid wissen. Sie sind natürlich nicht meine leiblichen Eltern, waren aber immer sehr viel fürsorglicher als meine leibliche Mutter es je war. Ich habe sie genau viermal im Leben gesehen. Gut, fünf, wenn man den Augenblick der Geburt mitzählt.

Ich erhalte jedes Jahr zwei Briefe von ihr, einen zu meinem Geburtstag, einen zur Wintersonnenwende. Sie feiert kein Weihnachten, denn das Christentum kam ja erst lange nach Beginn ihrer Herrschaft. Einundvierzig Briefe liegen im obersten Schubfach meines Schreibtischs, jeder von ihnen fleckig und zerknittert, so oft habe ich jeden einzelnen gelesen. Heute ist der zweiundvierzigste eingetroffen, rechtzeitig zu meinem morgigen Geburtstag, dem zweiundzwanzigsten.

Ich habe ihn noch nicht geöffnet, halte ihn aber seit nunmehr einer Stunde in Händen und kann mich nicht entscheiden, ob ich ihn lieber schnell öffnen und die Enttäuschung hinter mich bringen oder noch warten und damit die erneute Zurückweisung etwas hinauszögern soll. Jedes Mal beantworte ich einen solchen Brief ausführlich, schildere ihr mein Leben in allen Einzelheiten. Vielleicht bezwecke ich damit, dass sie sich schuldig fühlen soll, weil sie mich fortgegeben hat. Jetzt, wo ich älter bin, kann ich ihre Gründe dafür verstehen und habe ihr beinahe verziehen. Beinahe. Wenn sie es doch nur zuließe, dass ich zu ihr kommen und sie besuchen darf. Ich bitte sie in jedem meiner Briefe darum. Aber ich erhalte nie eine Antwort. Das tut weh.

Sie will dich nicht. Du bist es nicht wert, die Tochter einer Göttin zu sein.

Aber jetzt werde ich mein zweiundzwanzigstes Lebensjahr vollenden. Nach heidnischer Sitte werde ich damit volljährig. Morgen ist auch der Tag, an dem meine Zauberkräfte sich neu ausrichten werden.

Im Moment kann ich ein paar gewöhnliche Dinge tun – Kerzen entzünden, kleinere Objekte wie Bücher und Besteck schweben lassen (sehr nützlich, wenn ich den Tisch decken soll), mit der Kraft meines Geistes Türen öffnen. Ach ja, und Gefühle erraten – nicht Gedanken, obwohl ich bei den meisten Menschen ihre Gedanken von den Gefühlen ableiten kann. Ich wäre ein richtig guter Lügendetektor. Es machte mich bei meinen Lehrern während der Schulzeit nicht gerade beliebt, wenn ich mich mit ihren vorgefertigten Antworten auf die schwierigen Fragen der Schüler nicht zufrieden gab. Ja, die Lehrer mochten mich nicht besonders – und meine Mitschüler auch nicht. Wenn man jede Lüge und jedes Gerücht als solche entlarvt, hat man es als Teenager nicht leicht.

Ich weiß nicht, in welche Richtung sich meine Magie morgen entwickeln wird. Normalerweise verändert sie sich, verstärkt eine bestimmte Kraft und lässt alle anderen verschwinden. Deshalb können Feuermagier mit Wasser nichts anfangen, und so weiter. Ich habe viel darüber nachgedacht – auf welche Art von Magie könnte ich als erstes verzichten? Welche mag ich am liebsten? Welche Art von Magierin möchte ich sein?

Andererseits bin ich ja keine gewöhnliche Magierin. Meine Mutter ist schließlich eine Göttin – was mich zu einer

Halbgöttin macht. Obwohl ich darüber lieber Stillschweigen bewahre.

Von meiner Art gibt es nicht viele. Ehrlich gesagt kenne ich keine anderen noch lebenden Halbgötter. Sie sind mir nur aus alten Geschichten und Legenden bekannt, und die sind nicht immer sehr zuverlässig. In den meisten dieser Geschichten verfügen die Halbgötter über eine spezielle Zauberkraft, behalten aber – im Gegensatz zu normalen Magiern – auch einige der anderen Kräfte in geringerem Maße. Darauf hoffe ich auch für mich. Ich würde ungern auf die Telekinese verzichten. Schließlich habe ich seit Jahren die Vorhänge in meinem Zimmer nicht von Hand aufgezogen.

Ich befingere den Brief weiter, er weist schon einige Fettflecken auf. Ich sollte die Sache hinter mich bringen. Ich kenne doch ihr übliches »P.S. Du kannst mich leider dieses Jahr nicht besuchen« am Ende jedes Briefes. Der Rest wird das Übliche sein: Herzlichen Glückwunsch zum Geburtstag, sag mir, wenn du Geld brauchst, grüße deine Adoptiveltern von mir. Wenn ich Glück habe, fügt sie noch ein paar wenige Sätze über ihr eigenes Leben hinzu – also das in ihrer Funktion als Königin, nichts Privates. Ich weiß von meiner Mutter eigentlich gar nichts. Vor fünf Jahren habe ich sie das letzte Mal gesehen, und selbst da blieb sie nur einen Tag lang.

Ich seufze. Es bleibt mir ja nichts anderes übrig. Ich fahre mit dem Finger in den Schlitz oben am Briefumschlag und reiße ihn auf. Der eigentliche Brief ist mehrfach gefaltet, und ich öffne ihn mit einem flauen Gefühl in der Magengegend. Dickes Papier, macht einen teuren Eindruck. Aber als Königin kann man sich so etwas wohl leisten.

Ich überfliege das Schreiben und suche nach den mir wichtigsten Wörtern.

Und da sind sie.

Einige meiner mir ergebensten Wächter werden zu dir kommen
und dich am Abend des 25. Oktober abholen. Bereite dich bitte auf
einen Aufenthalt von einigen Wochen vor.

Wow. Ich könnte schreien vor freudiger Überraschung. Endlich, endlich werde ich das Reich sehen, mit eigenen Augen sehen, wo meine Mutter herrscht, werde mehr erfahren über – eigentlich alles. Magie, Götter, Dämonen und was es da sonst noch an übernatürlichen Wesen gibt. Ich lächele erleichtert. Diesmal keine Zurückweisung.

Dann lese ich den Brief noch einmal gründlich. Es gibt keine weiteren Informationen. Abgesehen von einem schnellen »Happy Birthday« zu Beginn war's das. Typisch. Einige Wochen also... Das werde ich mit meiner Uni klären müssen. Ich habe ein Doktorat angefangen, muss also keinen Unterricht ausfallen lassen, aber ich muss für meine Professoren einige Arbeiten von Studenten korrigieren. Und nach den Herbstferien soll ich einige Seminare selbst halten – jetzt bleibt mir genau ein Tag, das alles auf die Reihe zu bekommen. Danke auch, Mutter. Du hättest mir das unmöglich früher mitteilen können!

Ich schiebe den Brief sorgfältig zurück in den Umschlag und stecke ihn in die Tasche. Er wird bald seinen Geschwistern in der Schublade Gesellschaft leisten. Aber erst muss ich mit meinen Eltern reden.

Ich klettere aus dem Baumhaus – ja, ich bin beinahe 22, verbringe aber immer noch gern meine Zeit in dem Baumhaus, das mir mein Vater gebaut hat, als ich fünf war – und klopfe bei meinen Eltern an die Tür. Wir wohnen im selben Haus, aber das obere Stockwerk wurde für mich zu einer separaten Wohnung ausgebaut. Das war günstiger, als mir etwas anderes zu mieten, ich habe aber meine Privatsphäre, wenn ich möchte. Und das tue ich sehr oft.

Meine Eltern haben mir immer die nötige Freiheit gelassen.

Vielleicht, weil sie nicht meine leiblichen Eltern sind, obwohl sie mir nie das Gefühl gaben, nicht ihre ‚richtige' Tochter zu sein. Sie hätten das bei eigenen Kindern sicher genauso gehandhabt. Solange ich mich an einige grundsätzliche Regeln hielt und in der Schule gut war, konnte ich so ziemlich tun und lassen, was ich wollte. Was normalerweise auf das Einüben einiger Zaubertricks hinauslief – allerdings in den Feldern in der Nähe des Hauses (nachdem ich einmal fast das Wohnzimmer in Brand gesetzt hätte, gehörte dies zu den besagten grundsätzlichen Regeln).

»Herein«, ruft meine Mum, und ich gehe zu ihr in die Küche. Sie ist gerade dabei, Cupcakes zu backen – Schokoteig mit Schokofüllung und Schokoguss. Jetzt ratet mal, was ich am liebsten esse…

Ich gebe ihr einen Kuss auf die Wange. »Das riecht fantastisch.« Ich versuche, mir ein Küchlein zu schnappen, aber sie wedelt meine Hand weg.

»Die gibt es erst, wenn wir alle zusammensitzen.«

»Mama, morgen ist doch mein Geburtstag.«

»Genau. Morgen. Jetzt husch, geh und hol deinen Vater, während ich den Teekessel aufsetze.«

Er ist in seinem Arbeitszimmer und starrt auf den Bildschirm seines Computers. Er sieht müde und abgespannt aus. Seit wann ist mein Vater denn so alt?

Sie waren beide um die vierzig, als sie mich adoptierten. Sie wollten unbedingt ein Kind, und als man ihnen ein kleines Mädchen im Babyalter anbot, haben sie ohne zu zögern ja gesagt. Obwohl sie von Anfang an wussten, dass ich nicht so war wie alle anderen. Deshalb habe ich sie nur noch mehr geliebt.

Ich klopfe leise an den Türrahmen. »Papa, der Tee ist fertig. Kommst du zu uns ins Wohnzimmer?«

»Ja, gib mir noch fünf Minuten«, seufzt er und wendet sich wieder seinem Computer zu.

Wie ich ihn kenne, heißt das, ich muss in circa zehn Minuten noch einmal vorbeikommen und ihn holen. Bis dahin hat der Tee wenigstens die Temperatur, die er am liebsten mag: lauwarm, nachdem er Milch hinzugefügt hat.

Ich treffe meine Mutter im Wohnzimmer und lasse mich neben sie aufs Sofa fallen. Eine große Teekanne steht auf dem kleinen Beistelltisch, daneben der Teller mit Cupcakes. Die nächsten paar Minuten werden für mich qualvoll sein. Kann Papa denn nicht einmal im Leben pünktlich sein? Aber die Antwort darauf sollte ich nun wirklich kennen. Er forscht zu bioethischen Fragen an der Universität, und wenn er erst anfängt, ein Buch oder einen wissenschaftlichen Bericht zu lesen, kann ihn nichts und niemand aufhalten. Meine Mum ist Künstlerin, eine der wenigen, die von ihrer Malerei tatsächlich leben können. Das Gartenhäuschen ist zu ihrem Studio geworden, sie verbringt halbe Nächte darin. Zurzeit experimentiert sie mit fluoreszierenden Farben, weshalb sie lieber bei Dunkelheit arbeitet als tagsüber. Mein Schlafzimmerfenster geht direkt in den Garten hinaus, und wenn ich es im Sommer offen lasse, kann ich sie von Ferne summen hören. Gerade so, als würde sie mir unbewusst ein Wiegenlied singen.

»Was hast du morgen vor?«, fragt sie mich und legt mir den Arm um die Schulter. Sie mag Berührungen und ihre Umarmungen sind die schönsten der Welt. Ganz anders als mein Dad, der es lieber beim Händeschütteln belässt.

»Am Nachmittag treffe ich mich mit Gina zum Kaffeetrinken, vielleicht gehen wir danach noch in einen Pub. Ich wollte meinen Geburtstag eigentlich am Sonntag feiern, aber jetzt...«

Mir fällt gerade ein, dass ich ihr ja noch nichts erzählt habe.

Meine leibliche Mutter ist ein etwas heikles Thema hier im Haus. Wahrscheinlich werden meine Eltern nicht gerne daran erinnert, dass sie mich nicht gezeugt bzw. geboren haben. Weshalb ich sie in ihrer Gegenwart nie ‚Mutter' nenne.

»Beira hat mich zu sich eingeladen.« Das klingt so banal. Und nicht danach, dass dieses ‚zu sich' nicht auf der Erde sein wird und eher ein Ort als ein Haus ist. Zumindest hat sie mir das auf einem ihrer seltenen Besuche so gesagt. Im Alter von fünf Tagen wurde ich zu meinen Eltern gebracht, ich habe also keinerlei Erinnerung an das Reich der Götter. Ich wüsste nicht einmal, wie ich da hinkommen sollte. Was ich über diese magischen Welten weiß, stammt aus den Büchern, die mir Beira auf ihren Besuchen mitgebracht hat. Sie gingen nicht weiter ins Detail, aber ich habe daraus wenigstens ein paar Zaubertricks gelernt. Alles andere habe ich mir selbst durch Probieren beigebracht. Und nachdem ich festgestellt hatte, dass ich Dinge zum Explodieren bringen konnte, musste ich diese Experimente ins Freie verlegen, weit weg von allem, was zu Bruch gehen könnte. Wobei – ein Baum hat das auch einmal nicht überlebt; davon wissen meine Eltern natürlich nichts.

»Willst du hinfahren?«, fragt mich meine Mutter. Ihre Stimme klingt etwas zweifelnd.

»Ich glaube schon.« Ich versuche, zögerlicher zu klingen als mir eigentlich zumute ist. Ich will ihre Gefühle nicht verletzen, indem ich ihr jubelnd mitteile, dass ich es kaum erwarten kann, das Zauberreich zu erkunden, viel mehr über Magie zu erfahren und auch zu lernen, welche der Zauberwesen, von denen die Menschen immer reden, denn überhaupt existieren (ich war sehr enttäuscht als ich erfuhr, dass es Werwölfe gar nicht gibt. Ich habe mir immer gewünscht, solch einem heißen Wolfswandler einmal zu begegnen.)

»Sie wird mir morgen ein paar Leute schicken, die mich abholen sollen. Ich werde wohl ein paar Wochen weg sein.«

»Oh. Das ist aber … plötzlich.« Sie nimmt einen langen Schluck aus der Tasse und verbirgt so ihr Gesicht.

»Ich werde versuchen euch anzurufen, wenn das möglich ist. Keine Ahnung, ob Handys dort funktionieren. Aber es gibt bestimmt eine Möglichkeit, mit dieser Welt hier Kontakt aufzunehmen, und sei es durch Briefe.«

»Danke, mein Liebes. Ich weiß ja, dass du jetzt erwachsen bist, aber bei all diesem – Zauberzeugs, muss ich doch wenigstens wissen, dass es dir gutgeht.«

»Wird schon nichts passieren, Mama. Mach dir keine Sorgen.«

Mit einem entschlossenen Lächeln trinkt sie aus und steht auf. »Komm mal einen Moment mit mir, ich muss dir etwas zeigen.«

Ich stelle meine eigene Tasse ab und folge ihr nach draußen, durch den Garten und in ihr ‚Studio‘. Große Leinwände bedecken die Wände, und die Regale quellen über vor Farben und anderen Künstlerbedarfsartikeln. Dies ist der einzige etwas chaotische Raum im Reich meiner Eltern. Sonst ist alles peinlich sauber und aufgeräumt, hier aber herrscht kreatives Chaos.

Meine Mutter führt mich zu einer mit einem Tuch verhängten Staffelei. »Ich wollte dir das eigentlich morgen geben, aber jetzt … also, wir wissen ja nicht, wann genau die kommen um dich abzuholen, deshalb will ich es dir schon heute zeigen.«

Sie zieht vorsichtig an dem weißen Tuch (das war mit ziemlicher Sicherheit mal ein Betttuch), und es kommt ein Gemälde auf einer großen Leinwand zum Vorschein.

Mir verschlägt es den Atem. Dann lache ich. Und lächele. Und muss beinahe weinen. Bevor ich sie umarme.

Nachdem die ersten Emotionen etwas abgeklungen sind, sehe ich mir das Werk genauer an. Eine gemalte Wyn starrt mir entgegen. Wenn man davon absieht, dass sie in allen

Regenbogenfarben gemalt ist, ist es gerade so, als blickte ich in einen Spiegel. Meine Mama ist genial. Aber das Besondere an diesem Bild sind die weichen, eng miteinander verschlungenen weißen Linien, die mich umschweben. Magie. Auch wenn sie selbst diese Wellen nicht sehen kann, hat sie sie doch so realistisch gemalt, dass es scheint, als könnten sie sich von der Leinwand lösen und etwas ganz Außergewöhnliches zum Leben erwecken.

»Du hast das Beste noch nicht gesehen«, lacht sie und löscht das Licht. Vollständige Dunkelheit umgibt uns - nein, Moment mal, keine vollständige. Sobald sich meine Augen daran gewöhnt haben, verwandelt sich das Gemälde. Mir verschlägt es die Sprache, als mir klar wird, was sie getan hat. Mein gemaltes Ich hat sich in einen einfachen weißen Umriss auf schwarzem Grund verwandelt, während die zauberhaften Ranken farbenfroh leuchten und aus mir heraus wachsen, mich aber gleichzeitig sanft in den Arm zu nehmen scheinen.

»Wie hast du das…?« Mir fehlen die Worte, was mir nicht besonders oft passiert. Das muss ich mir später im Kalender rot anstreichen.

»Zwei Jahre Experimentieren«, sagt sie stolz. Ich höre, wie sie zum Lichtschalter geht, bitte sie aber, das Licht noch ein paar Augenblicke aus zu lassen.

Endlich bin ich nicht mehr die Einzige, die die Magie sehen kann. Sie ist hier vor mir, auf dem Papier. Es ist wie ein Beweis, dass es sie gibt, dass sie – beinahe normal ist.

KAPITEL

Zwei

An Geburtstagen wecken mich meine Eltern normalerweise gemeinsam mit einer Tasse Tee, einem Teller voller Pfannkuchen und einer Kerze.

Das ist schon so lange eine Familientradition, dass ich jetzt, wo ich von selbst aufwache und mich allein in meinem dunklen Schlafzimmer wiederfinde, ein ganz merkwürdiges Gefühl bekomme. Ich knipse die Nachttischlampe an und sehe mich um. Da ist alles wie immer. Keine furchteinflößenden Monster unter dem Bett – hoffe ich zumindest, nachgeschaut habe ich nicht. Ich sehe aufs Display meines Handys und seufze. Es ist fünf Uhr früh. Also weiterschlafen.

»Herzlichen Glückwunsch, Wyn«, flüstere ich mir zu und mache das Licht wieder aus.

Und halte ich vor Schreck den Atem an.

Mein Körper verkrampft sich. Jeder Muskel ist gespannt, und ich finde mich plötzlich in Embryonalstellung wieder, Arme und Beine um meinen Rumpf geschlungen. Ein stechender Schmerz durchfährt meinen Kopf, aber ich kann meinen Mund nicht öffnen um zu schreien. Ich spüre, wie sich meine Fingernägel in die Handflächen graben und bin mir sicher, dass sie die Haut aufgerissen haben. Mir tut der Brustkorb weh, ich kann nicht atmen. Ich versuche, nach Luft zu schnappen, aber meine Lungen wollen sich nicht füllen. Ich bin in mich selbst eingeschlossen, schreie innerlich, denn ich drohe in diesem Schmerz zu versinken. Sterbe ich gerade? Ist dies das Ende?

Dann entspannen sich meine Muskeln schlagartig, und rasselnd kann ich auch wieder einatmen. Ich tue es mit Genuss, lasse die Luft tief in meine Lungen einströmen. Mir tut der gesamte Körper weh von dieser unfreiwilligen Anstrengung. Ich liege bewegungslos auf dem Bett und versuche nur, ruhig zu atmen. Was verdammt nochmal war das? Eine körperliche Krankheit oder irgendeine Zauberei, die schiefgelaufen ist?

Meine Kehle ist ganz ausgetrocknet, und mir ist ein wenig schwindelig. Ich stehe langsam auf und taste mich durch die dunkle Wohnung zu meiner Küchenzeile. Dort gieße ich mir ein Glas Wasser ein und trinke es in einem Zug aus. Ich lehne mich an die Arbeitsplatte; mein Herz schlägt noch immer viel zu schnell. Die Hand, die das Glas hält, zittert sichtlich. Ich habe Angst. Ob ich meine Eltern wecken soll? Aber das ist vielleicht übertrieben. Könnte sich als überflüssig erweisen.

Falsch.

Ich breche auf dem Fußboden zusammen, mein Körper erschlafft völlig. Dabei verliere ich nicht das Bewusstsein, ich nehme alles vollständig wahr, habe aber keine Gewalt mehr über meinen Körper. Aber zumindest tut dieses Mal nichts weh. Ich spüre nämlich gar nichts, keine Hitze, keine Kälte, kein Kribbeln. Nichts. Es ist, als wäre ich komplett von meinem Körper getrennt, der da hilflos auf dem Küchenfußboden zusammengekrümmt liegt.

Dann fängt das Geklapper an. Es kommt aus den Küchenschränken – ein Klopfen, Rasseln, Schlagen. Eine der

Schranktüren fliegt auf, und es kommen vier Weingläser heraus geschwebt, trudeln durch die Luft und stoßen mit wunderschönem Klang sanft aneinander. Danach folgen meine Bechertassen. Und es öffnet sich ein weiterer Schrank. Mit lautem Knall kommt ein Teller herausgeflogen und zerschellt an der gegenüberliegenden Wand, zerbirst in hunderte kleiner Scherben. Weitere Teller zerstören sich auf diese Weise im Kamikaze-Stil, es regnet Bruchstücke auf mich herab. Ich weiß nicht einmal, ob sie mich schneiden, spüre ja nichts. Das Klopfen in meinen Schubläden wird lauter bis auch sie sich öffnen und mein Besteck hervorgestürzt kommt. Die Messer formieren sich zu einem Schwarm, während die Gabeln sich zu einem Line Dance bereit zu machen scheinen. Das muss ein Traum sein. Nur im Traum können Gabeln tanzen.

Es klopft laut an meine Tür, und ich höre meinen Vater rufen, kann aber nicht antworten. Ich bin gefangen im eigenen Körper und umgeben von fliegendem Geschirr. Aus dem Klopfen wird ein Hämmern, und dann wird die Tür mit einem Satz aufgestoßen. Gleich darauf stehen meine Eltern mit aufgerissenen Augen und Mündern in der Küchentür. Das muss ein denkwürdiger Anblick sein!

»Wyn?«, sagt meine Mutter fragend und mit zittriger Stimme. »Warum bewegst du dich nicht?«

Plötzlich sammelt sich das Messer-Heer in der Luft und bildet offensichtlich eine Angriffsformation, mit meinen Eltern als Ziel. Mein großes Brotmesser setzt sich an die Spitze. Die Messer zittern, dann schießt das erste von ihnen vorwärts, direkt auf den Kopf meines Vaters zu.

NEEEEIIIIN! Ich schreie in meinem Kopf, und mit einem gewaltigen Krach fallen die Messer mitten im Flug zu Boden, genau wie mein übriges Geschirr. Ein Teller schlägt direkt neben mir auf, ich spüre, wie sich eine Scherbe in meine Wange bohrt. Tut verdammt weh, aber ich begrüße diesen Schmerz, bedeutet er doch, dass ich wieder etwas fühle. Ich bewege die Finger, die langsam meinem Willen gehorchen. Mit der Bewegungsfähigkeit kehren allerdings auch die Schmerzen zurück. Mir ist, als hätte ich gerade einen Meteorschauer überlebt. Ich bin mit Kratzern übersät, meine Kleider sind von Glas- und Porzellanscherben zerfetzt. Alles in allem ist die Wunde in meiner Wange aber wohl die tiefste.

Meine Eltern stehen immer noch im Eingang und starren auf das Tohuwabohu, das einmal meine Küche war.

»Wyn?«, krächzt mein Vater. »Was war das?«

»Ist alles in Ordnung mit dir?«, flüstert Mum.

Ich nicke nur, habe die Sprache noch nicht wiedergefunden. Und weiß sowieso keine Antwort auf die Frage. Meine telekinetischen Fähigkeiten erlauben mir normalerweise, einen einzigen Teller zum Schweben zu bringen. Wenn ich mich stark konzentriere auch einmal zwei, dann aber nur für ein paar Sekunden. Das hier ist verrückt.

Ich raffe mich langsam auf, wische mir die Scherben von der ruinierten Kleidung. Meine Küchenschränke sind leer, ihr Inhalt liegt völlig zerstört auf dem Fußboden. Das Einzige, was noch steht, ist das Wasserglas auf der Anrichte, aus dem ich vorhin getrunken habe.

Mir kommen die Tränen beim Anblick dieser Zerstörung, die anscheinend ich verursacht habe. Ich wusste immer, dass Zauberei gefährlich sein kann, aber doch nicht auf diese Art. Was, wenn die Messer nicht innegehalten hätten? Was, wenn meine Eltern verletzt worden wären – oder Schlimmeres?

Tränen laufen mir die Wangen hinab, mischen sich mit dem Blut, das aus dem Schnitt sickert. Ich blicke an mir hinunter und sehe, dass mein Shirt schon blutdurchtränkt ist, von der Schnittwunde und den vielen kleinen Kratzern, die ich davongetragen habe.

Ein Schluchzen entringt sich mir, und sofort nimmt mich

meine Mutter in die Arme und hält mich fest, während ich weine. Sie stellt mir keine Fragen, wofür ich ihr unendlich dankbar bin. Im Augenblick will ich einfach nur trauern. Ein bisschen Selbstmitleid macht die Situation vielleicht besser.

Aber es ist noch nicht vorbei.

Diesmal sind es Kopfschmerzen. Aber keine gewöhnlichen – es sind brennende, schier explodierende, alles vernichtende Kopfschmerzen.

Meine Knie geben nach, und ich kann meinen Eltern gerade noch zuflüstern »Geht weg von mir«. Falls dies wieder ein Anflug von magischen Kräften ist, sollen sie nicht in meiner Nähe sein. Schließlich habe ich meinen Vater schon einmal fast umgebracht, und noch ist die Sonne nicht aufgegangen.

Sie treten einen Schritt zurück, und ich falle sanft auf den Boden. Diesmal behalte ich zwar die Kontrolle über meinen Körper, aber angesichts der fürchterlichen Kopfschmerzen macht das wenig Unterschied. Ich kneife die Augen zu, versuche, kein Licht einzulassen. Dies ist nicht meine erste Migräne, aber so schlimm war es noch nie. Mir zerspringt der Kopf, und ich kann nichts dagegen tun.

»Wyn«, höre ich wie aus der Ferne. »Wyn, du musst damit aufhören!«

Keine Ahnung, was er damit meint. Ich kann die Augen nicht öffnen, kann nichts hören, da sind nur die Schmerzen und das Rauschen meines Blutes in den Ohren.

»Wyn, schau bitte, du musst das beenden!«

Ihre Stimmen klingen immer verzweifelter, aber ich liege am Boden, gefangen in meinen Qualen. Ich rieche etwas, aber mein Verstand ist nicht klar genug, um zu erkennen, was es ist. Die Stimmen meiner Eltern werden leiser, bis sie ganz verschwinden. Ich bin allein, sonst ist da nur der Schmerz. Um mich herum beginnt es jetzt zu brüllen und zu tosen, der Geruch wird stärker.

Es brennt. Ich rieche es. Mit äußerster Kraftanstrengung gelingt es mir, die Augen ein wenig zu öffnen. Der Lichtschein lässt mich beinahe bewusstlos werden. Es ist zu hell, viel zu hell. So hell dürfte es in meiner Wohnung gar nicht sein. Ich brauche einen Moment, bis ich verstehe.

Feuer.

Ein großes Feuer.

Ohne Vorwarnung verschwinden die Schmerzen plötzlich, und ich reiße die Augen auf, empfange wieder alle Sinneseindrücke. Ich bin von einem Feuerkreis umgeben – die Flammen schlagen bis an die Decke hoch. Irgendwie bleibt der Rauch aber außerhalb des Kreises, sonst hätte ich wahrscheinlich schon das Bewusstsein verloren. Ich konzentriere mich, wie ich das immer tue, wenn ich versuche, eine Flamme zu entzünden. Aber ich kann bisher eine Kerze nur anzünden, habe noch nie versucht, sie zu löschen.

Aufhören, bitte aufhören, flehe ich im Geiste, aber es ändert sich nichts. Die Flammen scheinen eher noch kräftiger zu lodern. Meine Küche gibt es nicht mehr, und durch die flirrende Hitze sehe ich, dass sich das Feuer auf den Rest der Wohnung ausgebreitet hat. Mich umgibt ein Flammenmeer. Selbst wenn ich diesen Kreis verlassen könnte, würde ich hier niemals lebend herauskommen. Ich hoffe nur, dass es meine Eltern rechtzeitig geschafft haben.

»Mama! Papa!«, rufe ich, aber die tosenden Flammen übertönen meine Schreie. Ich mache einen Schritt nach vorne in der Hoffnung, dass der Flammenkreis die Bewegung mitmachen würde. Stattdessen verbrenne ich mir die Finger an der Feuerwand. Ich stecke sie in den Mund und konzentriere mich wieder auf die Flammen. Aufhören. Löschen. Ende.

Es funktioniert nicht. Über mir kracht die Decke, sie wird wohl bald herabstürzen und mich unter sich begraben. Aber zumindest bewegt sich Feuer nach oben, hat sich also vielleicht noch nicht in der Wohnung meiner Eltern eine Etage tiefer ausgebreitet. Vielleicht bricht der Fußboden nicht ein und sie werden weiter hier wohnen können, wenn ich fort bin – wenn ich hier alles abgefackelt habe, einschließlich meiner selbst.

Rußige Tränen laufen mir übers Gesicht. Wie konnte das alles nur so außer Kontrolle geraten? Hat meine leibliche Mutter davon gewusst? Warum hat sie mich nicht gewarnt? Warum hat mich überhaupt niemand gewarnt, dass meine Zauberkräfte dies auslösen könnten? Wenn ich es gewusst hätte, dann hätte ich diese Nacht woanders verbracht, irgendwo abseits in einem Feld, wo ich niemandem schaden könnte.

Obwohl ich keinerlei Kontrolle über das Feuer habe, spüre ich doch, wie es mir die Energie raubt. Es zehrt an mir. Meine Beine schwanken, aber ich bleibe stehen. Ich will nicht als mitleiderweckendes Häufchen auf dem Fußboden liegend mein Ende erwarten. Dann lieber dem Tod aufrecht stehend ins Auge sehen.

Der Flammenkreis um mich herum verengt sich, die Feuerwände rücken näher. Die Hitze wird unerträglich, und ich rieche mein verbranntes Haar.

Das wird wohl das Ende sein.

Ich bereite mich innerlich darauf vor. Früher hat man Hexen auf dem Scheiterhaufen verbrannt. Jetzt also werde ich brennen. Meine magischen Kräfte bringen mich um. Welche Ironie des Schicksals!

Ich werde schwächer, aber wenn ich jetzt hinfalle, werden mich die Flammen verzehren. Ich muss stark bleiben.

Ferne Stimmcn.

Dann Gestalten, vier Silhouetten, die durch das Feuer hindurch spazieren, ohne Schaden zu nehmen. Die Flammen weichen ihnen aus – außer denen direkt um mich herum. Als sie dicht um mein heißes Gefängnis herum stehen, sehe ich, dass sie alle junge Männer sind, etwas größer gewachsen als normal; mehr sehe ich von ihnen durch den Rauch hindurch nicht.

Einer von ihnen sagt etwas, aber ich kann ihn durch die Flammen hindurch nicht verstehen. Ich versuche, meine Hand ans Ohr zu legen und ihm so zu bedeuten, dass ich ihn nicht hören kann, aber das Feuer ist wieder dichter an mich herangerückt, und ich verbrenne mir die Hand, schreie auf. Er ruft wieder etwas, und dann laufen sie um die Feuersäule herum, bis sie einen Kreis um sie bilden. Vier Männer, symmetrisch aufgestellt wie auf einem Kompass.

Ich spüre etwas in der Luft, wie eine sanfte Briese, die meine Wange streichelt. Dann wird etwas von mir weggerissen, und ich verliere das Bewusstsein.

Dunkelheit.

Als ich aufwache, ist es kalt. Ich muss nicht lange überlegen, was geschehen ist, die Erinnerungen sind sofort wieder präsent. Das Feuer, das fliegende Besteck, die Hitze, Furcht, Schmerz. Vollständiges Chaos. Ein Gefühl der Hilflosigkeit. In der Falle. Mir läuft eine Träne übers Gesicht, aber auch sie ist jetzt bedeutungslos.

»Hey, nicht doch«, flüstert eine tiefe Stimme. Ich blicke auf und sehe vier Männer auf mich niederstarren. Hinter ihnen stehen meine Eltern. Durch ihre Beine hindurch erkenne ich meine Straße. Der Himmel ist voller dunkelgrauem Rauch, Brandgeruch liegt in der Luft. Offensichtlich ist das Feuer nicht verschwunden, als ich das Bewusstsein verlor. Es ist immer noch dabei, mein Elternhaus zu verschlingen.

»Wie fühlst du dich?«, fragt derselbe Typ wie vorhin und legt mir sanft die Hand auf die Stirn. Er kniet neben mir, seine hellblauen Augen sehen mich forschend an. Sie sind so blau wie das Meer, mit türkisenen Sprengseln um die Pupillen herum. Ich habe noch nie solche lebhaften Augen gesehen. Sein blondes Haar fällt ihm wirr in die Stirn, sieht aus, als sei er gerade erst aufgestanden – aber wahrscheinlich ist dieser Effekt gewollt und hat ihn Stunden vor dem Spiegel gekostet. Sein Gesicht ist von perfekter Symmetrie, die Haut makellos. Mir ist sofort klar, dass dies kein normaler Mensch sein kann. Aber ein Magier ist er auch nicht, denn die sehen äußerlich wie Menschen aus. Und selbst wenn einige mit ihren besonderen Kräften ihr Aussehen ändern können, würden sie doch nie ein so perfektes Ergebnis erzielen.

Er zieht seine warme Hand von meiner Stirn zurück, was mich sofort frösteln lässt. Schon merkwürdig – vor kurzem erst bin ich beinahe verbrannt, und jetzt ist mir kalt. Meine Zähne beginnen zu klappern, und überall am Körper bekomme ich Gänsehaut.

»Achtung, sie hat wieder einen Schub«, sagt ein anderer, und vier Paar Füße treten von mir zurück. Ist wahrscheinlich besser so. Ich bin eine Gefahr für andere. Hätte fast meine Eltern umgebracht.

Die Kälte breitet sich im ganzen Körper aus. Mein Atem wird in einer kleinen Wolke sichtbar. Ich zittere unkontrolliert. Etwas berührt meine Wange, und als ich aufschaue, sehe ich Schneeflocken auf mich herabrieseln. Sie kommen aus einer Art milchiger Blase, die die Sonne verdeckt. Es ist, als befände ich mich in meinem eigenen kleinen Mikroklima. Ich kämpfe gegen das Kälteschlottern an, rolle mich auf die Seite und richte mich auf. Die halb durchsichtige Kuppel ist größer als ich und ungefähr zweimal so breit.

Davor stehen Leute – die vier Männer, meine Eltern, und dann erkenne ich noch einige unserer Nachbarn, die aus ihren Häusern gekommen sind. In der Ferne klingen Sirenen, aber mir ist zu kalt, als dass mich das weiter kümmerte. Im Innern der Blase bilden sich Eisblumen und nehmen mir die Sicht. Es ist, als baue jemand ein Iglu um mich herum. Mir tut schon der Kiefer weh vom Zähneklappern. Hände und Füße sind taub vor Kälte. Der auf mich fallende Schnee wird dichter, die Flocken härter. Sie ähneln allmählich Hagelkörnern.

Plötzlich stößt etwas gegen die Kuppel. Noch ein Schlag, diesmal von der anderen Seite. Hände pressen gegen die milchige Substanz, vier Paar Hände. Wie zuvor bei der Feuersäule stehen sie in jeder der Himmelsrichtungen – vier Männer, die gegen meine Magie ankämpfen.

Die Kuppel beginnt zu zittern, breite Risse erscheinen an ihrer Oberfläche. Mit durchdringendem Krachen bricht sie in sich zusammen und bedeckt mich mit Eiskristallen und einem Haufen Schnee.

Auf einen Schlag scheint sämtliche Energie aus mir zu weichen, meine Beine geben nach. Bevor meine Knie auf den Boden schlagen, umschlingen mich Arme und ziehen mich wieder hoch. Sie sind warm, beinahe heiß und ziehen mich an einen noch wärmeren Körper. Ich zittere noch immer vor Kälte und lehne mich an diese Wärme, reibe mich an ihr, will die Kälte loswerden, die auch meinen Verstand immer noch im Griff hat.

Über mir räuspert sich jemand. Ich schaue auf und mache einen Satz nach hinten. Das war ein unbekannter Mann, gegen den ich mich da gepresst habe, und er lacht mich an. Huch. Aber er war warm, das ist eine gute Entschuldigung. Und schließlich hat er mich an sich gezogen. Ich hatte nichts damit zu tun, bin total unschuldig.

Und weshalb schäme ich mich dann? Ich reibe mir die Arme, vermisse die Hitze seines Körpers. Aber jetzt verschwindet die kalte Luft und macht einer warmen Briese Platz, die mich sanft streichelt. Ich seufze zufrieden und schließe die Augen, und es ist mir vollkommen gleichgültig, wie viele Augenpaare sicherlich auf mich gerichtet sind. Die Wärme tut so gut! Wenn es nicht nur Luft wäre, würde ich sie umarmen.

»Durch wie viele Schübe ist sie durch?«, fragt eine unbekannte männliche Stimme.

»Schübe?«, fragt mein Vater zurück.

»Das Eis war einer, das Feuer ein weiterer. Ist davor noch etwas passiert?«

»Ja doch, sie hat die Küche zertrümmert. Hat Messer zum Fliegen gebracht.«

»Luft, Feuer, Eis. Da bleiben nicht mehr viele.«

Wie bitte? Da kommt noch mehr auf mich zu? Das kann ich nicht, nicht noch einmal. Ich bin total erschöpft und habe schließlich schon einmal das Bewusstsein verloren. Ich will nur noch zurück in mein Bett, das alles hier vergessen und wieder normal sein. Also nicht im menschlichen Sinne normal, das werde ich nie sein. Aber eben für eine Halbgöttin normal.

Als mir wieder warm ist, verschwindet der milde Luftstrom um mich herum. Ich öffne die Augen. Die vier Männer stehen in einer Reihe da und beobachten mich. Einer von ihnen, mit langem schwarzem Haar und einem schwarzen Umhang bekleidet – genau, so ein typischer Zauberer-Umhang -, senkt die Arme. Auch er sieht erschöpft aus. Die aus seinen Fingern zuckenden magischen Blitze ziehen sich langsam zurück und saugen dabei die Wärme aus der Luft.

Nicht jeder Magier kann solche Zauberei tatsächlich sehen; ich kenne eigentlich nur zwei weitere außer mir.

Ich lächele ihn unsicher an. »Danke.«

Er nickt und macht die Andeutung einer Verbeugung. Lächelt allerdings nicht zurück.

»Sturm. Zu Ihren Diensten.«

»Sturm? So heißt du?«, frage ich etwas verwirrt.

»Ja, was ist daran so merkwürdig? Du heißt doch auch Wynter, oder?« Er sieht mich leicht verärgert an. Oh, oh – da habe ich ausgerechnet jemandem auf die Füße getreten, der mir gerade geholfen hat.

»Klar«, murmele ich. Erinnere mich nicht *daran*! Ich kenne schließlich all die Wynter-Winter Witze, die es so gibt. »Tut mir leid.«

»Er spielt doch nur mit dir, *Lass*«, lacht der Größte von ihnen. Der muss von Riesen abstammen. Sein Haar ist so rot, roter geht's nicht, und er trägt – stimmt wirklich! – einen Kilt. Sicher, ich lebe in Schottland und die Leute tragen hier manchmal einen Kilt, aber immer nur zu festlichen Anlässen wie Hochzeiten, nicht einfach so im Alltag. Ein schön gearbeiteter *Sporran* hängt genau über seinem – egal, er sieht aus wie eine schottische Karikatur. Nur besser. Sehr viel besser.

»Ich heiße Arc. Und das da sind Frost und Crispin.« Er deutet auf die beiden Männer, die bisher nichts gesagt haben. Der eine ist der blonde Mann mit den blauen Augen. Der andere, Frost, ist ein Ebenbild von Sturm: schwarze schulterlange Haare, dunkelbraune Augen, groß gewachsen. Ein Hoch auf die Eltern, die ihre Zwillingssöhne Sturm und Frost genannt haben.

»Hallo«, sagt Frost und lächelt mich an. Während sein Bruder ein Prachtexemplar ist und ernst aussieht, scheint er selbst ein Prachtexemplar und dabei freundlich zu sein. Ich werfe Sturm einen kurzen Blick zu. Nein, der hat keine Grübchen in den Mundwinkeln. Auf diese Art und Weise werde ich die Beiden künftig wohl unterscheiden können. Außerdem trägt Frost normale Kleidung und sieht nicht wie jemand aus, der gerade Hogwarts entsprungen ist.

Meine Mutter reißt mich aus meinen männerzentrierten Gedanken. »Geht's dir gut, Liebes? Was ist denn geschehen?« Sie drängt sich an den vier Männern vorbei und nimmt mich in die Arme. Sie ist eher zierlich gebaut, hat aber Kraft in den Armen. »Als Beira geschrieben hat, dass du…«

»Was? Sie hat dir geschrieben?«, unterbreche ich sie.

»Ja, vor ein paar Wochen. Sie…«

»Wieso hast du mir nichts davon gesagt?« Ärger kocht in mir hoch, ich balle die Fäuste. Sie hat davon gewusst! Sie hat es gewusst und mich nicht gewarnt! Ich hätte mich vorbereiten und von unserem Haus fernhalten können. Ich hätte sie beinahe verletzt. Und wäre fast selbst draufgegangen. Das Haus ist abgebrannt. Die Wut ergreift von mir Besitz, und ich fange plötzlich an, mich zu schütteln. Unter mir mit bebt der Boden.

Die Leute um mich herum haben Mühe, gerade stehen zu bleiben, für mich dagegen ist das kein Problem. Der Boden trägt mich, gibt mir Kraft und Stabilität, solange ich tue, was er verlangt. Er wollte schon lange in Bewegung geraten und hat jetzt endlich die Gelegenheit dazu. Ich fühle den Schmerz der Erde, in deren Haut sich Häuser tief hineingebohrt haben. Die gehören da nicht hin. Das ist nicht richtig.

Ich hebe die Arme und binde so viel Erdenkraft in mir, wie ich halten kann. Und dann setze ich sie frei. Der Boden bebt jetzt stark, tiefe Risse bilden sich im Asphalt. Das Geschrei um mich herum nehme ich nur am Rande wahr. Ich bin stark und muss die Dinge richten. Ich deute auf ein Haus, und es bricht in sich zusammen, als hätte ein Riese seinen Fuß darauf gesetzt. Die Wände bersten, und die Dachziegel bedecken die Trümmer wie Streusel auf einem Kuchen. Das fühlt sich gut an. Ich korrigiere meinen Stand auf dem bebenden Grund und nehme noch mehr Energie in mich auf. Dort in der Erde liegt so viel Magie, so viel Kraft. Sie hat nur darauf gewartet, dass sich jemand ihrer bemächtigt. Ich richte meine Arme auf ein weiteres Haus, das sich kurz darauf zur Seite neigt, erzittert, bebt, bis es schließlich zusammenfällt und den halben Garten unter sich begräbt. Ich lache. Sieht lustig aus.

Etwas berührt mich, aber mit einer leichten Drehung meines Handgelenks wische ich es weg, weise es zurück. Ich bin beschäftigt, keiner soll mir dabei in die Quere kommen. Wieder eine Berührung, diesmal von der anderen Seite. Wieder will ich sie mit meiner Hand wegwedeln, aber bevor ich das tun kann, werden meine Arme gefasst und an meine Seiten gedrückt. Die magischen Kräfte, die ich schon auf der einen Seite bereitgehalten hatte, stürzen aus mir hinaus in den Boden. Diesmal kann ich mich nicht auf den Beinen halten. Ich falle, schlage mit den Knien auf den geborstenen Asphalt. Die Zauberkräfte fließen weiter aus mir hinaus und lassen die Erde erzittern. Es tut weh. Die sanfte Umarmung der magischen Kräfte verwandelt sich in einen weißglühenden Strom, der meinen Körper als Leitung benutzt. Ich bin lediglich ein Werkzeug, ein Kanal. Ich fühle mich verraten. Ich schreie und schlage mit den Händen auf den Boden. Mit all meiner Kraft treibe ich die Magie aus mir hinaus.

Der Boden bebt noch einmal, dann wird alles still. Mir wird schwarz vor Augen, und ich lasse mich nach hinten fallen, in die dort auf mich wartenden warmen Arme meiner Beschützer.

KAPITEL

Drei

»Guten Morgen, Prinzessin!«

Eine fröhliche Stimme weckt mich. Mir ist gar nicht froh zumute. Überhaupt nicht. Ein Trommler scheint sich in meinem Kopf eingenistet zu haben, der meinen Schädel offenbar als Instrument benutzt. Aua.

»Wie fühlst du dich?«

Stöhnend öffne ich die Augen. Es ist der Blonde mit den türkisfarbenen Augen. Er sitzt auf der Kante meines ach so bequemen Betts. Es ist so schön bequem, dass ich hier eigentlich den ganzen Tag lang bleiben müsste. Genau. Ich kann hier nicht weg, tut mir leid. Und jetzt geh und lass mich schlafen.

Leider hat Crispin ganz andere Pläne. »Komm schon, wir müssen fort. Wir haben eine lange Fahrt vor uns.«

Ich stöhne erneut und würde am liebsten ein Kissen nach ihm werfen – aber das ist mir zu anstrengend. Mühsam richte ich mich auf und sehe mich um. Wir befinden uns in einem hellen, freundlichen Zimmer, das keinen sehr bewohnten Eindruck macht – wahrscheinlich ein Hotel. Crispin ist schon angezogen, sieht aus wie aus dem Ei gepellt, das glatte

Gegenteil zu seinen Haaren. Ich schlage die Decke zurück – und ziehe sie mit einem spitzen Schrei gleich wieder über mich drüber. Ich bin nur mit BH und Höschen bekleidet.

»Keine Sorge, ich hab schon alles gesehen, als ich dich ausgezogen habe.«

»Das tröstet mich gerade überhaupt nicht.«

»Du hast doch nichts zu verstecken, Prinzessin. Jetzt mach schon, die anderen warten.« Er springt vom Bett runter. An der Tür dreht er sich noch einmal um. »Du hast fünf Minuten, dann schicke ich Arc.«

Ich kralle mich noch eine weitere Minute in die Decke, falls doch noch er oder einer seiner Freunde zurückkehrt. Natürlich war ich in Gegenwart von Männern schon mal nackt, aber die kannte ich wenigstens und habe mich freiwillig vor ihnen ausgezogen. Oder mich von ihnen ausziehen lassen.

Als ich aus dem Zimmer trete, erwarten mich die vier Männer schon. Arc trägt wieder seinen Kilt (diesmal einen blaugrünen; offensichtlich ist er nicht auf einen bestimmten Clan fixiert). Sturm, ganz in schwarz, trägt ein hochgeknöpftes Hemd (aber keinen Umhang) und Frost steht da in einem T-Shirt mit der Aufschrift *Winter kommt*. Sie sind alle total verschieden, selbst die Zwillinge unterscheiden sich. Und Himmel, sehen sie gut aus! Meine Hormone machen sich bemerkbar. Nein, meine Lieben, da habt ihr nichts zu suchen. Ich kenn sie ja nicht einmal, und die tun hier sicher nur ihren Job, nämlich die Prinzessin zur Winterkönigin zu bringen.

»Startklar?«, fragt Sturm mit knurriger Stimme. Aha, da hat wohl jemand nicht gut geschlafen. Oder er ist immer so.

Ich nicke und folge ihnen aus dem Hotel hinaus. Draußen merke ich, dass wir immer noch in Edinburgh sind. Und erinnere mich daran, was gestern alles schiefgegangen ist. Ich halte an, wodurch Crispin in mich hineinläuft.

»Was ist gestern geschehen? Ihr wisst schon, nachdem ich…«

»Nachdem du die Straße zerstört hast?«, lacht Frost.

»Nicht komisch«, murrt Sturm. »Arc hat zwei Stunden damit zugebracht, die Erinnerungen deiner Nachbarn zu korrigieren.«

»Wow, das kann er?« Ich starre den rothaarigen Schotten an. Er zuckt verlegen mit den Schultern. »Klar, anscheinend.«

»Geht's meinen Eltern gut?«

»Ja, deine Mutter hat am Arm eine Schramme abbekommen, aber ich habe das gleich geheilt, also nicht der Rede wert«, meint Crispin hinter mir.

»Du hast Heilkräfte?«

»Wie sonst könntest du schon wieder auf den Beinen sein?«, meint Sturm ungeduldig. »Können wir diese Unterhaltung irgendwo fortsetzen, wo es nicht von Menschen wimmelt?« Er spricht das Wort aus, als empfände er Mensch zu sein als Beleidigung. Dabei fällt mir ein, dass ich nicht einmal weiß, wer diese Kerle eigentlich sind. Meine Mutter hat mir nur geschrieben, dass ihre Wächter kommen und mich holen würden; und ich weiß jetzt, dass einer von ihnen Heilkräfte besitzt, ein anderer Erinnerungen verändern kann und einer Macht hat über die Temperatur der Luft hat. Bei Frost weiß ich noch nicht, über welche magischen Kräfte er verfügt, habe aber keine Zweifel, dass es etwas Außergewöhnliches sein wird. Wie bei den anderen. Ich wüsste so gern, welche Art von Magie mir zu eigen sein wird. Ich würde gerne heilen können.

Bevor ich weitere Fragen stellen kann, führt uns Sturm von den belebten Straßen weg zu einer kleinen Autovermietung. Während er hineingeht, starren die anderen Männer die ausgestellten Autos mit großen Augen gierig an. Männer! Man muss ihnen nur solch ein Glitzerding vor die Nase stellen, schon vergessen sie alle ihre weibliche Begleitung.

»Wohin fahren wir?«, frage ich, erhalte aber keine Antwort. Sie haben nur Augen für die Autos. Tsss, in dieser Hinsicht unterscheiden sie sich anscheinend nicht von der menschlichen Rasse, auch sie lassen sich von ein paar PS mühelos ablenken. Gut, der Ferrari sieht nicht schlecht aus, aber mir kommt es bei Autos nur darauf an, dass sie mich sicher von A nach B bringen.

Sturm kommt zurück und schwingt einen Schlüsselbund in den Händen. Ich dachte, er würde einen Sportwagen mieten, etwas Schnittiges, Teures, aber wir bleiben vor einem großen Van mit sieben Sitzen stehen.

»Im Ernst jetzt?«, fragt Arc. Frost kann sich vor Lachen kaum halten.

»Das war ein Sonderangebot«, knurrt Sturm.

»Wir können uns doch aus den königlichen Bankkonten bedienen. Da sollte man meinen, wir könnten etwas mieten, das mehr wie ein … Auto aussieht.«

»Wenn du ein bisschen abnehmen würdest, könnten wir in so ein hübsches Auto alle reinpassen«, lästert Sturm.

»Eh, das sind alles Muskeln!« Arc lässt seinen Bizeps spielen und lüpft dann seinen Kilt, damit ich auch seine dicken Oberschenkel bewundern kann. Danke, das hätte ich nicht unbedingt sehen müssen. Noch dazu, wo er wahrscheinlich die traditionelle Art bevorzugt und unter dem Kilt nichts weiter anhat.

»Los jetzt, wir haben einen langen Weg vor uns.« Sturm scheucht uns in den Wagen und setzt sich selbst hinters Steuer. Frost geht auf den Beifahrersitz, während Arc die Rückbank einnimmt. Also setze ich mich mit Crispin auf die mittlere Bank.

»Wohin fahren wir?«, frage ich, während wir den Parkplatz

verlassen und uns durch Edinburghs verkehrsreiche Straßen kämpfen.

»Nach Calanais auf der Isle of Lewis.«

»Auf den Äußeren Hebriden? Das ist doch am Ende der Welt. Wieso dorthin?«

»Der Steinkreis dort ist das nächstgelegene Portal ins Reich der Götter.«

»Da werden wir also durch die Steine hindurchmarschieren, wie in Outlander?«

Vier Männer sehen mich verständnislos an. Offensichtlich hat es dieses Buch noch nicht in die Bücherei des Götterreichs geschafft (ob es da so etwas überhaupt gibt? Oder Computer? Werde ich dort meinen Kindle benutzen können?). Apropos...

»Ich muss nochmal nach Hause und meine Sachen packen.«

Crispin fährt leicht zusammen. »An was erinnerst du dich eigentlich von vergangener Nacht?«

»Eigentlich gar nichts nach dem ... ähm ... Erdbeben.«

Arc lacht brüllend hinter mir. »Sie nennt das ein Erdbeben. Wie niedlich!«

»Sei still, Scottie«, übertönt Crispin das Gelächter. »Wynter, von eurem Haus ist nicht mehr viel übrig. Deine Eltern sind zurzeit in einem Hotel untergebracht, bis das mit der Entschädigung geregelt ist. Sie waren ziemlich aufgebracht, deshalb haben wir beschlossen...«

»*Du* hast das entschieden!«, unterbricht ihn Frost.

»Ja, also ich habe entschieden, sie von ihrem Leid zu erlösen...«

»Du hast meine Eltern umgebracht?!«, schreie ich und werfe mich auf Crispin.

»Was? Nein, ich habe sie in ein Koma versetzt...«

Ich knurre, versuche gerade, Crispin den Kopf abzureißen. Dann soll er mal sehen, wie er das wieder heilt, dieses Arschloch.

Er greift nach meinen Handgelenken, damit ich nicht weiter sein Gesicht mit meinen Fingernägeln bearbeiten kann, während ich gegen den Sicherheitsgurt ankämpfe, der verhindert, dass ich ihm ans Bein treten kann.

»Jetzt hör auf, Wyn«, dröhnt Sturms tiefe Stimme durch den Wagen. »Was er sagen will, ist, dass sie ein oder zwei Tage schlafen werden um sich von dem Schock zu erholen, mitansehen zu müssen, wie ihre Tochter ihr Haus niedergebrannt hat.«

Treffer. Ich lasse mich auf den Sitz zurückfallen, während Crispin seine Wunden leckt (nur ein paar Kratzer im Gesicht, nichts Dramatisches).

»Sind sie … wütend auf mich?«, frage ich kleinlaut.

»Sie werden schon klarkommen, *Lassie*«, sagt Arc von hinten und legt mir eine seiner Riesenhände auf die Schulter. »Du darfst nicht vergessen, dass sie Menschen sind und das alles ein bisschen viel für sie war.«

»Es ist also alles kaputt? Das ganze Haus?«

»So ziemlich, *aye*. Aus dem Erdgeschoss konnten sie noch etwas retten. Und das Gartenhaus ist stehengeblieben, soviel ich sehen konnte.«

»Dem Himmel sei Dank«, seufze ich. »Mama hätte mir die Hölle heiß gemacht, wenn ihre Bilder verbrannt wären.«

»Es gibt keine Hölle«, merkt Frost an. Ich erkenne seine Absicht und greife den Themenwechsel bereitwillig auf.

»Wo kommen die schlechten Leute nach ihrem Tod dann hin?«

»Die wirklich schlechten werden normalerweise kurz vor ihrem Tod von Dämonen verschleppt und müssen dann in deren Reich als Dienstboten arbeiten. Die anderen, die sterben, werden verurteilt und dann zurück auf die Erde geschickt.«

»Wieso schickt man sie…? Im Ernst? Wiedergeburt?«

»Ja, so könnte man es wohl bezeichnen.«

»Ich könnte also als Ameise wiedergeboren werden?«

»Nein, du bist ja nicht schlecht, du wirst nur als Mensch wiedergeboren, damit du Buße tun kannst.«

»Du kennst mich ganz offensichtlich noch nicht«, kichere ich. »Aber wer urteilt denn über uns?«

»Da würde ich zu viel verraten«, meint Crispin mit glänzenden Augen.

»Mach schon, sag's mir«, bitte ich und klimpere mit den Augenlidern.

»Das weiß er doch gar nicht«, wirft Frost ein. »Keiner von uns. Und das ist für uns auch gar nicht weiter interessant.«

»Wieso nicht? Willst du nicht wissen, was im Leben nach dem Tod mit uns geschieht?«

»Oh, heilige Unschuld«, murmelt Arc vor sich hin.

»Dann sag mir's halt!«

»Wir sind unsterblich, *Lass*.«

»Ah. Dann seid ihr keine Magier?«

»Nee, wir sind Wächter, Beschützer.«

»Das weiß ich, Bei- also meine Mutter hat mir gesagt, dass sie ihre Wächter schicken wird, aber zu welcher Spezies gehört ihr?«

»Wir sind Wächter, eine eigene Spezies. Es gibt fünf davon: Menschen, Magier, Dämonen, Götter und Wächter.«

»Von euch gibt's also viele? Ein Reich der Wächter? Auch kleine Baby-Wächter? Sehen die alle so toll … Also, gut. OK. Ihr seid Wächter. Ähm, und wie unterscheidet ihr euch denn von Magiern?«

»Wir sind unsterblich«, seufzt Sturm. Irgendwie scheinen ihm meine Fragen auf die Nerven zu gehen. Was mich nur zu weiteren anspornt.

»Und nein, von uns gibt's nicht so viele«, fährt sein Bruder fort. »Wir sind von den Göttern geschaffen worden, um ihnen zu dienen und sie zu beschützen. Daher der Name. Wir leben in ihrem Reich, und nein, es gibt uns nicht als Babys. Wir pflanzen uns nicht wie Menschen fort…« aus seiner Stimme klingt eine gewisse Abscheu – »wir werden erschaffen, wenn man uns braucht.«

»Also, damit ich das richtig verstehe: Ihr werdet nicht geboren, seid nie Kinder, sondern gleich Erwachsene?«

»*Aye*, das erleichtert doch Vieles, keine dreckigen Windeln und so«, scherzt Arc. Irgendwie klingt seine Stimme aber angespannt, weshalb ich mich zu ihm umdrehe.

»Wieso klingst du dann Schottisch?« Die anderen Drei brüllen vor Lachen, während Arcs sowieso schon rosiges Gesicht knallrot anläuft.

»Die mich erschaffen hat, wollte zurück zu den Ursprüngen – sie meinte, ein schottischer Akzent in ihrer Umgebung könnte ihr gefallen.« Und mit bitterem Unterton fährt er fort: »Aber dadurch wurde sie letzten Endes schwermütig, also hat sie mich zu Königin Beira geschickt.«

»Und ich bin froh, dass sie das getan hat, Kumpel«, sagt Crispin jetzt ernsthaft. »Wir wären ohne dich gestern aufgeschmissen gewesen.«

Einen Moment lang herrscht Schweigen. Wir haben die Stadt jetzt hinter uns gelassen und fahren durch eine landwirtschaftlich genutzte Gegend. Zu beiden Seiten der Straße dehnen sich Felder aus, dazwischen starren uns Schafe auf ihren Weiden teilnahmslos an.

Ich spüre jetzt doch die gestrige Anstrengung in meinen Körper und schließe müde die Augen. Nur ein kleines Nickerchen…

*I*ch schwimme im Meer. Quallen umkreisen mich, vollführen einen Tanz mit mir, während uns eine Gruppe Delfine beobachtet. Ich bin

Teil des Meeres, und das Meer ist ein Teil von mir. Wenn ich schwimme,
kommen die Wasserwesen und tun es mir nach. Wenn ich Hilfe brauche,
sind sie für mich da. Wenn ich einsam bin, leisten sie mir Gesellschaft.
Ich bin ein Geschöpf des Meeres, und Wasser ist mein Element. Ich bin
dazu geboren, über das Wasser zu herrschen – es existiert durch mich.
Ich tanze graziös eine Pirouette mit einem Delfinmädchen und kichere,
als ihr Bruder mit einem besonders wagemutigen Sprung angibt…

»Wyn, komm wieder zu dir!«

»Prinzessin, du musst damit aufhören, du bist – verdammt nochmal, da ist Wasser im Motor, wir müssen…«

Eine Ohrfeige reißt mich aus meinen Träumen. Crispin starrt mich an, er sieht genauso geschockt aus wie ich. Meine Füße stehen knöcheltief im Wasser – der Wagen ist vollgelaufen. Huch! Das war nicht beabsichtigt. Gut, genauso wenig wie das Erdbeben und der Angriff der Messer. Meine Zauberkräfte treiben ein übles Spiel mit mir – wollen mich entweder umbringen oder mich zum Besten halten.

Sturm kämpft mit einem stotternden Motor. Zum Glück sind wir alleine auf dieser Landstraße; andere Fahrer wären durch unsere schlingernde Fahrt wohl mehr als irritiert.

»Fahr schon ran«, weist Frost seinen Bruder an. »Wyn, das Wasser steigt immer noch, würdest du das bitte stoppen?«

»Ähm, klar doch«. Ich konzentriere mich mit aller Kraft. Nur um einen Augenblick später eingestehen zu müssen, dass das ziemlich idiotisch ist. »Wie soll ich das tun?«

»Meinst du das im Ernst?«, ruft Sturm. »Allmählich fällt es mir schwer zu glauben, dass du Königin Beiras Tochter bist!«

»Na, sie hat sich ja auch nicht gerade um mich gekümmert und mir das beigebracht!«, schreie ich zurück. Eine Welle schlägt über Sturms Kopf zusammen. Oh, oh – war ich das? ´tschuldigung.

Crispin ergreift meine Hand. »Du musst dich zu deinen magischen Kräften vorfühlen. Wo sind die gerade zu spüren?«

Ich konzentriere mich, bis ich die wirbelnden magischen Wellen um mich herum sehe, die ein dickes weißes Gewebe am Boden des Fahrzeugs bilden. Wasser tritt daraus hervor. Ich hatte keine Ahnung, dass meine Kräfte zu so etwas imstande sein würden. Da ist ein beachtlicher chemischer Prozess im Gange, der Luft innerhalb von Sekundenbruchteilen in Wasser verwandelt. Ich ziehe vorsichtig ein paar der magischen Strähnen aus dem Gewebe und löse so das Netz auf. Zitternd fällt es in sich zusammen, und eine Dampfwolke steigt aus dem Auto-See empor. Das Wasser ist nicht verschwunden, steigt aber zumindest nicht mehr. Ich grinse stolz, erwarte ein wenig Beifall, habe aber kein Glück damit. Vier starre Augenpaare.

»Hey, ich habe es diesmal wenigstens selbst anhalten können«, murmele ich und betrachte unsere nassen Füße. Eines der Handys liegt im Wasser, ein weiteres Opfer meiner Zauberkünste.

Wir steigen aus dem Fahrzeug und warten, während Frost den AA anruft. Es ist wenigstens warm und sonnig, nicht das übliche schottische Wetter, das hier als »dreich« bezeichnet wird (für eher feucht und widerlich). Die Männer sind immer noch schlecht gelaunt, also setze ich mich in einigem Abstand hin und überdenke, was in den vergangenen zwei Tagen alles geschehen ist. Einfach verrückt, ein anderes Wort gibt es dafür nicht. Ich hatte damit gerechnet, dass an meinem Geburtstag etwas passieren würde, aber doch nicht so etwas. Ich hätte mir nicht träumen lassen, dass ich über derartige Kräfte verfüge – und so wenig Kontrolle darüber habe.

In der Ferne sehe ich das Meer, wir sind also in der Nähe der Westküste, obwohl ich nicht weiß, wo genau wir uns hier befinden.

»Etwas zehn Meilen von Oban«, beantwortet Crispin meine Frage. Er kommt zu mir rüber und setzt sich neben mich ins

Gras. »Da gibt es bestimmt eine Werkstatt, es dürfte also nicht zu lange dauern, bis der Abschleppwagen hier ist.«

»Fahrt ihr immer mit dem Auto nach Calanais?«

Er lacht. »Nein, für gewöhnlich fliegen wir. Deine Mutter besitzt ein Privatflugzeug, das wir uns ausleihen können. Aber wo du deine Kräfte noch so wenig unter Kontrolle hast, hielten wir es nicht für empfehlenswert, uns so weit vom Boden zu entfernen. Und Feuer an Bord eines Fliegers ist auch nicht gerade ratsam.«

»Wie lange wird das mit dieser Magie denn noch weitergehen?«

»Keine Ahnung. Ich habe ein paar Tage in der Königlichen Bibliothek verbracht, nachdem man uns diese Mission zugewiesen hatte. Aber es gibt dort fast nichts zu Halbgöttern. Einige Menschenfrauen geben an, von Göttern geschwängert worden zu sein, aber ihre Kinder erwiesen sich als rein menschlich.«

»Was ist mit den griechischen und römischen Halbgöttern? Herkules?«

Er lacht erneut, und ich verschränke abweisend die Arme und sehe ihn stirnrunzelnd an. Ist schließlich nicht meine Schuld, dass ich so gut wie nichts über meine Herkunft weiß. »Herkules war ein Magier, der große Stücke auf sich hielt. Er verwendete den größten Teil seines Geldes für die Bezahlung von Schriftgelehrten, die Gedichte über seine angebliche Stärke schrieben. Du solltest deine Mutter nach ihm fragen, sie hat ihn einmal persönlich getroffen.«

»Meine Mutter hat Herkules getroffen? Das ist total…irre.« Aber wahrscheinlich lebt meine Mutter schon so lange, das sie allen wichtigen Persönlichkeiten der Geschichte irgendwann begegnet ist. Ich weiß nicht einmal, wie alt sie ist. Aber da man sie als »Mutter der Götter« bezeichnet, muss sie wohl von Anbeginn an hier gewesen sein. Denke ich. Mein

Religionslehrer hat immer nur über den christlichen Gott gesprochen. Ich muss meine Mutter auch nach den anderen befragen.

»Und was ist mit Zeus? Hatte der nicht auch halbgott-ähnliche Kinder?«

»Zeus ist ein Gott niederer Ordnung. Er hat in der Vergangenheit eine gute Presse gehabt, steht aber eigentlich auf der untersten Stufe der Hierarchie.«

»Er lebt also noch?«

»Natürlich, was dachtest du denn? Er ist ein Gott, also unsterblich.«

»Wie die Wächter?«

»In etwa.« Ich ziehe fragend die Augenbrauen hoch. »Wir werden nicht älter und auch nicht krank, können aber getötet werden. Geköpft zu werden ist für uns am gefährlichsten. Götter kann man noch schlechter töten.«

»Wer sind denn eure Feinde?«

»Du stellst viele Fragen.« Ich öffne schon den Mund, um mich zu verteidigen, aber dann lächelt er. »Das gefällt mir. Nur wer fragt, lernt dazu. Unsere Feinde sind die Feinde der Götter. Hauptsächlich Dämonen, aber gelegentlich versucht auch ein machthungriger Magier, den Göttern die Stirn zu bieten. Natürlich ohne Erfolg, aber das ist eine gute Übung für uns.«

Sein Grinsen lässt ihn jetzt eher als Krieger denn als Heiler erscheinen. Ich kann ihn mir in einem Kampf gut vorstellen (die Muskeln dafür hat er allemal) – und sein Grinsen deutet an, dass es ihm Spaß machen würde.

»Wenn es Dämonen gibt, wie ist das denn mit Engeln?«

»Die Engel, über die in Büchern geschrieben wird, sind in der Regel Wächter. Die meisten Leute wissen nicht, dass es uns gibt; wenn sie uns also sehen, geben sie uns Namen, die sie aus der Mythologie kennen. Engel, hilfreiche Geister, Propheten.«

Mir ist die nächste Frage beinahe peinlich, aber sie entwischt mir, bevor ich es verhindern kann. »Wenn die Leute euch für Engel halten, habt ihr dann auch Flügel?«

»Ja und nein.«

Ich warte, dass er fortfährt, aber er lächelt nur.

»Nun mach schon, sag's mir!«

Er zwinkert mir zu und springt auf die Füße. »Sieh mal, der Abschleppwagen ist da!«

Mistkerl.

Wir kommen erst am Nachmittag in Oban an. Der Mechaniker hatte sich den Motor angesehen (und war etwas überrascht über den Wassereintritt) und uns gesagt, dass er den Schaden bis morgen früh beheben könne. Was wieder zu nicht sehr freundlichen Blicken seitens der Männer führte. Wir hätten einen anderen Mietwagen nehmen können, aber sie erwiesen sich allesamt als zu klein für die vier großen Männer. Und aus Sicherheitsgründen – Näheres sagten sie dazu nicht – wollten sie sich nicht in zwei Autos aufteilen. Also sitzen wir jetzt hier für die Nacht fest.

Oban ist ein hübscher kleiner Badeort, der auf die vielen tausend Touristen, die jedes Jahr hierher kommen, gut vorbereitet ist. Sie beziehen hier Quartier und nehmen die Fähre auf eine der vielen küstennahen Inseln. Jetzt, Ende Oktober, ist es ruhig und friedlich. Die meisten Menschen, denen wir begegnen, sind Einheimische, und viele der Touristenläden sind schon geschlossen. Ich beobachte immer gern, wie sich eine Stadt je nach Jahreszeit verändert. Es ist, als würde die Fassade, die sie den Touristen zeigt, langsam schwinden und ihre wahre Natur zum Vorschein kommen, bevor sie im Frühjahr dann wieder ihre Maske aufsetzt. Im

Moment befinden wir uns in der Zeit, wo beide Versionen verschmelzen.

Das letzte Mal war ich vor einigen Jahren in Oban, in einem Urlaub mit der Familie. Ich sehe mich also interessiert um, registriere die Veränderungen und schwelge in Erinnerungen. Die Männer folgen mir, mit sehr viel weniger Eifer.

»Das ist doch toll, einfach nur toll. Jetzt hat sie auch noch den Wagen zerstört. Der hat mir gefallen.« Sturm grummelt vor sich hin, während er uns zum MacCulloch Hotel folgt. Am liebsten würde ich ihn auffordern, das Thema zu wechseln, aber das könnte gefährlich sein.

Die Frau an der Rezeption ist ein wenig verwundert, als Frost ein Familienzimmer für uns bestellt, und mir sieht man das wohl auch an, denn Arc beugt sich zu mir hinunter und flüstert »Falls du wieder einen Schub hast, müssen wir alle Vier da sein und den Schaden begrenzen.« Ich nicke und fühle mich unwohl bei dem Gedanken an ein weiteres magisches Abenteuer. Wenn ich hier ein Feuer entfache, könnte ich Dutzende von Menschen in Gefahr bringen. Arc kann diese Gedanken anscheinend lesen, denn er fügt hinzu »Keine Sorge, wir kümmern uns darum, dass nichts passiert.«

Frost dreht sich von der leicht erröteten Rezeptionistin zu uns um und schwenkt einen Schlüsselbund in der Hand, als sei das ein besonderer Schatz. »Wir haben die schönste Suite im Haus bekommen«, erklärt er und erwartet wohl ein großes Lob – es bleibt aus. Also legt er seine Stirn wieder in die üblichen Falten und murmelt etwas von wegen ‚keine Wertschätzung meiner Flirt-Fähigkeiten'. Wir folgen ihm in einen altmodischen Aufzug, dessen Inneres mit Gold ausgekleidet ist, wenn der Lack auch an einigen Stellen abplatzt. Ich stehe zwischen den anderen eingekeilt, auf diese Weise haben wir alle gerade so Platz im Lift. Unsere Körper berühren sich an etlichen Stellen, ich spüre, wie mir die Hitze ins Gesicht steigt. Nicht daran denken, wie nah sie mir sind, Wyn. Denk an etwas anderes – zum Beispiel Schmetterlinge. Etwas gänzlich Neutrales, Geschlechtsloses. Mir ist nicht heiß. Nicht ….aaaaah. Irgendwann werde ich diese Hormone umbringen.

Ich bin so erleichtert, als sich die Tür mit einem ‚Ding' öffnet und ich der Hitze entfliehen kann. Und ich meine damit jetzt wirklich nur die Raumtemperatur, ich schwöre.

Unsere Suite ist groß, wenn auch ein wenig in die Jahre gekommen. Ein großes Doppelbett, zwei kleinere einzelne und ein Sofa.

»Ich nehme das Bett«, ruft Frost und lässt sich darauf fallen. Dem Geräusch nach zu urteilen, hat er gerade einigen Sprungfedern den Garaus gemacht.

»Die Prinzessin bekommt das Bett«, knurrt Sturm. Ein echter Gentleman. Aber dieses Betiteln als Prinzessin stört mich enorm.

»Könntet ihr bitte mal aufhören, mich immer Prinzessin zu nennen? Ich bin noch nie im Reich der Königin gewesen, weiß praktisch nichts über Beira und ihren Herrschaftsbereich. Wie kann ich dort Prinzessin sein, wenn ich bisher nur die menschliche Welt kennengelernt habe? Meine magischen Kräfte gehorchen mir nicht, ich habe keine Ahnung, was ich da tue und…« Die Stimme versagt mir. Mist, ich wollte doch gar nicht zeigen, wie verunsichert ich bin. Mir kommen die Tränen, als ich darüber nachdenke, wie blöd ich diesen Wächtern vorkommen muss, die sicher Besseres zu tun haben, als sich um ein Mädchen zu kümmern, das jetzt auch noch vor Selbstmitleid trieft. Dabei habe ich seit Jahren nicht mehr so viel geheult, nicht mehr seit der Pubertät, als Tom Martin mit mir Schluss gemacht hat.

Arc ist sofort an meiner Seite und nimmt mich in den Arm. Seine Muskelpakete drücken mir auf den Brustkorb, und ich lehne mich an ihn, vergrabe mein Gesicht an seiner Brust. Er ist so warm und *anheimelnd*, am liebsten würde ich ihn nicht mehr loslassen. Einen Moment lang fühle ich mich in Sicherheit.

»Das wird sich alles richten, wenn wir erst dort sind, *Lassie*«, flüstert er, und sein Atem streicht warm über meinen Kopf. »Deine Mutter wird dir alles erklären, und du wirst lernen, mit deinen Kräften umzugehen. Du wirst wunderbare Dinge damit tun, wenn du erst einmal weißt, wie es geht.« Er reibt mir sanft den Rücken, was die Tränen beinahe zum Fließen gebracht hätte. Aber ich reiße mich zusammen, will nicht noch schwächer vor ihnen erscheinen. Ich winde mich aus seiner Umarmung, wobei ich jeden Zentimeter bedaure, den ich mich von ihm entferne, und trete langsam rückwärts ans Bett.

Sie schauen mich alle an, als seien sie nicht sicher, wie sie mit der Situation umgehen sollen. Macht euch nichts draus, Jungs, das weiß ich auch nicht.

»Du kannst das Bett haben, Frost. Ich bin die Kleinste, ich schlafe auf dem Sofa.« Das sieht gar nicht so schlecht aus; es ist lang genug für mich, selbst die Beine müssen nicht in der Luft hängen. Es wird für mich allemal bequemer sein als für einen der Männer. Es hat manchmal schon Vorteile, klein zu sein.

»Nein, Sturm hat recht«, erklärt Frost seufzend. »Du bekommst das Bett.«

KAPITEL
Vier

I ch wache auf und weiß sofort, dass ich aufstehen muss. Es ist dunkel, und das leise Schnarchen aus zwei Richtungen zeigt mir, dass die anderen alle noch schlafen. Aber etwas Wichtiges geht vor sich, ich muss unbedingt sofort das Zimmer verlassen. So leise ich kann, schlüpfe ich unter der Bettdecke hervor und taste mich durch den dunklen Raum. Nur ein von der Straßenlaterne erhellter Streifen zwischen den Vorhängen beleuchtet das Zimmer, aber irgendwie weiß ich genau, wo ich hintreten muss, ohne über unsere Kleider oder Taschen zu stolpern. Gerade als ich die Tür erreicht habe, hebt Arc den Kopf von dem daneben stehenden Sofa. »Wass'n los?«, grummelt er verschlafen.

Ohne sie bewusst zu steuern, stellen sich meine magischen Kräfte ein. »Schlaf«, flüstere ich, wobei Zauberfäden meinen Befehl begleiten. Er sinkt aufs Sofa zurück. Ich verlasse schnell das Zimmer und gehe den Gang entlang zum Aufzug. Ich weiß genau, dass ich in die Etage -1 muss, in die Tiefgarage. Es dauert ewig, bis der Lift kommt, mir bricht der heiße Schweiß aus. Ich muss mich beeilen. Einen Moment lang überlege ich, ob ich nicht lieber die Treppe nehmen sollte, aber erinnere mich dann daran, dass es wichtig ist, den Aufzug zu benutzen. Ich will von niemandem gesehen werden. Endlich kommt er, die goldenen Türen öffnen sich und ich trete in die Kabine. Drinnen stehen zwei schwarz gekleidete Männer, aber ich nehme keine Notiz von ihnen. Sie stellen keine Gefahr dar, sind keine Bedrohung für mich.

Mit lautem Klingeln schließen sich die Türen, etwas trifft mich von hinten am Kopf, und ich verliere das Bewusstsein.

»...Wir sollten sie jetzt töten, solange sie bewusstlos ist.«

»Der Chef will vorher mit ihr reden.«

»Wir wissen doch nicht, wozu sie in der Lage ist. Ist vielleicht sicherer, kein Risiko einzugehen.«

Mir dreht sich der Magen um, und mein Kopf ist eine große schmerzende Blase. Wo zum Teufel bin ich? Unter mir vibriert der Boden. Ich bin in einem Auto, anscheinend im Kofferraum, der aber keine Abdeckung hat, denn ich sehe Tageslicht durch das Heckfenster scheinen. Ich muss einige Stunden bewusstlos gewesen sein. So geräuschlos wie möglich bewege ich Arme und Beine, versuche mir Klarheit zu verschaffen. Kein Knebel, keine Augenbinde – entweder ist das in den Filmen immer falsch dargestellt worden, oder die Entführer hier wissen nicht, wie man es richtig macht.

Und was das Beste ist: Sie haben meine Hände mit Stricken gefesselt. Sehr schön. Handschellen wären viel schwieriger gewesen. Ich konzentriere mich und sende eine einzelne magische Strähne in Richtung Seil, damit es – möglichst ohne Rauchentwicklung – durchbrennt. Eine helle blaue Flamme wird entfacht und löst den Strick in Sekundenschnelle auf. Meine Hände sind frei.

»Hast du gesehen, wie leicht es war, ihr Bewusstsein zu steuern? Wie ein Lamm, das zur Schlachtbank geführt wird. Wenn doch nur jeder Auftrag so leicht auszuführen wäre!«

»Du hast ihre Zauberkräfte noch nicht zu spüren bekommen. Die sind stark, wenn auch noch untrainiert. Sie könnte uns mit einem einzigen Gedanken in Stücke reißen, Duke. Wir sollten sie töten. Ich weiß nicht, wie lange unser Zauber sie noch in Schach hält.«

In mir steigt Wut auf. Wie können sie es wagen! In meinen Verstand einzudringen und mich so zu manipulieren, dass ich geradewegs in ihre Falle laufe wie ein kleines Dummchen. Wie konnte ich das nicht erkennen?! Angeblich bin ich doch so stark, wie konnten sie mich dann so leicht überrumpeln? Zeit, ihnen eine Lektion zu erteilen.

Ich richte mich auf und setze ein süßes Lächeln auf. »Tut er nicht mehr«, flöte ich, bevor ich meine Zauberkraft einsetze. Der Mann am Steuer dreht sich um, aber ich umwickele ihn mit eisigen magischen Strähnen und mache ihn damit bewegungsunfähig. Gleichzeitig schieße ich einen Luftstrom auf den zweiten Mann ab, wodurch dessen Kopf gegen das Armaturenbrett geschleudert wird. Mit einem Knall öffnet sich der Airbag und drückt ihn gegen die Kopfstütze. Er ist ganz still, bewegt sich nicht mehr. Gut so.

Der Wagen schlingert. Weniger gut. Jetzt, wo beide Männer sich nicht mehr rühren können, fährt das Auto steuerlos. Huch, daran hatte ich nicht gedacht. Wir rasen die Straße entlang; zum Glück sind keine anderen Fahrer unterwegs. In einiger Entfernung ist eine baumbestandene Abzweigung zu erkennen, dort gabelt sich die Straße. Ich muss das Fahrzeug anhalten, sonst gibt's dort einen Crash, Ende Gelände. Meine volle Konzentration gilt dem Fuß des

Fahrers, den ich mit einem Windstoß vom Gaspedal wegschiebe, um dann selbst mittels Luftstrom Druck auf das Bremspedal auszuüben. Ist nicht leicht, den Luftstoß auf einen so kleinen Fleck zu konzentrieren, ohne dabei die anderen Pedale zu berühren. Ich spüre, wie sich kleine Schweißtropfen auf meiner Stirn bilden. Der Wagen schlingert und stöhnt, aber er wird langsamer.

Zu spät. Ein Baum stürzt auf das Fahrzeug – oder rammen wir ihn? Ich werde nach vorne geworfen und bleibe in der Luft hängen, von meiner Zauberkraft getragen, die sich unaufgefordert eingestellt hat. Ich schwebe über der Rückbank und starre auf den großen Ast, der sich durch die Windschutzscheibe gebohrt hat und mich aufzuspießen drohte. Im Geiste umarme ich meine magischen Kräfte, denn ohne sie wäre ich gerade zu einem unansehnlichen menschlichen Fleischspieß geworden. Ich bitte sie, mich runterzulassen und schwebe dann sanft auf den kratzigen Boden des Kofferraums.

Ich drehe mich um und versuche, die Hecktür zu öffnen. Aber sie klemmt, ich kann noch so sehr am Griff rütteln. Ich schieße einen Windstoß dagegen, der aber nur mich zurückstößt. Mist. Gefangen im Auto meiner Entführer. Ist das nicht traurig? Ich muss mir etwas anderes einfallen lassen als rohe Gewalt. Vielleicht Feuer? Aber in einem havarierten Fahrzeug einen Brand zu legen ist wohl nicht die beste Idee. Da könnte ja Öl oder Benzin ausgelaufen sein.

Sollte ich es mal mit Einfrieren versuchen? Warum nicht. Ich sende also einige Fäden meines Frost-Zaubers an den Rahmen der Hecktür, um so das Metall zum Zusammenziehen zu bringen und die Tür öffnen zu können. Bald bedeckt eine dünne Eisschicht das Metall, lächelnd betrachte ich kleine Eisblumen. Und dieses Lächeln wird noch deutlich breiter, als ich gegen die Tür trete und sie sich tatsächlich öffnet. Endlich frische Luft! Ich befreie mich aus meinem Gefängnis und steige aus.

Erst draußen wird mir das ganze Ausmaß des Unfalls klar. Der Baum hat die gesamte Vorderseite des Wagens eingedrückt, und ein riesiger Ast hat sich durch die Windschutzscheibe gebohrt. Ich sehe nach den beiden Männern, aber sie sind entweder gefechtsunfähig oder tot. Ich vergewissere mich nicht. Klar, es wäre anständig, Hilfe zu holen – aber sie haben schließlich versucht, mich umzubringen. Zumindest der Eine hat daran keinen Zweifel gelassen.

Ich wünschte, ich hätte mein Handy dabei und könnte die Männer alarmieren. Wo sind denn nun meine Beschützer, wenn ich sie brauche?!

Von Ferne sehe ich ein Auto näherkommen. Der Fahrer wird sicher anhalten und die Polizei verständigen, wenn er den Unfall sieht. Ich verschwinde lieber – da könnten Fragen gestellt werden, auf die ich keine Antwort weiß. Links von mir wachsen Büsche über einem niedrigen Graben. Perfekt. Ich ducke mich ins Unterholz und beobachte, wie der Wagen vor mir anhält. Ein älterer Mann steigt aus, sieht sich um und nimmt dann sein Handy heraus. Wahrscheinlich wählt er den Notruf. Während er den Anweisungen seines Gesprächspartners lauscht und die beiden Männer untersucht, krieche ich weiter den Graben entlang, weg vom Unfallort.

Wie komme ich nur fort von hier? Hier steht kein Haus weit und breit, es gibt nur Weiden voller weißer Schafe. Die Wollknäuel sehen zwar süß aus, helfen mir aber auch nicht weiter. Ich brauche dringend ein Telefon. Andererseits weiß ich nicht einmal die Nummern der Männer.

Als ich mich ein paar hundert Meter vom Unfallort entfernt habe, halte ich an und genehmige meinem gepeinigten Körper einen Moment Pause. Die Landschaft ist so verdammt flach, da kann ich mich unmöglich aufrichten und normal gehen. Der gute Samariter würde mich sicher sehen – und natürlich auch ein Polizei- oder Krankenwagen, der aus dieser Richtung käme.

Ich kann nur abwarten, bis sie da waren, den Unfall aufgenommen haben und wieder abgefahren sind. Ich suche mir also die am wenigsten schlammige Stelle in meiner unmittelbaren Umgebung aus und mache es mir so bequem wie möglich. Das kann dauern – und ich habe nur meinen Schlafanzug und Pantoffeln an. Im Geiste erstelle ich einen Wunschzettel: eine Jacke, warme Schuhe und ein Buch. Ach ja, und eine große Thermoskanne mit Tee, bitte. Ein tragbares Heizgerät wäre auch schön.

Ich grinse über meinen Anflug von Humor. Tja, so weit ist es mit mir gekommen – jetzt lache ich schon über diesen extrem schwachen Witz. Sei's drum.

Nach einer Viertelstunde kommt der Krankenwagen, ein paar Minuten später gefolgt von zwei Polizeifahrzeugen.

Ich bleibe in meinem Graben, fröstele schlechtgelaunt vor mich hin. Dann sehe ich ein weiteres Auto nahen. Ich will mich gerade wieder tiefer hinunterbeugen und mich verstecken, als ich vier Gestalten dicht gedrängt in diesem kleinen Wagen sitzen sehe. Vier große, wunderbare männliche Insassen. Ich springe auf und winke ihnen wie verrückt zu.

Meine Männer sind da.

KAPITEL
Fünf

»Als wir dich nirgends finden konnten, haben wir den Hotelangestellten ‚überredet'«, Sturm lächelt grimmig bei diesem Wort, »uns das Video der Überwachungskameras zu zeigen. Zum Glück waren deine Entführer entweder dumm oder zu sorglos. Ihr Nummernschild war problemlos zu erkennen, als sie die Tiefgarage verließen.«

»Und wie hat euch das Kennzeichen geholfen?«, frage ich verwirrt.

»Wir haben unsere… Beziehungen«, fügt Sturm hinzu. »Alle größeren Straßen werden von Kameras überwacht, die konstant die Kennzeichen aller vorbeifahrenden Fahrzeuge aufzeichnen. War also nicht schwer, ihre Route zu verfolgen, bis sie dann auf kleinere Straßen abgebogen sind; aber dann gab es einen Anruf, in dem ein Unfall mit eben diesem Auto gemeldet wurde.«

»Versetz uns nie wieder so einen Schreck«, grummelt Arc.

Herausfordernd gebe ich zurück »Sonst?«

»Sonst binde ich dich an die Leine und lasse dich nicht mehr aus den Augen.« Seine Stimme klingt dunkel, als er das sagt, und ich muss schlucken. Die anderen drehen sich um, damit ich ihr Lachen nicht sehen kann. Böse.

»Hast du noch dein Handy?«, fragt Frost, während er sein eigenes hervorzieht, die Sim-Karte entfernt und sie aus dem Fenster wirft.

»Nein, natürlich nicht, sonst hätte ich euch ja anrufen können.«

Er nickt bedächtig.

»Leute, gebt mir eure. Wir wissen nicht, was das für Kerle waren und über welche Mittel sie verfügen.«

»Meins ist aber noch ganz neu«, stöhnt Crispin widerstrebend.

»Das königliche Bankkonto, du erinnerst dich?!«

»Gut, aber sei vorsichtig«. Er tut so, als kämen ihm die Tränen, als Frost es in zwei Teile zerbricht. Von wegen vorsichtig!

»Habt ihr sonst noch was, das sie zurückverfolgen könnten?«

Einen Augenblick lang sieht keiner Frost an, dann nimmt Arc seufzend seine Armbanduhr ab. Ist eine dieser tollen Smart Watches, mit denen man so coole Dinge machen kann. Bin überhaupt nicht neidisch, nein.

»Tut mir leid, mein Freund«, grinst Frost und zaubert dann eine Wasserkugel herbei, die sich um die Uhr schließt. Ihr Display blinkt noch ein paar Mal, dann bleibt es schwarz. Tod durch Ertrinken. Arc schaut wehmütig auf die zerstörte Uhr. »Kann ich sie wenigstens behalten?«

»Besser Vorsicht als Nachsicht«, meint Frost nur und wirft sie aus dem Fenster, wo schon ein Häufchen zerbrochener Handys und Sim-Karten liegt. »Jetzt müssen wir nur noch das Auto loswerden.«

»Den Göttern sei Dank«, ruft Sturm vom Fahrersitz. »Dieses Ding ist einfach zu klein. Ich weiß nicht mal, ob ich hier wieder rauskomme, ohne mir etwas auszurenken.«

»Und wo kriegen wir ein neues Auto her?«, frage ich. »Und wo habt ihr das andere gelassen?«

»Als wir dein Verschwinden bemerkt haben, mussten wir improvisieren.« Frost meidet meinen Blick.

»Ihr habt's gestohlen?«

»Geliehen. Wir werden ein bisschen Bargeld für den Besitzer zurücklassen.«

»Wie großzügig von euch«, ereifere ich mich.

»Hätten wir lieber darauf warten sollen, bis unser Mietwagen repariert ist? Dann würdest du immer noch im Graben sitzen«, gibt Sturm verärgert zurück.

Ich halte es für ratsam, darauf nichts zu erwidern. Irgendwie hat er ja recht. Aber nur irgendwie. Und das muss ich ihm gegenüber nicht zugeben, sonst wird sein Ego noch größer.

»Wir fahren ins nächste Dorf und besorgen uns dort ein neues Auto. Und dann geht's ohne weitere Verzögerung ab nach Ullapool. Wir müssen dich so schnell wie möglich zu den Steinen bringen, besonders jetzt, wo diese Leute aus irgendeinem Grund hinter dir her sind.«

»*Die* wollen mich wenigstens«, werfe ich ihm an den Kopf.

Er schweigt einen Augenblick lang, dann murmelt er »Und wieso glaubst du, dass ich dich nicht will?«

»Seit unserem ersten Zusammentreffen bist du nicht gerade freundlich zu mir gewesen.«

Frost kichert, was ihm einen vernichtenden Blick von Sturm und mir einhandelt. »Wyn, du hast bisher die freundlichste Seite meines Bruders erlebt. Er ist viel weniger mürrisch als sonst, seit du bei uns bist.«

Ich starre ihn an. »Im Ernst? Er ist arrogant, unhöflich,…«

»Ich höre hier alles!«, donnert Sturm.

»Ich weiß, deshalb sage ich's ja.«

Arc unterbricht uns. »Euer Gespräch hat zwar seinen

Unterhaltungswert, aber wir müssen uns jetzt wirklich vom Acker machen. Keine Ahnung, wann die letzte Fähre geht, wir sollten uns also ranhalten.«

Danach kehrt Ruhe ein. Die Stimme der Vernunft, ausgerechnet aus Arcs Mund. Das ist … mal was anderes.

Nur zwanzig Minuten später sitzen wir in einem neuen Auto, einem dunkelgrünen Toyota. Der Wagen ist größer als der letzte, aber ich sitze immer noch eingequetscht zwischen den beiden Riesen. Sturm fährt, wie gewöhnlich, sein Bruder sitzt neben ihm auf dem Beifahrersitz und studiert eine Landkarte, die er im Handschuhfach gefunden hat. Somit teilen sich Crispin, Arc und ich die Rückbank. Arc sitzt leicht gekrümmt da, sonst würde sein Kopf an die Decke stoßen. Ich drücke mich an Crispin, damit Arc etwas mehr Platz hat. In dieser Stellung werden wir wohl nicht lange durchhalten.

»Zum Glück sind diese Gangster mit dir in die richtige Richtung gefahren«, sagt Frost und deutet auf die Karte. »Sonst hätten wir noch mehr Zeit verloren. Aber so sind wir nur noch eine Stunde von Ullapool entfernt, von wo wir die Fähre nach Stornoway nehmen werden. Und dann sind es noch dreißig Minuten Fahrt zu den Steinen; wir sollten also vor Einbruch der Nacht am Gate sein.«

»Und was dann?«, frage ich.

»Wir öffnen das Tor und gehen hinein ins Reich der Königin.«

»Das klingt bei dir so leicht.«

»Ist es auch. Wie Brezelbacken. Es sei denn, wir treffen auf Dämonen. Oder Götter. Oder, am schlimmsten, Mädchen.«

Ich wende mich zu Crispin um. »Hast du gerade ‚Mädchen‘ gesagt?«

Er grinst und flüstert deutlich hörbar. »Die Zwillinge haben so eine Art Fan Club. Einige der weiblichen Wächter und Menschen, die in den Randgebieten des Reichs leben...«

»Moment mal – es gibt Menschen im Reich der Götter?«

»*Aye*«, bestätigt Arc und verzieht das Gesicht. »Manche Götter haben sie gerne als – Haustiere.«

»Die halten sich Menschen als Haustiere?«, frage ich angewidert. Vielleicht sollte ich meine Mutter doch besser nicht besuchen.

»Nicht diese Art von Haustier. Denke mal an, äh, an... also...«

»Sex, *Lassie*«, unterbricht Arc fröhlich grinsend. »Menschen sind anscheinend im Bett nicht schlecht.«

Ich werde rot, lösche im Geiste das Bild von nackten Menschen, die eine Göttin auf ihrem Thron umgeben, aus meinen Gedanken. »Heißt das, Götter sind es?«

Ich widerstehe der Versuchung, mich in dieser Hinsicht nach den Fähigkeiten von Wächtern zu erkundigen. Sie sollen schließlich nicht den Eindruck haben, ich sei so eine notleidende Menschenfrau, die lange nicht mehr mit einem Mann zusammen war.

»Es gibt nicht so viele männliche Götter«, erklärt Crispin. »und viele wollen Arbeit und Vergnügen getrennt halten, was also Wächter außen vor lässt. Bleiben nur Menschen als logischer Ausweg.«

»Wie viele Götter gibt es denn?«

»Wieso weißt du das nicht?« Arc sieht mich fassungslos an.

»Hey, vielleicht weil ich wie ein Mensch aufgewachsen bin?! Ist schließlich nicht mein Fehler, dass meine Mutter mir nichts über ihre Welt beigebracht hat.«

Das lässt sie verstummen.

»*Lass*, sie hatte ihre Gründe«, meint Arc schließlich sanft. Ich nicke und schaue aus dem Fenster, weiche seinem Blick aus.

Das ist immer noch ein wunder Punkt, und ich will nicht vor ihnen losheulen. Ich weine nicht oft, aber irgendwie sind meine Hormone gerade durcheinander geraten. Das muss an dem ganzen Testosteron in meiner unmittelbaren Umgebung liegen.

Wir fahren schweigend weiter, nähern uns allmählich einem neuen Kapitel in meinem Leben.

KAPITEL
Sechs

E s ist schon spät am Nachmittag, als wir in Ullapool
ankommen. Uns bleibt leider keine Zeit, die hübschen
engen Straßen des Ortes näher zu erkunden;
stattdessen fahren wir direkt ins Maul der Fähre (im Ernst, sie
sieht aus wie ein riesiges Meeresungeheuer, das den Rachen
weit geöffnet hat und gleich die Autos und Lastwagen
verschlingen wird, die in einer langen Schlange auf Einlass
warten.) Die Fähre ist viel größer, als ich vermutet hatte. Es gibt
einige kleinere Restaurants, einen Laden und sogar ein
winziges Kino an Bord. Wir entscheiden uns für eine ruhige
Ecke in einem Pub-ähnlichen Speisesaal. Ich werfe einen kurzen
Blick auf die Speisekarte, aber der Seegang verursacht mir
selbst hier im Hafen schon leichte Übelkeit – ich wage kaum
daran zu denken, wie das auf See sein wird. Statt Essen bestelle
ich mir lieber einen Whisky. Die Männer werfen mir seltsame
Blicke zu, als ich ein Glas 12-Jahre-alten Highland Park bestelle,
aber ich beachte das nicht weiter. Schließlich trinkt nicht jeder
unter 25 einen Whisky nur in Cola oder anderem Gesöff. Ich
füge nur einen einzigen Tropfen Wasser hinzu und beobachte

vergnügt die Gesichter der Wächter. Macht Spaß. Whisky hat noch nie so gut geschmeckt.

Die anderen bestellen sich alle etwas zu essen, und als es serviert wird, haben wir den Hafen von Ullapool schon verlassen. Die Wellen werden höher, der Boden vibriert durch die Kraft der Maschinen, und zusammen mit dem Geruch von Essen und Diesel wird mir richtiggehend schlecht.

Ich entschuldige mich und suche die Toiletten auf. Mir kommt noch nichts hoch (*noch* nicht!), aber ich kann diesen Essengeruch nicht ertragen. Gut, die Toiletten als Alternative waren vielleicht nicht die beste Idee. Dem ‚Duft‘ nach zu urteilen, den sie verströmen, wurde hier schon eine Weile lang nicht mehr sauber gemacht. Oder anderen Passagieren war vor mir schon schlecht, was ich aber bezweifle. Ich stolpere zurück durch die schwankenden Korridore, bis ich eine Lounge erreiche. Bequeme Sessel fast wie am Flughafen laden zum Verweilen ein, aber stattdessen gehe ich durch die schwere Tür hinaus an Deck. Ich sauge die frische Luft ein – nur leicht mit Abgasen gemischt – und beuge mich über die Reling, sehe hinab ins dunkle, schäumende Wasser. Außer mir stehen nur wenige Leute hier draußen, die meisten, um eine Zigarette zu rauchen.

Mit jedem Atemzug nimmt meine Übelkeit ab. Dann werde ich wohl den Rest der Fahrt hier draußen verbringen. Ich stecke die Hände in die große Bauchtasche meines Hoodie. Muss mich später noch bei den Männern bedanken, dass sie meine Sachen aus dem Hotel mitgebracht haben. Es war das Highlight des Tages, endlich aus meinem schlammverkrusteten Schlafanzug rauszukommen.

Möwen umkreisen das Schiff, weiße Flecken in einem wolkenvergangenen Himmel. Ob sie uns wohl den ganzen Weg zu den Inseln begleiten werden? Ich schließe die Augen und atme ganz bewusst die salzige Luft ein. Unter mir brummen die Maschinen ihr eintöniges Lied. So langsam wird mir das ganze Ausmaß dieser Reise klar. Ich werde meine Mutter besuchen, tatsächlich das Reich der Götter betreten. Mein ganzes Leben lang hatte ich davon geträumt, und jetzt geschieht es wirklich. Ich kehre an den Ort zurück, an dem ich geboren wurde und werde die Frau kennenlernen, die mich geboren hat. Vielleicht wird sie mir auch etwas über meinen Vater erzählen. Bei ihren bisherigen Besuchen und in ihren Briefen hat sie sich standhaft geweigert, mir zu sagen, wer er ist. Ich weiß nur, dass er kein Gott ist – was mich nicht gerade weiterbringt.

Wegen des Maschinenlärms habe ich nicht bemerkt, dass es um mich herum sehr still geworden ist. Ich öffne die Augen und stelle fest, dass ich die Einzige an Deck bin. Es ist gespenstisch still, die Möwen sind verschwunden. Ich will gerade ins Schiffsinnere zurückgehen, kann aber nicht einmal den ersten Schritt tun. Eine unsichtbare Faust umfasst meine Körpermitte und wirbelt mich in die Luft. Ich überschlage mich, falle, schreie, und dann rückt das Meer immer näher, viel zu nah, schwarz und tiefblau und Schlimmes verheißend, und der Luftstrom lässt mich fallen, drückt mich unter Wasser. Ich kämpfe, setze meine magischen Kräfte frei, wehre mich gegen die fremdartigen schwarzen Ranken, die sich um meinen Körper geschlungen haben. Ich habe Wasser in den Augen, weiß aber irgendwie, dass mich diese seltsame, feindselige Magie von allen Seiten umgibt. Instinktiv webe ich ein Netz über meiner gesamten Hautoberfläche und drücke es dann, ungeachtet meiner brennenden Lungen, nach außen, so dass es zu einer Kugel wird, die mich vor dem Angriff des Fremden schützen soll. Ich muss meine ganze Kraft aufwenden, um diese Schutzhülle aufrecht zu erhalten und gleichzeitig Arme und Beine einzusetzen, um die Wasseroberfläche zu erreichen und nicht zu ertrinken. Mir wird schon schwarz vor den Augen, und der Krampf in meinen Lungen wird mich jeden Augenblick zwingen, den Mund zu öffnen. Ich werde ertrinken. Doch endlich breche ich durch die Wasseroberfläche, schnappe nach Luft und atme dabei fast die halbe Welle ein. Ich huste, versuche oben zu bleiben und gleichzeitig Atem zu holen. Meine Energiereserven sind beinahe erschöpft. Ich muss mich entscheiden – das magische Netz aufrecht zu erhalten oder zu schwimmen. Ich entscheide mich fürs Schwimmen.

Als sich die magischen Fäden in meinen Körper zurückziehen, überläuft mich ein Schauer, und etwas mehr Energie steht mir wieder zur Verfügung. Zumindest so viel, um mich etwas länger oben zu halten. Ich schüttele den Kopf, will das Salzwasser aus meinen Augen loswerden, um wieder richtig sehen zu können. Hohe Wellen umgeben mich von allen Seiten, aber zwischen ihnen kann ich die Fähre erkennen, die sich langsam entfernt. Keiner scheint mein Verschwinden bemerkt zu haben. Was nun? Ich kann gerade noch Land ausmachen in der Richtung, aus der wir gekommen sind, würde es aber niemals bis dorthin schaffen. Selbst wenn ich wüsste, wie mir meine magischen Kräfte helfen könnten, schneller zu schwimmen, hätte ich doch nicht mehr die nötige Energie. Es ist so ermüdend, ständig vom Tod bedroht zu sein. Das war in den vergangenen Tagen einfach zu oft der Fall. In diesem Augenblick wünschte ich, die Götter wären so, wie viele Menschen sie sich vorstellen – allwissende, alles erfassende Wesen, die Menschen aus Gefahren retten können. Stattdessen veranstalten sie wahrscheinlich ein Saufgelage in einem ihrer

Paläste in einer anderen Welt. Ihnen sind doch die Menschen total egal. Und selbst wenn nicht, könnten sie mich aus ihrem Reich heraus ganz sicher nicht sehen.

Verdammte Scheiße. Ich will leben. Einer plötzlichen Eingebung folgend forme ich über mir einen kleinen Feuerball, hoch genug, dass ihn die Wellen nicht erreichen können, und werfe ihn wie eine Leuchtrakete Richtung Himmel. Er ist nicht besonders hell, kann aber von der Fähre aus bestimmt gesehen werden. Für alle Fälle raffe ich meine letzten Energiereserven zusammen und produziere einen zweiten Feuerball, diesmal etwas größer. Ich lasse ihn nach oben schweben und versuche, ihn so lange wie möglich dort oben zu halten. Mir kommen beinahe die Tränen, als ich meinen letzten Hoffnungsschimmer über mir ersterben sehe. Aber Tränen sind nun so ziemlich das Nutzloseste in meiner Situation, wo mein ganzes Gesicht schon voller Salzwasser ist, in dem ich nun bald versinken werde.

Mit jeder Welle, die mich hochwirft und wieder auffängt, schwindet die Hoffnung weiter. Ich muss an meine Eltern denken, die Menschen, die mich aufgenommen haben. Sie werden meine Rückkehr erwarten, denken sicher, ich verbringe gerade glückliche Stunden mit meiner leiblichen Mutter – und dabei werde ich demnächst am Grund des Meeres liegen.

Ein Ruf tönt durch das Rauschen der Wellen. Ich bemühe mich, den Kopf aus dem Wasser zu halten und lausche. Da ist er wieder, ein Ruf, diesmal etwas näher.

Ich öffne den Mund, um zu antworten, aber eine Welle bricht über meinem Kopf, und ich werde in die Tiefe gedrückt. Als ich wieder hochkomme, bringe ich immerhin einen Laut hervor, aber es klingt mehr wie ein heiseres Flüstern: »Hier! Hier bin ich!«

»WYN! Wynter!« Frost. Er sucht nach mir.

»Hiiee…« Wieder schluckt eine Welle meinen Schrei, aber im nächsten Augenblick ist er da, gleitet auf den Wellen wie ein Surfer. Zu jeder anderen Zeit würde ich bewundern, wie mühelos er auf dem Wasser steht, wie sich sein trainierter Körper vor dem Licht der untergehenden Sonne abzeichnet und die Schatten seine Gesichtszüge noch männlicher erscheinen lassen – aber in diesem Augenblick bin ich am Ertrinken und denke an nichts anderes. Ist wohl verständlich.

Er kniet neben mir – ja, wirklich, er kniet verdammt nochmal auf dem Wasser, das mich zu verschlingen droht – und zieht mich hoch in seine Arme, presst mich an seine sich heftig hebende und senkende Brust.

»Bist du verletzt?« Er klingt angespannt, und ich will bestätigen, dass es mir gut geht oder bald wieder gut gehen wird, aber ich bringe nur ein mickriges Husten hervor. Er drückt mich noch fester an sich und beginnt, über die Wasseroberfläche zurück zur Fähre zu rennen. Sein Körper ist angenehm warm, ich kuschele mich an ihn und lausche seinem Herzschlag, während ich die Augen schließe.

Irgendwie erreichen wir die Fähre. Er läuft dabei über die Wasseroberfläche, weicht hohen Wellen im Slalom aus, Gischtwolken umgeben uns. Ich drücke mich an Frosts breite Brust, zitternd vor Kälte, halb bewusstlos. Das war entschieden zu viel Wasser für einen Tag!!!

Und zu viel Magie. Wenigstens waren es dieses Mal nicht meine eigenen Kräfte, die mich beinahe umgebracht hätten. Was die Frage aufwirft, was dieser neuerliche Anschlag zu bedeuten hat, aber ich kann jetzt nicht denken. Mir tut der Kopf weh.

Als wir die Fähre erreichen, sehe ich die anderen drei Männer an der Reling stehen und auf uns herabschauen. Sturm streckt die Hände aus, und eine Windhose bildet sich um uns herum und trägt uns sanft hinauf an Deck (zusammen mit einer guten Ladung Meerwasser), wo sie uns alle erwarten. Starke Arme ziehen mich von Frost weg. Ich will nicht, ich will bei ihm bleiben.

»Schhhh, ist schon gut, er braucht nur eine kleine Pause«. Ich lasse Frost gehen, und mit ihm die Wärme. Aber ich werde an einen anderen warmen Körper weitergereicht, an den ich mich schmiegen kann. Und von hinten nähert sich ein weiterer, so dass ich jetzt wie in einem Sandwich zwischen zweien meiner Wächter gepresst dastehe. Sie haben ihrem Namen alle Ehre gemacht, zusammen an meiner Rettung gearbeitet. Ich fühle mich etwas blöd dabei – wie das kleine Frauchen, das nicht alleine klarkommt. Ich sollte doch eigentlich die Stärkere sein, diejenige, die größere Macht hat als sie alle. Aber zurzeit fühle ich mich alles andere als mächtig. Andererseits – eine kleine innere Stimme weist mich gerade darauf hin, wie sehr es mir gefällt, von allen Seiten von diesen Kerlen umarmt zu werden.

Jetzt, wo ich nicht mehr im Wasser bin und in der kalten Abendluft dastehe, kriecht mir die Kälte in die Knochen. Wenn die Männer mich nicht stützen würden, wäre ich wahrscheinlich schon vor Erschöpfung zusammengebrochen. Meine magischen Kräfte sind vollkommen aufgebraucht – ich bemerke jetzt erst, welch großen Platz sie in meinem Innern einnehmen. Es fühlt sich an, als hätte ich ein Loch in meiner Brust, in der Gegend rechts von meinem Herzen. Ich kann nur hoffen, dass es sich bald wieder schließt.

»Wir sollten dich aus der Kälte bringen«, sagt Crispin sanft von hinten. Er nimmt mich hoch und trägt mich auf seinen Armen wieder hinein. Arc geht uns voraus und führt uns zu einer großen Tür. Dahinter ist es dunkel, aber er macht das Licht an – und wir finden uns in einem kleinen Kino wieder. Eigentlich ist es nur ein etwas größerer Fernsehbildschirm mit ein paar Stuhlreihen davor.

»Der Projektor ist kaputt, wir sind hier also ungestört«, erklärt er. Crispin trägt mich in die erste Reihe und legt mich sanft auf einen der Stühle. Ich muss ihn sehr verzweifelt und nach Wärme lechzend angesehen haben, denn er fährt fort »du musst aus den nassen Kleidern raus, sonst wirst du nicht warm«.

Selbst in meinem halb komatösen Zustand lässt das die Alarmglocken schrillen. Nackt zu sein. Vor den Männern. Kommt nicht in Frage. Schlimm genug, dass mich Crispin schon in meiner Unterwäsche gesehen hat.

Sturm sieht mich streng an und übernimmt das Kommando. »Arc, du gehst zum Wagen und holst ihr frische Sachen aus ihrer Tasche. Frost, du bist genauso durchnässt. Zieh dich aus. Arc kann dir auch was Trockenes besorgen. Crispin, du untersuchst sie auf Verletzungen, wenn sie sich ausgezogen hat.«

»Was? Nein, auf keinen Fall!«, protestiere ich. »Ihr werdet jetzt alle den Raum verlassen, und dann ziehe ich mich um. Nichts von wegen nackt, untersuchen, anstarren. Klar?«

Arc fängt an zu lachen, aber ich starre ihn stirnrunzelnd an, bis er sich umdreht und den Raum verlässt. Einer weniger, bleiben noch drei.

»Ich könnte mich zusammen mit dir ausziehen, falls dir das die Sache erleichtert«, kichert Frost und hebt eindeutig zweideutig die Augenbraue. Nein danke.

Ich will die Hitze nicht beachten, die mir in die Wangen und andere Körperteile steigt. Ein blödes Gefühl.

Das Zittern verstärkt sich, meine Zähne beginnen sichtbar zu klappern. Als ich dazu noch huste, steht Sturm im nächsten Augenblick an meiner Seite und zieht mich von meinem Sitz.

»Runter mit den Klamotten. Sofort«, knurrt er mit zusammengebissenen Zähnen.

Ich starre ihn schockiert an. Er seufzt. »Frost, übernimm du das.«

»Ich bin gerade beim Ausziehen, wie von dir befohlen, Bruderherz«, lästert Frost, obwohl er noch vollständig bekleidet dasteht und uns amüsiert zusieht. Er macht keine Anstalten, tatsächlich etwas auszuziehen, und schon mal gar nicht die Hosen.

»Crisp, dann du«. Sturm schiebt mich auf den Blonden zu.

»Ich brauche meine Hände doch noch zum Heilen«, antwortet Crispin mit unschuldigem Lächeln.

Sturms Gesichtsausdruck wechselt jetzt von ernst zu verzweifelt.

»Gut. Dann mach ich's also. Heb bitte die Arme, Prinzessin.«

»Du sollst mich nicht immer Prinzessin nennen. Ich heiße Wyn. Und nein, das werde ich nicht tun.« Ich verschränke die Arme vor der Brust. Er seufzt genervt – und schon befinden sie sich in der Luft, von Sturm mit eisernem Griff gehalten. Ich schreie und versuche, mich ihm zu entwinden, aber er lässt mich nicht los. Ich trete ihm schwach gegens Schienbein, aber das führt nur dazu, dass er meine Beine nun mit seinen fest umschließt und ich mich nicht mehr rühren kann, auch nicht mehr stehe, sondern an meinen Armen aufgehängt bin. Verdammt nochmal. Der Kerl ist verrückt.

Die anderen beiden krümmen sich vor Lachen. Sobald ich Sturm ins Jenseits befördert habe, sind sie an der Reihe. Mein Zorn wird fürchterlich sein. Wenn meine magischen Kräfte zurückgekehrt sind.

Sturm ändert seinen Griff, hält meine Arme jetzt mit einer

Hand und nimmt die andere, um mein Top hochzuziehen. Ich quietschte, als mein nackter Bauch für alle sichtbar wird. Ich kämpfe weiter, aber mir wird so langsam schwindelig. Vielleicht hätte Crispin mich doch zuerst untersuchen sollen.

»Jetzt hör schon auf, dich zu wehren«, knurrt Sturm, und drückt meine Beine mit seinen noch fester zusammen. Fester. Härter. Nein, nicht in diese Richtung denken. Das hat mit Sex zu tun. Hier geht's ums reine Überleben.

Sturm kämpft mit meinem Hemd – zum Glück bilden meine Brüste eine natürliche Barriere, über die er den nassen Stoff schlecht hinüberziehen kann. Danke euch, meine Beiden. Gut, dass wenigstens ihr zu mir haltet. Und der Umstand, dass meine Nippel ganz hart sind, ist kein Zeichen von Verrat, sondern nur der Kälte geschuldet. Ganz bestimmt.

»Ich werde euch helfen«, murmelt Frost von hinten und lässt seine warmen Hände unter mein Shirt gleiten. Ich fühle, wie er die Träger meines BHs berührt und dann höher wandert, meine Schultern drückt. Er lehnt sich an mich und instinktiv höre ich auf, gegen seinen Bruder anzukämpfen und beuge mich zurück, bis mein Rücken seine Brust berührt. Das fühlt sich viel zu gut an.

»Du sollst sie nicht anfassen, du sollst mir nur beim Ausziehen helfen«, beschwert sich Sturm.

»Ist das ein Unterschied?«

»Oh, scheiß drauf.« Sturm lässt mich gegen seinen Bruder nach hinten fallen – der mich zum Glück auffängt – nimmt den Hemdkragen in beide Hände und reißt das Teil herunter, bis ich nur mit BH und einem Bolero-ähnlichen Umhang bekleidet dastehe.

»Was verdammt nochmal soll das?«, zische ich wenig überzeugend und versuche, mich mit meinen Armen zu bedecken. Das habe ich zumindest vor, aber Frost nimmt sie und drückt sie mir an die Seite runter.

»Du musst vor uns nichts verstecken«, flüstert er, sein heißer Atem dicht an meinem Ohr. In mir schmilzt der Widerstand ein kleines bisschen dahin. Warum muss seine Stimme auch so … sexy sein.

Bevor ich reagieren kann, schiebt er mich sanft nach vorne, bis ich gegen die Brust seines Bruders gepresst dastehe. Frost lässt das ruinierte Shirt meinen Rücken hinunter gleiten, ich stehe jetzt also nur noch mit dem BH bekleidet da. Seine Hände fahren sanft und warm über meine Haut. Das macht mir Gänsehaut auf den Armen – es fühlt sich gut an und gleichzeitig nicht richtig. Ich stehe hier im BH vor drei Männern, die ich gerade erst kennengelernt habe.

»Oh, wie ich sehe, habt ihr schon ohne mich angefangen«. Arcs tiefe Stimme dröhnt durch das ganze Kino.

Gut, also jetzt sind's vier Männer. Das müsste der richtige Moment sein, ein gewisses Unwohlsein zu verspüren. Oder zu schreien. Aufzugeben – nein! Daraus wird nichts. So sehr sich mein Körper auch nach ihren Berührungen sehnt, das ist einfach zu früh.

Arc kommt langsam die Treppe hinunter auf uns zu und betrachtet meinen Körper mit hungrigem Blick. Dieser süße, große Kerl hat sich gerade in einen heißen, sexy Jäger verwandelt.

Ich höre auf, mich zu winden und sehe ihn nur an, halte seinen Blick in meinem. Frost nutzt diesen Augenblick, den Verschluss an meinem BH zu öffnen. Ich stehe immer noch fest gegen Sturms Brust gedrückt da, wodurch er an Ort und Stelle gehalten wird. Aber dem tückischen Grinsen auf Arcs Gesicht nach zu schließen, wird dieser Zustand nicht mehr lange anhalten. Er stellt sich neben die Zwillinge, wodurch ich nun zwischen drei Männern eingekeilt bin. Crispin hält sich noch im Hintergrund, beobachtet uns nur. Was aber nicht bedeutet, dass ihn die Szene kalt lässt.

Ein Schauer überläuft mich unwillkürlich.

Arc tritt noch näher an mich heran und umfasst eine Wange mit seiner Hand. »Du frierst doch, Wyn. Du solltest wirklich aus den nassen Kleidern raus.«

»Das versuchen wir ihr schon die ganze Zeit klar zu machen, aber sie will ja nicht hören«, klagt Frost; seine Belustigung ist nicht zu überhören.

»Ich werde – mich – nicht – vor euch – ausziehen«, wiederhole ich betont, wobei die letzten Worte in einem Stöhnen enden, als Frosts Hände von hinten meine Brüste umfassen. Er drückt sie vorsichtig und reibt meine Nippel durch den dünnen Stoff, der sie noch umgibt. Dem Himmel sei Dank dafür. Also nicht für das Drücken – nur für das bisschen Stoff. Ehrlich.

Arc kniet neben mir nieder und schiebt Sturm zur Seite, bis er sich vor mir befindet. Seine Hände greifen nach dem Rand meiner Hosen, und ich müsste jetzt wirklich lautstark protestieren, aber das will ich offensichtlich nicht. Vielleicht sollte ich die Moral einmal zur Seite schieben und das hier einfach zulassen. Wir sind hier doch ohne Zeugen. Niemand wird je davon erfahren.

Arc öffnet langsam den Reißverschluss, und ich ziehe scharf den Atem ein. Frost massiert immer noch meine Brüste, und ich lehne mich zurück an ihn – wobei sich der BH löst und seine Hände jetzt auf meiner nackten Haut zu spüren sind. Huch. Sturm starrt mit undurchdringlichem Blick auf meine Brust. Ich sehe ihn unsicher an. Dann erhellt ein Lächeln sein Gesicht, und im nächsten Augenblick fällt sein Mund auf meinen und drückt mich dabei noch weiter in Frosts Arme. Seine Lippen sind hart und gleichzeitig weich (wie ist das möglich?!) und ergreifen mit einer Macht von mir Besitz, die mein Herz noch höher schlagen lässt, als es das sowieso schon tut. Aller Widerstand schmilzt dahin. Ich stöhne ihm entgegen und öffne meinen Mund, heiße seine Zunge willkommen. Auf einer anderen Ebene spüre ich, dass Arc mir die Hosen runterzieht und Frosts harter Schwanz gegen meinen Rücken drückt, während er weiter mit meinen Nippeln spielt, aber wirklich konzentrieren kann ich mich nur darauf, wie Sturm schmeckt, seine Lippen auf meinen, während seine Zunge meinen Mund erkundet.

Als er sich plötzlich zurückzieht, bin ich atemlos (sprachlos sowieso). Ich habe weiche Knie und sage mir, dass dies ein Zeichen der Erschöpfung sein muss, nicht die Folge des heißesten Kusses, den ich je bekommen habe.

Langsam werde ich mir auch meiner übrigen Körperpartien wieder bewusst. Da pulsiert etwas zwischen meinen Beinen, und ich merke, dass mich alle drei Männer an verschiedenen Stellen berühren. Aber etwas fehlt. Einer. Ich drehe mich, bis ich Crispin sehen kann, der alleine einige Meter entfernt dasteht. Unsere Blicke treffen sich, und er lächelt traurig.

Keine Ahnung, was mein Mund sich dabei denkt, aber ich flüstere »Komm her.«

Er bleibt einen Moment lang still stehen, und ich bin schon fast überzeugt, dass er nicht mitmachen will, aber dann bekommt sein Blick etwas Entschlossenes und er tritt näher.

Aber dann werden wir jäh unterbrochen.

Der Lautsprecher knackt laut. »In wenigen Minuten werden wir in Stornoway erreichen. Wir bitten alle Fahrgäste, sich zu ihren Fahrzeugen zu begeben.«

Ein allgemeines Stöhnen geht durch den Raum. Kam vielleicht auch von mir. Gerade jetzt, wo mein Körper endlich über den Verstand gesiegt hatte.

Arc räuspert sich und steht auf. »Wir sollten uns beeilen.«

»Jawoll«, bestätigt Frost, drückt meine Brüste zum Abschied noch einmal und macht dann einen Schritt zurück.

Es bleibt nur Sturm, der auf mich hinunter starrt. »Du

hättest dich umziehen sollen.« Damit lässt er mich einigermaßen fassungslos stehen.

Arc reicht mir frische Kleidung – ein einfaches schwarzes T-Shirt und weiße Leinenhosen. Ohne ein weiteres Wort drehen sich die Männer um; ich starre sie überrascht an. Jetzt also kann ich mich ungestört umziehen? Unglaublich.

Ich streife schnell das Shirt über (einen trockenen BH hat Arc vergessen), ziehe die nassen Schuhe aus und schlüpfe aus den um meine Knöchel hängenden Hosen. Dann besehe ich mir die bereitliegenden Kleidungsstücke. Nicht doch!

»Keine Schlüpfer?«

»Ähm, hab gedacht, die brauchst du nicht.« Arc lacht, ich bin mir sicher, das war Absicht. Mistkerl. Ich stöhne meinen Frust hinaus.

»Du hättest ihr Höschen mitbringen sollen, mein Freund«, meint Frost zu meiner Überraschung.

»Wieso, hast du ein Problem damit, dass sie unter den Hosen nichts anhat?«, neckt ihn Arc.

»Du trägst einen Kilt. Weißt du, wie unbequem das ist?«, fragt Frost und deutet auf die große Beule zwischen seinen Beinen.

Ich werde versuchen, dieses Gespräch aus meinem Gedächtnis zu löschen.

KAPITEL
Sieben

Es ist schon dunkel, als wir die Fähre verlassen und nach Stornoway hineinfahren. Der Ort wird zwar als Hauptstadt der Hebriden bezeichnet, ist aber nicht sehr groß, hat höchstens ein paar tausend Einwohner. Wir fahren durch die Straßen, bis wir ein Hotel finden, das hell erleuchtet ist und einladend aussieht. Die Männer haben beschlossen, dass wir uns vor der Weiterfahrt nach Calanais erst ausruhen müssen.

Sturm geht hinein um zu fragen, ob sie noch ein Zimmer für uns haben, während wir im Auto warten.

»Ist Sturm euer Anführer?«, frage ich, denn es scheint immer der in sich gekehrte, schwarz gekleidete Zwillingsbruder zu sein, der hier alles organisiert.

»*Aye*, er ist der Boss«, grinst Arc. »Solange wir das zulassen.«

»Das ist also nicht offiziell?«

»Nee, er ist der Älteste und meint deshalb, dass er hier das Sagen hat. Und das ist uns die meiste Zeit auch ganz recht.«

»Er ist nur ein paar Minuten älter«, grummelt Frost. »Und

das nur, weil unser Gott nicht zwei Wächter auf einmal erschaffen konnte.«

»Wieso hat er euch überhaupt zu Zwillingen gemacht?«, frage ich. Ich verstehe diesen Vorgang des Erschaffen-Werdens im Gegensatz zu einer normalen Geburt immer noch nicht ganz.

»Vielleicht einfach, weil es sich optisch besser macht, wenn jemand zwischen zwei identisch aussehenden, starken und dabei noch hübschen Wächtern steht«, gluckst er. »Bei Sturm hat er noch geübt, als er mich gemacht hat, war er schon perfekt.«

Ich grinse. »Bist du dir da sicher?«

»Hey!« Er stößt mir scherzhaft in die Seite. »Ich bin der bestaussehende Wächter im ganzen Reich.«

»Beachte ihn nicht weiter«, wirft Crispin ein. »Diesen Titel habe ich dreimal hintereinander gewonnen.«

»Weil dein Gott das so arrangiert hat!«

Sturm kehrt zurück und unterbricht das Geplänkel (und lässt mich damit auch nicht mehr entscheiden, welcher der vier nun wirklich der heißeste Typ ist). Er führt uns hinein und die dunkle, mit dicken Teppichen bedeckte Treppe hinauf. »Sie hatten kein Familienzimmer mehr, wir haben also zwei Doppelzimmer.«

Ich seufze. »Und sie hatten keines mit getrennten Betten?«

»Nach allem, was auf der Fähre geschehen ist, dachte ich nicht, dass du auf getrennten Betten bestehen würdest«, erwidert Sturm mit dunkler Stimme und heiserem Unterton.

»Was auf der Fähre geschehen ist? Ihr habt mich belästigt!«

»Wir haben dich ausgezogen«, konstatiert er. »Und du hast mich geküsst.«

»Moment mal – *du* hast *mich* geküsst!«

»Und du hast den Kuss erwidert.«

Ich bin sprachlos. Und muss meine Niederlage eingestehen.

Ja, ich habe den Kuss erwidert. Ja, ich habe ihn genossen. Ja, ich würde das wahrscheinlich wieder tun. Und noch weiter gehen. Mir wird heiß, wenn ich nur daran denke. Meine leise innere Stimme meldet sich wieder und sagt mir, dass dies nicht ich bin, dass dies nicht richtig ist, aber ich dränge sie zurück.

Und ich lasse mich nicht unterkriegen. »Nein, hab ich nicht.«

»Und ob«. Bevor ich eine Bewegung machen kann, greift Sturm meine Arme und drückt mich gegen die Wand des Korridors, presst seine Lippen auf meine und küsst mich stürmisch. Meine Lippen öffnen sich und lassen ihn ein. Verräter.

»Ähm, könnten wir das in den Zimmern fortsetzen? Wir sollten nicht zu viel Aufmerksamkeit erregen.« Frosts Stimme dringt aus weiter Ferne zu mir durch. Ist mir egal, bin beschäftigt. Ich weiche Sturms Zungenstößen aus und lasse meine eigene an seinen Zahnreihen entlang gleiten. Perfekt.

Er lehnt sich zurück und beendet den Kuss. Mein Mund folgt ihm, nimmt meinen übrigen Körper mit. Er macht einen Schritt zurück, die Augen voll Verlangen und Bedauern. »Nicht hier, Prinzessin. Und nicht so.« Seine Stimme ist beinahe sanft.

Er wendet sich ab und geht weiter, gefolgt von den anderen, so dass ich allein und verwirrt zurückbleibe. Was zum Teufel war das gerade? Hab ich es wirklich zugelassen, dass er mich küsst? Schon wieder?

»Komm schon, Wyn,« ruft Crispin vom anderen Ende des Korridors. Ich schüttele meine wirren Gedanken ab (versuche es zumindest) und eile ihnen nach.

Wir haben zwei einander gegenüberliegende Zimmer. Sie sind identisch – klein, dunkel, dabei aber durchaus freundlich eingerichtet. Ich gehe in das Zimmer zu meiner Rechten, wo die Männer mich erwarten. Arc liegt raumgreifend auf dem großen Doppelbett; wenn ich mich etwas vorbeugen würde, könnte ich wahrscheinlich unter seinen Kilt schauen... Aber nicht doch, das wäre ungezogen.

Sturm und Frost stehen am Fenster und unterhalten sich leise, während Crispin etwas verloren und allein in der Mitte des Raumes steht. Er ist aber auch der Einzige, der von meinem Eintreten Notiz nimmt.

»Wie fühlst du dich?«, fragt er und legt mir einen Arm um die Schultern. Diese Vertraulichkeit überrascht und erregt mich gleichermaßen. Crispin ist mir immer noch ein Rätsel. Er ist der Ruhigste von allen, immer sanft, immer etwas abseits von den anderen stehend. Frost und Sturm passen zueinander, weil sie sich so ähnlich sehen (und sich auch im Verhalten nicht sehr unterscheiden, wie ich immer mehr erkenne, obwohl sie mir anfangs so verschieden vorkamen). Arc fällt ebenfalls nicht aus der Reihe – aber Crispin ist ... anders. Nicht auf irgendwie negative Art und Weise. Ich habe bei ihm nur das Gefühl, das er eines dieser stillen Wasser ist, unter deren Oberfläche sich viel Unsichtbares verbirgt.

»Müde«, antworte ich, ohne zugeben zu wollen, dass ich völlig erschöpft bin. Er soll nicht denken, dass er seine Heilkünste an mir ausprobieren muss.

»Männer, lasst uns reden. Wyn ist total fertig, wir sollten das hier also so schnell wie möglich hinter uns bringen.«

»Da ist sie nicht allein«, murmelt Frost. Dunkle Ringe liegen um seine Augen, seine Schultern hängen. Die Rettungsaktion muss ihn mehr Energie gekostet haben als mir bewusst war. Wieso ist mir das vorher nicht aufgefallen? Ach so, ja, er hat meine Brüste umklammert. Deshalb.

»Arc, mach mal Platz«, befiehlt Sturm, und der Mann im Kilt richtet sich auf. Wir setzen uns zu ihm auf die federnde

Matratze. Was mich daran erinnert, dass wir noch nicht besprochen haben, wie wir wo schlafen werden. Ich wünschte, diese Kerle wären bedeutend kleiner und würden alle in ein Bett passen. Das im Nachbarzimmer – damit ich dieses hier für mich hätte.

»Aua, du sitzt auf meinem Bein«, beschwert sich Frost und schiebt seinen Bruder weg. Was dazu führt, dass nun jeder jeden schubst und die Matratze verärgert stöhnt. Oder so hört es sich für mich jedenfalls an – eine Interpretation, die sich Sekunden später bewahrheitet, als Arc mich ergreift und auf seinen Schoß setzt.

»Siehst du, jetzt gibt's mehr Platz«, grinst er. Ich bin zu müde, um dagegen zu protestieren. Außerdem ist er warm und fühlt sich gut an. Ich spüre seine harten Bauchmuskeln unter mir, versuche das aber so gut wie möglich auszublenden.

Storm gibt »ts, ts«- Geräusche von sich und räuspert sich dann mit wichtiger Miene. »Also gut, lasst uns anfangen. Wyn, hast du gesehen, wer dich von der Fähre geworfen hat?«

Ich schüttele den Kopf. »Nein, ich war alleine an Deck. Es war Magie, hat sich angefühlt, als ob ein Luftstrom mich erfasst und über Bord geworfen hat.«

»Magie der Lüfte – das macht alles noch komplizierter.«

»Wieso?«

»Nur wenige Magier haben diese Fähigkeit«, erklärt Sturm. »Unter Wächtern ist sie eher vorhanden.«

»Oh. Aber wir können nicht ausschließen, dass es sich um einen Magier handelt, oder?«

»Nein, aber es ist unwahrscheinlich. Hat vorher schon einmal jemand versucht, dir zu schaden? Als du noch unter den Menschen gewohnt hast?«

»Nein, und wieso auch? Warum versucht jemand, mich jetzt umzubringen?«

»Dann haben sie wohl gewartet, bis sich deine Zauberkräfte

mit Eintritt der Volljährigkeit voll entwickelt haben«, überlegt Sturm und beantwortet meine Frage nicht.

»Wir können so nicht weitermachen«, sagt Frost mit müder Stimme. »Es hat an einem Tag zwei Anschläge auf ihr Leben gegeben, das Feuer nicht eingerechnet. Es sollten jetzt immer zwei von uns bei ihr sein.«

»Zwei von euch? Hab ich dabei gar nichts zu sagen?«

»Nein«, gibt Sturm in seiner brummigen Stimmvariante zurück.

»Ich fürchte, das wird nicht ausreichen«, seufzt Crispin. »Wenn sie wieder in ihr Denken eindringen, könnten wir nicht verhindern, dass sie wegläuft. Wir müssen eine zusätzliche Sicherung einbauen.«

»Du denkst dabei an…«

Arc schüttelt den Kopf. »Das halte ich für keine gute Idee. Die Wirkung ist jetzt schon ziemlich stark, und das würde sie … noch verstärken.«

»Stimmt«, grummelt Sturm.

»Du würdest es tun, nicht? Es geht hier aber nicht um dich, sondern um Wyn«, ereifert sich Frost. »Nur, weil du dich nicht beherrschen kannst, willst du sie in Gefahr bringen?«

Das reicht mir jetzt. »Was zum Teufel soll das alles bedeuten?«

Kollektives Schweigen. »Gut, wenn ihr's mir nicht sagen wollt, gehe ich jetzt ins Bett. Ich nehme das andere Zimmer, ihr könnt hierbleiben.«

Ich richte mich auf und befreie meine Beine von Crispins (der seine irgendwann über meine geschlagen hat). Aber bevor ich weggehen kann, legt Arc seine Arme um meinen Bauch und zieht mich an sich heran. »Lass mich los!«

»Nein«, flüstert er und dreht mich zu sich herum, bis ich ihm direkt in die smaragdgrünen Augen schaue. Sein Blick nimmt mich gefangen und lässt mir den Atem stocken. Mein

Bauchgefühl befiehlt mir, mich vorzulehnen, meine Lippen auf seine zu pressen und...

»Was machst du mit mir?«, flüstere ich und bin über meine eigenen Gedanken schockiert. Das hier bin nicht ich.

»Genau darüber sprechen wir. Die *Anziehungskraft*.«

»Ist es das, was mich dazu bringt...«

»Mich zu küssen? Mit mir schlafen zu wollen? Ja.« Arcs Stimme klingt heiser, seine Pupillen sind vergrößert. Ich spüre, wie er an meinen Schenkeln hart wird. Seine Lippen laden mich ein, rot, weich und köstlich. Wie sie sich wohl anfühlen mögen?

»Komm aus der Schleife raus«, knurrt Sturm und zieht mich von Arc weg. Sofort ist der Zauber gebrochen. Ich sehe Arc schockiert an. Wollte ich ihn wirklich gerade küssen? Ihr Götter, das ist nicht richtig! Sturm habe ich vorhin schon geküsst, jetzt Arc beinahe, und wenn ich mir die anderen beiden Wächter ansehe, kann ich es mir durchaus vorstellen, meine Lippen auf ihre zu pressen.

Crispins ruhige Stimme holt mich aus meinen Gedanken. »Wenn Wächter die Zauberkraft eines Gottes in sich aufnehmen, knüpfen sie eine Verbindung mit ihm. Deshalb ist das verboten. Aber auf dich trifft das nicht zu, du bist eine Halbgöttin, weshalb wir dachten, die Dinge lägen bei dir anders. Wir hatten keine Wahl, als deine Zauberkräfte durchbrachen, nur so konnten wir verhindern, dass du dich selbst umbringst.«

»Also – als ihr das Erdbeben gestoppt habt... da habt ihr mir Zauberkräfte entzogen?«

»Ja, wir haben so viel wie möglich davon in uns aufgenommen. Deine Mutter war vorausschauend genug, vier von uns zu schicken; ein oder zwei Wächter wären nicht genug gewesen. Solange du deine Kräfte nicht vollständig unter Kontrolle hast, müssen wir hier sein, damit sie dich nicht überwältigen.«

»Heißt das, meine Mutter kannte die – Nebenwirkungen?«

»Keiner wusste genau, was geschehen würde, ob es überhaupt zu einer Verbindung käme, wie stark die Anziehungskraft wäre. Du bist seit langem die erste Halbgöttin. Aber es stimmt, Beira wusste, dass es die Möglichkeit gab.«

Ich bin schockiert. Meiner Mutter war klar, dass ich mich … nein, dass mein *Körper* sich in die von ihr geschickten Wächter verlieben könnte, aber sie tat es trotzdem. Was hat sie sich nur dabei gedacht? Wie konnte sie mir das antun? Sie hat mir damit letzten Endes den freien Willen genommen.

»Aber was, wenn ich euch nie wirklich … küssen wollte? Was, wenn mich diese Verbindung zwingt, noch weiterzugehen – ist das nicht dasselbe wie Vergewaltigung?«

Crispin schüttelt entschieden den Kopf, während sich ein leichtes Grinsen auf seinem Gesicht ausbreitet. »Ich vergaß zu erwähnen, dass diese Verbindung sich keinesfalls immer in sexueller Anziehungskraft äußert. Das geschieht nur, wenn diese Gedanken vorher schon existiert haben, sie werden dann nur noch gesteigert.«

Ich drehe den Wasserhahn auf und spritze mir kaltes Wasser ins Gesicht. Was leider nicht dazu führt, dass mein Kopf klarer wird. Er schwirrt von wirren Gedanken, während mein Körper sich immer noch im Griff manipulierter Hormone befindet – kurzum, es steht nicht gut um mich. Und wir haben noch gar nicht besprochen, was Crispin vorgeschlagen hat. Wobei mir nicht klar ist, was das eigentlich war, nur dass es verhindern sollte, dass ich umgebracht werde. Was soweit gut klingt.

Ich seufze und trockne mir die Hände ab, wobei mir ihr leichtes Zittern auffällt. Ich könnte jetzt einen der Kräutertees gebrauchen, den Mama mir immer vor Prüfungen gemacht hat. Mama – was sie wohl gerade tut? Geht es meinen Eltern gut? Sind sie noch in dem Hotel, in das sie die Männer verfrachtet haben? Ich wünschte, ich könnte sie einfach anrufen, um das herauszufinden, aber ich kann mir schon Sturms Antwort auf solch ein Ansinnen vorstellen – einen Vortrag über Sicherheit und das Nachverfolgen von Telefonkontakten, etc.

Crispin hat mir gesagt, dass sie ungefähr einen Tag lang in diesem Tiefschlaf bleiben würden, in den er sie versetzt hatte. Ihr menschliches Gehirn bräuchte diese Zeit, um alles zu verarbeiten. Hätte er das mit mir abgesprochen, hätte ich ihm erklärt, dass ihre menschlichen Gehirne schon seit zweiundzwanzig Jahren damit beschäftigt waren, das Auftreten von Zauberkräften zu verarbeiten. Im Augenblick wünschte ich nur, sie wären hier, würden mich ins Bett bringen und mir versichern, alles würde gut werden. Stattdessen bin ich umgeben von vier Wächtern, die zwar gut aussehen, über die ich aber nicht das Mindeste weiß.

Als ich wieder ins Zimmer komme, sitzen die Männer nicht länger auf dem Bett. Crispin wühlt in den Taschen herum, während die drei anderen Möbelstücke verrücken, um in der Mitte mehr Platz zu schaffen.

Arc schaut auf, als er die Badezimmertür hinter mir zufallen hört. »Wir müssen noch ein paar Vorkehrungen für das Ritual treffen…«

»Was für ein Ritual?«, schreie ich fast heraus. Ich bin so erschöpft und will endlich wissen, was hier vor sich geht. Diese ganze Geheimnistuerei geht mir gehörig auf die Nerven.

»Es gibt eine Möglichkeit sicherzustellen, dass es dir gut geht, egal, ob wir bei dir sind oder nicht. Das ist in etwa wie ein

GPS-Sender, nur dass wir im Notfall sogar mit dir reden können. Dann können wir dich viel schneller erreichen als mit jeder anderen Methode.«

»Du willst damit sagen, ihr könnt mit meinem Geist reden?«

»Nur, wenn du uns einlässt. Es ist eine Art Einbahnstraße, die nur du öffnen kannst. Also, wenn du in Gefahr bist, kannst du diese Gedankenspur öffnen und mit uns reden, aber wir können dich nicht hören, wenn du das nicht tust.«

»Das klingt gar nicht schlecht. Was ist der Haken dabei?«

Er zögert etwas mit der Antwort. »Wir wissen nicht, ob die Verbindung dadurch stärker wird. Das könnte dich dann noch mehr beeinflussen.«

»Kommt nicht in Frage. Nein. Absolut nicht.«

»Es geht nicht anders, *Lass*. Ich will nicht, dass dir etwas geschieht.«

Das bringt mich zum Schweigen. Arcs Hundeblick ist schon schlimm genug. Aber hier steht dieser große, rau wirkende, Kilt-bekleidete Kerl und sieht mich an, als...als wäre ich etwas Besonderes für ihn?

»Aber – ich reagiere auf euch alle doch gleich. Wie ist das möglich, dieselben Gefühle für vier Männer? Was, wenn ich - einen von euch küsse, und dann einen anderen? Das ist doch nicht fair.«

»So darfst du das nicht sehen. Sturm und Frost haben sich ein Leben lang alles geteilt. Ich weiß nicht, wie Crisp das sieht, aber mir hat es Spaß gemacht, dich mit Sturm zusammen zu beobachten. Dich auf dem Schoß zu haben. Da auf der Fähre. Das sollten wir mal wieder tun.«

Ich spüre die Röte in mir aufsteigen. Nein, sollten wir definitiv nicht. Oder doch? Ich kann nicht mehr denken. Was ist auf die Verbindung zurückzuführen und was auf meine ureigenen Gedanken und Gefühle? Kann ich mich auf sie überhaupt noch verlassen? Was, wenn das alles noch schlimmer ist nach dem Ritual? Werde ich zur liebestollen Halbgöttin, die hinter ihren Wächtern her ist?

Selbst jetzt, in direkter Nähe zu Arc, kann ich die Anziehungskraft spüren. Mein Körper will ihn berühren.

»Es wird immer schlimmer. Wie kann das sein, wenn ihr mir seit dem Erdbeben keine Energie mehr entzogen habt?«

Arc schweigt einen Moment lang, dann sagt er »Wir glauben, es liegt daran, dass wir die ganze Zeit zusammen sind. Deine Zauberkräfte reagieren auf die Reste davon in unseren Körpern.«

Iiiih, das klingt irgendwie gruselig. Aber dann gibt es ja eine einfache Lösung.

»Wenn ich mich von euch fernhalte, wird's also besser? Dann könnte ich doch einfach einen Bus nach Calanais nehmen, durch den Steinkreis laufen, und alles ist erledigt. Ihr müsstet nicht länger in meiner Nähe sein.«

Er sieht mich irgendwie schmerzerfüllt an. »Mir war nicht klar, dass du uns so wenig magst.«

»Ich mag euch, doch, na klar. Aber ich habe den Eindruck, von allen Seiten manipuliert zu werden und hasse dieses Gefühl der Ohnmacht. Ich muss meine eigenen Entscheidungen treffen können und will das nicht dieser seltsamen *Verbindung* überlassen.« Ein Schluchzen ist unüberhörbar. Jetzt nicht losheulen. Nicht vor den Männern. Ich stehe sowieso schon als ziemlicher Schwächling da, der dauernd gerettet werden muss.

Arc öffnet die Arme und nimmt mich darin auf. Ich drücke ihn an mich. Also gut, einen Moment lang schwach sein. Arcs Umarmungen sind die schönsten.

Endlich einmal lässt die Verbindung uns diese einfache, nicht triebhafte Umarmung auskosten. Danke dir, Zaubermacht.

»Wir sind soweit«, verkündet Frost. Sie haben die Teppiche auf dem Boden zur Seite geschafft, unter denen die Holzdielen zum Vorschein gekommen sind. Sturm beendet gerade eine Zeichnung mit einem komplizieren Muster, die er mit einer tintenähnlichen Flüssigkeit auf den Boden aufgebracht hat. Schwarz wie Tinte, aber ansonsten eher wie ein Gel, nicht so flüssig.

Sturm wischt sich die verschmierten Hände an seiner Jeans ab. Diese Flecken gehen garantiert nicht mehr raus!

Ich besehe mir die Zeichnung genauer. Sie erinnert an einen großen keltischen Knoten, eine endlose Schleife, auf der oben aber ein weiterer Knoten sitzt und darauf ein weiterer, bis sie in etwa einen Kreis bilden. So wie man einen Stern erhält, wenn man zwei Dreiecke versetzt übereinanderlegt, hat er aus keltischen Knoten einen Kreis geformt (Mama würde dem als Künstlerin sicher nicht zustimmen).

»Nicht anfassen«, warnt mich Sturm, als ich mich darauf zubewege.

»Was ist das? Etwas wie ein Pentagramm?«

»Pentagramme haben mit Magie nichts zu tun, die verwenden nur Scharlatane«. Frost ist herangekommen, um die Arbeit seines Bruders in Augenschein zu nehmen. Ich spüre seinen Atem im Nacken, als er hinter mir steht. »Das hier ist das einzig Wahre. Gut gemacht, Bruder.«

»Gut, es ist hübsch, aber was bewirkt es?«, frage ich ungeduldig. Hallo – schließlich wollen sie in *meinem* Kopf herumpfuschen.

Statt einer Antwort hebt mich Sturm einfach hoch und setzt mich in der Mitte dieser Knoten-Kreis-Ansammlung ab.

»Ach, jetzt darf ich es also berühren?«, frage ich ungläubig. Dieser Barbar – mich einfach wie ein Spielzeug so aufzuheben und hinzusetzen. Ich habe schließlich meinen eigenen freien Willen! Jedenfalls die meiste Zeit. Es sei denn, meine Hormone verselbständigen sich.

»Nicht bewegen. Wenn du das Muster veränderst, kann alles Mögliche passieren.«

»Aber was wird denn passieren?« Meine Güte, klinge ich weinerlich! Aber es ist immerhin eine berechtigte Frage.

Crispin lächelt mich aufmunternd an. »Nichts Schlimmes. Wir werden unsere Energien in dem Knoten bündeln; sie werden ihn dann durchfließen und sich mit deinen verbinden und vermischen. Wird nicht wehtun, keine Angst. Könnte sich ein bisschen komisch anfühlen, aber wie gesagt, ist nicht schlimm.«

»Okay. Was muss ich tun?«

»Nur dastehen und hübsch aussehen«, kichert Frost, wird aber sofort ernst, als ihm sein Bruder einen vernichtenden Blick zuwirft. Hui, ich bin froh, dass er mich nicht so anstarrt – bis jetzt jedenfalls nicht.

»Schließ die Augen...«

»...und denk an mich«, unterbreche ich, was die übrigen Männer in lautes Gelächter ausbrechen lässt. »Sorry, mach bitte weiter.«

Sturm schnaubt. »Schließ die Augen und konzentriere dich auf deine Magie. Stell dir vor, wo in deinem Körper sie sitzt und gehe in Gedanken an diesen Ort. Bereit?«

Ich entspanne mich, wende meine Gedanken nach innen, bis ich an der Stelle rechts von meinem Herzen angekommen bin, wo meine magischen Kräfte sitzen. Im Augenblick liegen sie wie eine Katze zusammengerollt da, etwas angespannt, und schauen sehnsüchtig auf die Magie der Männer. Die Bindungskräfte zwischen uns zeigen Wirkung.

»Jetzt öffne deinen magischen Ort und lass uns ein«. Sturms leise Stimme scheint von weit her zu kommen.

»Wie mache ich das?«, flüstere ich.

»Geh in Gedanken zurück... zu unserem Kuss... wie du mich eingelassen hast ... wie du deinen Mund für mich geöffnet hast…wie meine Zunge zu dir hinein durfte … wie ich an deinen Lippen gesaugt habe… wie du bereit warst für mich…«

Mein magisches Ich schnurrt angesichts dieser Worte. Ja, meine Liebe, das höre ich auch gern. Was aber nicht bedeutet, dass ich mich jetzt gleich auf jemanden stürzen muss. Sie öffnet sich, reckt und streckt sich gähnend und wird dann größer, verlässt die Nische neben meinem Herzen und breitet sich in meinem ganzen Körper aus. Meine Adern sind hocherfreut, als sie durch sie hindurch strömt. Mein Kopf fühlt sich ganz leicht und gleichzeitig schwer an. Farben explodieren vor meinem inneren Auge, und ein ganzes Orchester spielt um mich her eine Serenade. Gut, das ist vielleicht etwas übertrieben – aber im Ernst, dieses Gefühl ist einfach nur – zauberhaft.

»Ja, so ist's gut, prima. Noch etwas mehr, fast geschafft. Denk daran, wie sehr du uns begehrst. Gib dich ganz diesem Gefühl hin, Prinzessin.«

Ich stöhne inwendig (zum Glück verrät mich mein Mund diesmal nicht) und lasse die letzten Zügel fahren, die meine Magie noch zurückgehalten haben. Sie stürmt los, springt aus mir hinaus in die wartenden Arme von – na, wo sind sie denn? Vier Bälle in Regenbogenfarben leuchten um mich her. Wenn ein Einhorn gepupst hätte, sähe das vielleicht so ähnlich aus. Ich halte die Augen weiter geschlossen, kann sie aber dennoch sehen, ihre magischen Kräfte, die aus ihnen heraus in den Knoten fließen, auf dem ich stehe. Aus dem Boden greifen zarte, regenbogenfarbene Fäden nach mir, wollen mich erreichen. Meine eigene Magie geht ihnen entgegen und empfängt sie wie gute alte Freunde. Als die Magie der Männer in mich hinein fließt, explodieren Feuerwerke in meinem Kopf. Eine Kakophonie der Gefühle droht mich zu überwältigen – Liebe, Leidenschaft, Lachen, Hassen, Tränen, Empathie, Traurigkeit, Bewunderung. Die meisten Gefühle kann ich gar nicht in Worte fassen. Sie sind einfach nur da. Und stellen sich mir vor. Sie sind verbunden mit Bildern, Geräuschen, Gerüchen. Erinnerungen. Mir fehlt die Zeit, sie genauer zu betrachten, aber ich sortiere sie ein für später.

Meine Magie leuchtet vor Freude und zieht sich langsam wieder in die Höhle an meinem Herzen zurück. Sie lässt sich dort zu Boden fallen und leckt sich die Pfoten. Eine zufriedengestellte Zauberkatze. Um sie herum leuchten jetzt Farben in der Dunkelheit. Sie wird von etwas Neuem umgeben.

Ich muss lächeln, als mir klar wird, dass mich dies vervollständigt. Ich hatte ja keine Ahnung, dass da etwas fehlte, aber jetzt, wo ich die Farben sehe, ist mir klar, dass es in dieser Höhle vorher zu viel Dunkelheit gab. Jetzt haben sich dort Licht und Sonnenschein und Einhorn-Pupse ausgebreitet.

Mit einem letzten Gähnen legt meine Magie den Kopf auf ihre Pfoten und schließt mit einem glücklichen Ausdruck auf ihrem makellosen Gesicht die Augen. Und wo sie jetzt glücklich ist, bin ich es auch.

Als ich sie einschlafen sehe, überkommt auch mich die Müdigkeit. Und ich tue es ihr nach, lege mich hin und rolle mich zusammen, lege einen nicht vorhandenen Schwanz um mich herum und gleite in einen erholsamen Schlaf.

KAPITEL

Acht

»Prinzessin, Zeit aufzuwachen.«

Nein, absolut nicht. Es ist mitten in der Nacht, selbst wenn das die Uhr nicht anzeigt – in meinem Kopf ganz sicher. Auf meiner inneren Uhr ist es drei Uhr morgens. Lasst mich schlafen!

»Wyn, wir müssen los.«

Lasst mich in Ruhe. Bin beschäftigt. Schlaf ist so wichtig.

Jemand zieht mir die Decke weg. Ich hole sie zurück und ziehe sie mir über den Kopf. Plötzlich drückt etwas auf meinen Rücken und Hintern. Etwas Schweres, Großes.

»Wie soll sie aufstehen, wenn du auf ihr draufsitzt, Arc!«

»Aber vielleicht *will* sie dann aufstehen.«

Ich stöhne. Männer! Womit habe ich das verdient. Ach so, ja, ich habe ein Haus niedergebrannt und ein kleines Erdbeben verursacht. Hatte ich vergessen. Wollte ich vergessen.

Arc verändert seine Position und drückt dabei meine Hüftknochen in die harte Matratze.

»Geh von mir runter«, klage ich mit verschlafener Stimme. »du tust mir weh.«

Das Gewicht ist sofort weg. Ich schaue nach oben und sehe Frost und Sturm, die einen verwirrt aussehenden Arc hoch halten, während Crispin bei mir am Bett steht und fragt »Hast du Schmerzen?«

»Was? Nein… das hab ich doch nur gesagt, damit er von mir runtergeht.«

»Ah.« Er sieht etwas unsicher aus. »Also keine Nebenwirkungen?«

»Sollte es denn welche geben?«

Er verzieht das Gesicht. »Also, in einem der Bücher stand, es könnte nach dem Ritual zu Kopfschmerzen kommen, aber…«

Ich richte mich mit einem Ruck auf und halte meine Hand vor sein Gesicht. »Und du hast es nicht für nötig gehalten, mir das zu sagen?«, zische ich und sehe sie alle so böse wie möglich an.

Crispin hüstelt verlegen. »Stand doch nur in einem der Bücher, und es geht dir gut, also kein Grund zur Sorge.«

»Siehst du, hab dir doch gesagt, du sollst das für dich behalten«, meint Arc und verzieht mitfühlend das Gesicht.

»Von jetzt an werdet ihr mir alles erzählen. Nebenwirkungen, Probleme, zu erwartende Hindernisse, alles. Klar?«

Vier Männer sehen mich groß an und nicken dann einer nach dem anderen. Ich bin etwas überrascht, wie leicht sie klein beigeben. Das ist eigentlich ungewöhnlich. Dann bemerke ich die Feuerbälle um meine Hände herum. Oho. Sie haben also Angst vor mir. Niedlich. Ich fahre mit den Händen durch die Luft und sehe fasziniert, dass das Feuer an Ort und Stelle bleibt, ohne mich zu verbrennen. Verdammt. Ich hätte nicht einmal bemerkt, dass es da war.

»Könntest du das bitte abstellen?«, fragt Frost mit Sorgenfalten auf der Stirn. Er hat anscheinend noch vor Augen, was das letzte Mal geschah, als ich meine Zauberkräfte an

Feuer ausprobiert habe. Das Gefühl von ehrfürchtigem Staunen schwindet. Er hat recht. Ich sollte nicht darin schwelgen. Ich bin gefährlich.

Ich konzentriere mich, bis sich dicke magische Fäden um meine Handgelenke winden und im Feuerzauber sprühen. Ich ziehe sie zurück, und sie folgen widerstrebend meinem Befehl. Zumindest tun sie, was sie sollen. Und ich befehle ihnen gleich noch, keine Häuser mehr abzubrennen.

Als das Feuer zischend erlischt, atmen die Männer hörbar auf. Ich würde es ihnen gleichtun, wenn ich nicht Angst hätte, dadurch das Gesicht zu verlieren. Sie müssen ja nicht wissen, dass die Sache mit dem Feuer keine Absicht war.

»Gut, wann fahren wir weiter?«, frage ich mit fröhlicher Stimme und wende mich ab, damit sie nicht die Tränen in meinen Augen sehen.

Ist nicht so einfach, wenn man feststellt, dass man eine todbringende Gefahr sein kann.

Nach einem schnellen Frühstück sind wir wieder im Auto und lassen Stornoway hinter uns. Ich sitze eingekeilt zwischen Crispin und Arc, die beiden Brüder belegen die vorderen Sitze. Sturm fährt, wie immer. Er hat gern alles unter Kontrolle. Er würde es wahrscheinlich nicht überleben, wenn etwa ein anderer das Steuer an sich reißen würde.

Es ist neun Uhr morgens, und ich bin so müde wie zu dem Zeitpunkt, als ich aufgewacht bin. Bin mir nicht sicher, ob das etwas mit dem Ritual zu tun hat. Ich habe versucht, das den Männern gegenüber beim Frühstück anzusprechen, aber sie waren zu sehr damit beschäftigt, Unmengen von gebackenen Bohnen auf Toast in sich hineinzuschaufeln. Arc hat versucht, mir etwas gebratene Blutwurst einzutrichtern, aber ich habe mich standhaft geweigert und bin lieber bei Ei und Bohnen geblieben. Ich bin schließlich kein Vampir und esse kein Blut, egal, wie es zubereitet ist. Igitt.

»Männer, nur um vorbereitet zu sein – muss ich mich auf irgendwelche Nebenwirkungen des Rituals einstellen?«

»Unwahrscheinlich«, sagt Crispin und lächelt mir aufmunternd zu. Ihr Götter, wie ich dieses Lächeln liebe! Da schmelze ich nur so dahin. Gut, also vielleicht doch Nebenwirkungen. Ich sollte nicht hinter noch einem weiteren Mann her sein.

»Es könnte ein paar Tage dauern, bis du eine mentale Verbindung mit uns herstellen kannst, aber was dich persönlich betrifft, - soweit wir wissen nicht.«

»Klar doch, ich bin ein ganz besonderer Fall«, seufze ich. Die Männer brechen in schallendes Gelächter aus. »Was denn? Kennt ihr etwa irgendwelche anderen Halbgöttinnen, die hier rumlaufen?«

»Nö – und du wärst auch als Mensch etwas Besonderes, » lacht Arc. Aww –hat er mir da nicht gerade ein Kompliment gemacht? »Ein besonders schwieriger Fall.« Na klar, wäre ja auch zu schön gewesen. Ich revanchiere mich, indem ich ihm die Zunge rausstrecke. Echt cool.

»Wie soll ich das also machen, wenn ich euch jetzt sofort brauche? Ihr habt mir nicht gesagt, dass das ein paar Tage dauern würde.«

»Wie gesagt, sind immer zwei von uns an deiner Seite, ständig«, verkündet Sturm. »Und selbst wenn die Verbindung vollständig steht, ist sie immer nur ein letztes Mittel – zumindest einer von uns muss immer in deiner Nähe sein.«

»Kommt nicht in Frage! Ihr habt mir doch gesagt, auf diese Weise könnte ich auf weitere Babysitter verzichten.«

»Hab ich nie behauptet«, kommt es von der Fahrerseite.

»Und ich bin für deine Sicherheit verantwortlich, du machst also, was ich sage.«

»Du arroganter…Arsch!« Gut, nicht meine beste Ausdrucksweise. Aber ich bin halt noch müde.

»Ist ja nur, bis wir dich im Palast deiner Mutter abgeliefert haben«, gibt Frost ruhig zu bedenken.

Crispin grinst und tätschelt meinen Schenkel. »Sieh's doch mal positiv – wann sonst hättest du Gelegenheit, von vier heißen Wächtern umgeben zu sein?«

Ja, wann wohl. Und leider stimmt, was er sagt (auch wenn er ganz sicher arrogant ist). Sie sind einfach … männliche Sahneschnittchen. Ob wohl alle Wächter so aussehen? Sicher nur die, die von einer Göttin erschaffen wurden; ich bezweifle, dass Götter Männer um sich haben wollen, die besser aussehen als sie selbst. Es sei denn, sie ziehen das eigene Geschlecht fürs Miteinander vor.

Ich gähne. »Wie kommen wir vom Steinkreis in Calanais ins Reich hinein?«

»Wir aktivieren das Tor«, stellt Frost fest. Ja, danke auch, so weit war ich auch schon.

»Also, wenn wir durch dieses Tor durch sind, befinden wir uns dann im Reich meiner Mutter? Oder müssen wir noch irgendwo hinfahren?«

»Mit Toren ist das so eine Sache. Sie führen nicht immer an dieselbe Stelle«, erklärt Crispin. »Das hängt von den Leuten ab, die durch sie hindurchgehen wollen. Wenn ich allein hindurchginge, würde ich in das Reich meines Schöpfers gelangen. Dasselbe gilt für meine Kameraden. Aber wenn wir alle gemeinsam hindurchgehen, können wir den Bestimmungsort selbst entscheiden, indem wir unsere magischen Kräfte vereinen und auf einen Zielort richten. Wir hoffen, dass es zusammen mit dir genauso geht.«

»Und wenn nicht?«

»Dann finden wir eine andere Lösung. Keine Sorge, Prinzessin, wir bringen dich nach Hause.«

Nach Hause. Ich bezweifle, dass der Palast meiner Mutter meine neue Heimat sein wird. Die andere habe ich niedergebrannt, das sollte ich nicht vergessen. Ich befinde mich in vielerlei Hinsicht in einem Zwischenstadium, zwischen zwei Heimaten, zwei Müttern, zwei Schicksalen. Ich verlasse die menschliche Welt und begebe mich ins Reich der Götter. Ganz schön eingebildet von mir zu erwarten, dass ich dort je heimisch werden könnte. Ich weiß schließlich überhaupt nichts über dieses Reich. Könnte nicht einmal die Götter benennen, die sich dort aufhalten. In jeder Kultur gibt es so viele Götter – ob die alle tatsächlich existieren? Ra, Heracles, Ganesha, Quetzalcoatl, Osiris, Jahwe. Vielleicht trinkt meine Mutter Tee mit Loki. Wer weiß. Das ist ganz bestimmt nicht die mir bekannte Welt.

»Wir sind bald da, Wyn«, reißt mich Crispin aus meinen Gedanken. »Ich kann es kaum erwarten, dir das Reich zu zeigen. Vielleicht können wir Freya zusammen besuchen, die wirst du mögen.«

»Ist das – deine Schöpferin?«, frage ich und bin mir nicht sicher, ob sich das einem Wächter gegenüber gehört. »Nein, aber ich wurde ihr – als Geschenk geschickt. Leider zieht sie die Gesellschaft von Frauen vor. Sie wusste also meine Heilkräfte zu schätzen, hat aber von meinen anderen… Fähigkeiten keinen Gebrauch gemacht.« Er zwinkert mir zweideutig zu. Gut, klar doch. Obwohl – wenn er zu diesem Zweck erschaffen wurde… Meine Hormone überschlagen sich bei dem Gedanken…Nein. Stopp. Gut jetzt.

»Aber du wirst sie besuchen?«

»Klar, sie spielt gerne Schach, und ich kann ihr als Einziger Paroli bieten.« Er sagt das ohne Angeberei, es ist lediglich eine Tatsachenfeststellung. Ich mag Intelligenz bei Männern. Mein magisches Selbst schnurrt in meinem Innern, während der Blick aus seinen hellblauen Augen mein Gesicht fixiert. Als ich seinen Blick erwidere, werden sie noch sanfter hinter den blonden Haarsträhnen, die beinahe seine Wimpern berühren. Freya hat sich da offensichtlich etwas entgehen lassen.

Arc räuspert sich hinter mir, und ich bemerke erst jetzt, dass ich mich so weit zu Crispin vorgebeugt habe, dass ich seinen Atem auf meiner Wange spüre. Huch, das war keine Absicht. Dumme Anziehungskraft. Verwandelt mich in eine liebestolle Halbgöttin ohne Selbstkontrolle, mit hyperaktiven Hormonen. Reiß dich zusammen, Wyn. Du bist schließlich eine starke, emanzipierte Frau, die sich so nach ihrem Wächter sehnt... Nein! Aufhören!

»Bitte lenkt mich ab«, bitte ich Arc, während ich versuche, meine Gedanken unter Kontrolle zu bekommen.

Er zieht die Stirn in Falten. »Ist alles in Ordnung? Hast du Angst vor dem Tor?«

Danke, dass er mir diese Brücke aus dieser Peinlichkeit heraus anbietet. Ich nicke. Ist eine brauchbare Ausrede.

»Das musst du nicht, *Lass*. Wir werden die ganze Zeit bei dir sein.« Er lächelt mich an, und ich schmelze schon wieder dahin. Gut, das funktioniert also nicht. Ich fühle die Hitze zwischen meinen Beinen. Da geht etwas vor sich, etwas, das mit der Verbindung zu den Wächtern zu tun hat. War keine gute Idee, ich hätte nicht auf sie hören sollen.

Meine Brustwarzen werden hart und reiben an meinem Hemd. Ich beiße die Zähne zusammen und versuche, nicht auf das Pulsieren zwischen ihnen zu achten. Ich schließe die Augen und lehne mich zurück an die Kopfstütze, versuche mich zu konzentrieren – auf irgendetwas, das nichts mit meinen erogenen Zonen zu tun hat.

Ich seufze frustriert – aber es klingt wie ein Stöhnen. Oh nein. Oberpeinlich.

»Prinzessin, ist mit dir alles in Ordnung?«, fragt Sturm mit seiner knurrigen Stimme.

»Da geht etwas vor sich«, flüstere ich. »Ich fühle mich so seltsam.«

»Anhalten«, befiehlt Crispin, und ich merke noch, wie das Auto zum Stehen kommt. Ich halte die Augen geschlossen – wenn ich die Männer jetzt ansehe, würde das meine Scham nur noch vergrößern. Der pulsierende Drang zwischen meinen Beinen wird immer stärker, und meine Brüste tun langsam weh.

»Tut dir was weh?«, fragt Crispin mit besorgter, fachmännischer Stimme. Er ist bemüht, in seiner Heilerrolle zu bleiben. Das würde mich rühren, wenn ich nicht schon das Gefühl hätte, körperlich berührt zu werden.

»Neeeiiiaah« – mein Nein endet in Stöhnen. Ich schnaufe frustriert. Wie kann ich diesen Zustand erklären, ohne auch noch das letzte bisschen Würde zu verlieren?

»Ich glaube, ich spüre die Wirkung des Rituals«, platze ich heraus und halte die Augen fest geschlossen und wünschte, niemand könnte mich so sehen. Leider bin ich alt genug, um zu wissen, dass selbst wenn ich sie nicht sehe, sie mich dennoch anschauen.

»Oh, das hätte eigentlich jetzt noch nicht passieren dürfen«, murmelt Crispin.

»Es passiert aber gerade«, kreische ich mit der ganzen Kraft meiner völlig aus der Spur geratenen Hormone. »Mach was!«

»Das sollte nicht auf diese Weise geschehen. Es müsste langsam beginnen, über einen gewissen Zeitraum und nach dem Höhepunkt dann…«

»Hast du was von Höhepunkt gesagt???«, schreie ich ihn an, ich kann jetzt nicht mehr anders.

»Ruhig, Lass«, tönt Arcs tiefe Stimme von meiner rechten Seite her. Er legt mir die Hand auf die Schulter, die sich sofort wie unter Feuer anfühlt. Keinem echten, aber meine Haut brennt. Jede einzelne Nervenzelle feuert und schickt kleine Blitze an mein Inneres.

»Fass mich bitte nicht an«, wimmere ich, und er zieht sofort die Hand zurück.

»Crisp, was sollen wir tun?«, brüllt er seinen Kameraden an.

»Keine Ahnung, in den Büchern war von einer solchen Reaktion keine Rede…«

»Dann denk nach«, ruft Sturm, und lässt mich ein wenig hochfahren. Diese geringe Bewegung lässt mich meinen Körper noch mehr wahrnehmen. Meine Kleidung sitzt zu eng an mir, behindert mich. Ich zerre daran, versuche, das Hemd von meinen schmerzenden Brüsten wegzuziehen.

»Was machst du… nein, hör auf damit, Wyn, das willst du nicht wirklich«, schreit Crispin, aber mir ist jetzt alles egal.

Ich winde mich auf meinem Sitz, zerre an meinen Kleidern, will nur noch die Hitze loswerden, die meine Haut einschließt. Ich brauche Erleichterung, sofort.

Ich höre die Männer um mich herum flüstern, aber das ist mir egal, ich habe zu viel damit zu tun, mich zu beherrschen und meine Hände nicht über meinen Körper gleiten zu lassen und all die Stellen zu berühren, die danach verlangen. Meine Selbstkontrolle steht am Abgrund, bereit zum Sprung, um ihrer bösen Schwester, der Fleischeslust, Platz zu machen. Wie leicht wäre es doch, dem nachzugeben. Wenn die Männer nicht hier wären, würde mir das kein Kopfzerbrechen machen. Aber in ihrer Gegenwart – da muss ich stark bleiben.

Mich umgibt plötzlich ein kühler Windhauch und nimmt etwas von der Hitze, die von meinem Körper Besitz ergriffen hat. Das tut gut auf der Haut, ich lehne mich in diese frische Brise hinein, seufze zufrieden.

»Es funktioniert!«, ruft Crispin in der Nähe meines Ohres.

Ich traue mich immer noch nicht, meine Hände zu lösen. Sie könnten sich in die falsche Richtung bewegen… nach unten.

Aber der kühle Lufthauch hilft; wenigstens ein bisschen. Genug, um meinen Geist wieder etwas die Kontrolle übernehmen zu lassen. Genug, um vor den Männern nicht komplett die Beherrschung zu verlieren.

»Wyn, du musst uns erklären, was mit dir los ist, sonst können wir dir nicht helfen«, sagt Crispin tröstend. Ich würde mich am liebsten an diese Stimme anlehnen, dann seinen Körper an meinen ziehen und – NEIN. Das sind die falschen Gedanken.

Ich presse die Lippen zusammen, will nicht einmal mehr sprechen. Sonst würde ich vielleicht wieder stöhnen wie eine rollige Katze.

»Gut, lasst uns etwas anderes versuchen. Nicke oder schüttele den Kopf. Hast du Schmerzen?«

Ich schüttele den Kopf. Kollektives Aufatmen um mich herum. Oh je, mir war gar nicht bewusst, welche Sorgen sie sich um mich gemacht hatten.

»Vielleicht ist das eine Panikattacke«, murmelt Sturm, aber Crispin verdonnert ihn sofort wieder zum Schweigen.

»Wyn, verursachen deine magischen Kräfte deine Probleme?«

Ich nicke. Ich hätte dem wahrscheinlich ein Wimmern folgen lassen, wenn ich dazu in der Lage gewesen wäre. Erbärmlich. Aber wahr.

»Ist es die Verbindung zwischen uns?«

Ich zögere und nicke dann.

»Verdammt nochmal, ich wusste, dass wir das nicht hätten tun sollen«, ruft Sturm und ich stelle mir vor, wie er mit beiden Händen sein dunkles Haar rauft, wie immer, wenn er sich ärgert.

»Keiner von uns wusste doch, dass es diese starke Wirkung auf sie haben würde«, gibt Frost zu bedenken. »Sonst hätten wir es nie getan.« Seine Stimme nähert sich. »Das glaubst du uns doch, Wyn, nicht? Wir hätten das Ritual nie durchgeführt, wenn wir gewusst hätten, dass es dir solche Probleme bereitet.«

Ich nicke, seine Worte klingen glaubhaft. Aber das hilft mir im Augenblick auch nicht. Mein Körper macht immer noch, was er will, pulsiert, tut weh und lechzt nach der Berührung durch einen Mann. Oder mehr als einem. Die mir innewohnende Magie erhebt ihr Haupt. Joa, das genau hätte sie gerne. Vielleicht ist das auch die Lösung…

»Berühr mich«, flüstere ich durch zusammengebissene Zähne. »Bitte, berühr mich.«

Schweigen. Dann wieder Crispin. »Bist du dir sicher?«

Nein, bin ich nicht. Natürlich nicht. Aber ich nicke. Es kann ja kaum noch schlimmer werden, oder?!

»Dazu müssen wir dich erst aus dem Auto schaffen«, murmelt Crispin beruhigend. Er fährt mit einem Arm unter meine Knie und legt den anderen um meinen Rücken. Funken sprühen an den Stellen, an denen er mich berührt, und ich stöhne vor lauter Frust. »Gleich vorbei«, flüstert er mir ins Ohr und hebt mich aus dem Auto, setzt sich hin, mit mir auf dem Schoß. Er hebt die Stimme. »Männer, kommt mal her, sie braucht uns alle.«

»Im Ernst?«, fragt Arc, kommt aber gleich näher, als Crispin unwirsch reagiert.

Mir ist so heiß, selbst die kalte Luft um mich herum kann mir keine Kühlung mehr verschaffen. Man müsste auf meiner Haut mittlerweile Eier braten können. Jemand berührt mich an der Schulter, und plötzlich durchfährt mich etwas wie ein Eiszapfen, stößt gegen die Hitze in meinen Adern. Frost. Noch eine Hand, diesmal auf meinem Schenkel, und schon werden Feuer und Eis zusammengepresst und drehen sich spiralförmig umeinander. Sturm. Mir ist, als müsste ich vor lauter in mir gestauter Energie explodieren. Aber es fehlt noch etwas.

»Bitte«, flüstere ich heiser und flehe darum, dass diese Lücke in mir gefüllt wird. »Bitte!«

Lippen pressen sich auf meine, verströmen eine sanfte Ruhe, die Feuer, Eis und Wind einwickelt, sie miteinander verbindet, sie zusammenfügt, bis ein Blitz sie zu einem Lichtball formt, der so hell ist wie die Sonne und mindestens so schön anzusehen.

Dann explodiert dieser Ball. Ich schreie auf, als Teilchen dieses blendenden Lichtes durch meinen Körper jagen, wild und ungestüm, bis sie die Höhlung neben meinem Herzen erreichen, wo die mir innewohnende Magie schon auf sie wartet.

Sie springt hervor und fängt das Licht, verschlingt es Stück für Stück, bis sie leuchtet wie ein ewiges Licht. Sie leckt sich die Pfoten, gähnt und streckt sich, als sei nichts geschehen. Seufzend verlasse ich die Höhle und lasse mich in die Bewusstlosigkeit fallen.

»Wyn, sprich mit mir«, ruft Crispin aufgeregt und schüttelt mich an den Schultern.

»Hör schon auf«, murmele ich und öffne endlich die Augen. »Ich bin wieder da.«

Meine vier Männer umgeben mich, berühren mich noch immer (Arcs Hand liegt auf meiner Schulter) und sehen etwas verloren aus. Willkommen im Club.

»Was zum Teufel war da gerade los?«, dröhnt Sturm von der Seite her. Ich schüttele nur den Kopf. Ich bin müde.

»Später?«, frage ich, und obwohl ich ihnen ansehe, dass ihnen viele Fragen auf den Lippen brennen, nicken sie doch alle.

»Lasst uns endlich dieses verdammte Tor erreichen.«

❄

Wir fahren schweigend weiter. Ich spüre zwar deutlich, wie mich Arc und Crispin von beiden Seiten drücken, empfinde das aber nicht mehr als unangenehm. Nein, ich fühle mich ihnen auf gewisse Weise verbunden, und es gibt mir eher Sicherheit, ihre Körper an meinem zu spüren.

Nach einigen Minuten, in denen ich die draußen vorbeiziehende karge, aber wunderschöne Landschaft bewundert habe, frage ich nach, wie lange wir noch fahren werden.

Frost sieht auf die in seinem Schoß ausgebreitete Landkarte. »Wir müssten fast da sein…«

Wir erreichen den höchsten Punkt einer kleinen Anhöhe und sehen die Menhire in einiger Entfernung stehen.

»Mist.«

Wir sind nicht die Ersten.

Sie erwarten uns.

Mit einer ganzen Armee.

KAPITEL
Neun

Sturms Gesichtsausdruck macht jetzt seinem Namen alle Ehre. Seine Stirn liegt in Falten, die Augen blicken kalt und starr, sein Mund bildet eine dünne Linie und sein Atem geht hörbar laut. Er ist verärgert – nein, stinksauer.

»Wir müssen da durch«, sagt er mit zusammengebissenen Zähnen.

»Da sagst du uns nichts Neues«, antwortet Frost und sieht genauso grimmig und entschlossen aus.

Wir stehen auf einem kleinen Hügel, das Auto hinter uns, und sehen hinab auf den in einiger Entfernung erkennbaren Steinkreis von Calanais. Und auf eine ganze Armee, die ihn umgibt.

Einige Dutzend große Menhire stehen in der Form eines keltischen Kreuzes aufgereiht. Nach allem, was mir die Männer erzählt haben, liegt in der Mitte des Kreises eine alte Grabstätte. Dort befindet sich das Tor.

Eine rauchende Ruine auf der einen Seite der Steine gibt der Szenerie einen gespenstischen Anstrich, ein endzeitliches

Gefühl. Das war wohl mal das Besucherzentrum – bis die Dämonen einmarschierten.

Es müssen mindestens einhundert sein. Sie lassen sich aus der Entfernung nicht so gut erkennen, aber einige von ihnen sehen noch teuflischer aus als andere. Die Flügel sind das Unterscheidungsmerkmal. Rote Flügel, schwarze, braune. Aber das sind keine Flügel, wie man sie sich bei Engeln vorstellt, so locker flockig; nein, diese hier erinnern eher an Fledermausflügel. So habe ich mir Dämonen vorgestellt. Da entsprechen die Beschreibungen in den alten Geschichten endlich einmal der Wahrheit. Sie sehen böse aus, selbst von Ferne. Einige von ihnen sind gebückt und laufen auf allen Vieren, andere stehen aufrecht und sind doppelt so groß wie ein durchschnittlicher Mensch. Wenn mich nicht alles täuscht, haben einige sogar einen Schwanz. Jetzt kann ich mir erklären, woher das Bild des Teufels unter den Menschen kommt. Einige von diesen Exemplaren dort könnten sein Ebenbild sein mit ihren Klauen, Flügeln und Klumpfüßen.

Etwa ein Viertel der dort versammelten Wesen trägt menschliche Züge, was aber nichts heißen muss. Nach meinen Begegnungen mit den Magiern im Hotel und auf der Fähre (wobei noch nicht klar ist, ob es sich dort nicht um einen Wächter handelte), traue ich auch menschlich aussehenden Individuen nicht mehr. Wir sind auf uns gestellt, meine Wächter und ich. Und ihrer Körperhaltung nach zu urteilen, brennen sie darauf, sich in den Kampf zu stürzen.

»Woher wissen die, dass wir hierher kommen würden?«, frage ich (dummerweise, wie ich den Blicken meiner Wächter entnehme).

»Dies ist das einzige Tor in Schottland, das ausschließlich ins Reich der Götter führt«, seufzt Arc. »Andere können ein Zugang zum Reich der Dämonen oder Schlimmeres sein. Dies ist der sicherste Eintrittsort – oder war es zumindest.«

»Das einzige Tor in Schottland – gibt es eines in England?«

»*Aye*, unten in Cornwall, und auch eines in Wales. Wir haben aber keine Zeit, so weit zu fahren.«

»Was sollen wir also tun?«

Sturm dreht sich um und sieht mich entschlossen an. »Wir werden kämpfen.«

Unglücklicherweise habe ich noch keine Ahnung, wie ich meine magischen Kräfte in einem Kampf einsetzen kann. Ich brauche da dringend Training. Während Sturm, Frost und Crispin flüsternd zusammenstehen und Pläne schmieden, hat Arc sich von der Gruppe entfernt und sitzt jetzt auf einem Felsblock, die Augen geschlossen, Schultern entspannt hängen lassend. Er sieht in diesem Augenblick so friedlich aus. So schön.

»Männer, was macht er da?«, frage ich die anderen. Crispin kommt zu mir und legt mir den Arm um die Schultern. Die magische Katze in mir schnurrt sofort. Seine Berührung fühlt sich gut an.

»Er versucht, eine Verbindung zu den Wächtern auf der anderen Seite des Tors herzustellen.«

»Das kann er?«

»Nur mit Wächtern, die dieselben telepathischen Fähigkeiten haben wie er. Von denen gibt es nicht allzu viele, das wäre also eher ein Glücksfall. Aber nichtsdestotrotz: Im Palast deiner Mutter lebt ein Telepath, der wird ihrer Majestät eine Nachricht übermitteln können.«

»Wird sie uns helfen können?«

»Auf ihrer Seite des Tores ja. Aber sie wird ihre Streitkräfte nicht auf die Erde schicken können. Dieses Gesetz hat sie sich selbst auferlegt, sie könnte es also nicht brechen, auch wenn sie wollte.« Er bemerkt meinen verwirrten Blick. »Die von ihr verabschiedeten Gesetze haben magische Kraft. Wenn jemand gegen sie verstößt, hat das ernste Konsequenzen. Und für sie als Gesetzgeberin würde das wohl den Tod bedeuten.«

Ah. Verstehe – wir sind offensichtlich auf uns gestellt.

Ich sehe auf die Armee der Dämonen hinab. Sie sind relativ untätig, die meisten von ihnen sitzen auf Steinen und warten. Warten auf uns.

»Können wir das? Können wir sie bekämpfen?«

Crispin seufzt und drückt meine Schulter. »Bin mir nicht sicher. Nur wir vier Wächter? Nein. Wir könnten vielleicht die Hälfte von ihnen erledigen, aber schlussendlich würden sie uns überwältigen. Aber du? Du bist der Joker, wir haben keine Ahnung, was du bewirken kannst.«

Ich lache hysterisch. »Ich auch nicht.«

»Weshalb wir mit dir üben werden«, unterbricht uns Sturms dröhnende Stimme. »wir müssen wissen, wozu du in der Lage bist. Wir haben deine ungebändigte Kraft gesehen, aber jetzt muss die zu einer Waffe geformt werden.«

Er schweigt einen Moment lang, mustert mich mitfühlend.

»So war das nicht gedacht, Prinzessin. Wir sollten dich nicht zwingen müssen, deine magischen Kräfte auszuprobieren, bevor du dazu bereit bist. Aber je länger wir hier herumstehen, umso schwieriger dürfte es werden, ihre Reihen zu durchbrechen. Wir werden einen Tag lang üben. Das wird hoffentlich ausreichen. Wenn nicht…es muss einfach genügen.«

Er wendet sich ab und geht zu seinem Bruder, der die Landkarte der Insel auf der Motorhaube ausgebreitet hat und sie gedankenverloren anstarrt.

»Alles klar?«, flüstert Crispin, der den Arm immer noch auf meinen Schultern hat. Ich schmiege mich an ihn, brauche den Körperkontakt. Einen Moment lang reagiert er nicht. Vielleicht bin ich zu weit gegangen. Vielleicht war das nur eine freundschaftliche Geste. Nichts als eine freund…

Er dreht mich zu sich um, bis ich in seine hellblauen Augen

schauen kann. Er hebt die Hand und berührt sanft meine Wange. Mit nur einem Finger streicht er über die empfindliche Haut unter meinem Auge. Ich würde gern die Lücke zwischen uns schließen, aber mit der anderen Hand hält er die Distanz zwischen uns aufrecht und drückt weiter gegen meine Schulter. Er verwirrt mich damit. Seine Berührung ist so sanft, so bedeutungsschwanger; aber gleichzeitig lässt er mich nicht näher an sich herankommen.

Er lächelt leise und seufzt. »Nicht hier«, flüstert er und wendet sich ab, lässt mich einfach stehen. Ich spüre noch die Spuren seiner Finger auf meiner Wange.

»Chesca!«, ruft Arc plötzlich und springt von seinem Felsbrocken auf.

Ein großes Stöhnen erklingt hinter mir.

»Nein, nicht die! Gibt's denn niemand anderen?«, murmelt Frost.

»Wer ist Chesca?«, frage ich bang. Die Reaktion der anderen kann nichts Gutes verheißen.

»Sie ist die Liebhaberin eines anderen Wächters«, sagt Frost schließlich. »Ihr Cottage liegt hier in der Nähe, da können wir üben.«

»Gut, das klingt doch nicht schlecht.«

Arc zuckt zusammen. »Sie ist eine Dämonin.«

»Moment mal, sind nicht alle Dämonen böse?«

»Ja, normalerweise schon. Aber Chesca hat… also sie gibt sich viel Mühe…«

»Sie will zu den Guten gehören«, erklärt Frost. »Aber es gelingt ihr nicht immer.«

»Warum will sie… Ah, weil sie einen Wächter liebt?«

»*Aye*. Sie muss wirklich so in ihn verliebt sein, dass sie versucht, gegen ihre Natur anzugehen. Das wirst du verstehen, wenn du sie triffst. Sie wird versuchen, dich zu betrügen und auszutricksen, aber abgesehen davon kann man ihr trauen.«

»Klingt nach einem ziemlichen Miststück«, denke ich laut. »Das wird das erste Mal sein, dass ich einem Dämon begegne.«

»Du wirst sie auf dem Schlachtfeld noch kennenlernen«, erwidert Sturm tonlos. Erst kam es mir so vor, als müsste er die Gelegenheit herbeisehen, mit den Dämonen zu kämpfen, aber er sieht seltsam ... traurig aus. Bedauernd. Zum Glück aber nicht besiegt, und das ist das Wichtigste.

»Arc, was haben die Wächter gesagt?«, wendet sich Sturm an den Schotten.

»Auf der anderen Seite des Tores erwarten uns circa zehn Wächter, auch ein Heiler. Beira wurde informiert. Mehr können sie im Moment nicht tun.«

»Dann sind wir jetzt dran. Kommt, wir haben keine Zeit zu verlieren.«

Wir folgen Sturm zum Auto. Es wird Zeit, Chesca kennenzulernen.

Das Cottage macht den Eindruck, als sei es direkt aus einem Märchenbuch hierher transportiert worden. Weißgestrichene Wände, ein reetgedecktes Dach, Blumenkästen an den Fenstern und eine Holzbank neben der grün gestrichenen Tür. Für mich steht fest, dass ich irgendwann einmal in einem solchen Cottage wohnen möchte. Etwas größer dürfte es nur sein – damit meine Wächter alle hineinpassen.

Es dauert einen Moment, bis mir klar wird, was für Gedanken mir da gerade gekommen sind. Ich habe ganz selbstverständlich die Männer in meine Zukunftspläne einbezogen. Das kann doch nicht sein! Ich kenne sie erst seit drei Tagen. Das dürfte kaum ausreichen, sich zu verlieben, oder? Und dennoch tagträume ich von einem Cottage einschließlich meiner Männer. Ob ich sie wohl dazu bringen würde, den Abwasch zu erledigen? Typisch, ich muss gleich wieder an die praktische Seite des Lebens denken!

Noch bevor ich aus dem Auto gestiegen bin, öffnet sich die grüne Tür und heraus tritt – ja, tatsächlich eine Dämonin. Sie entspricht nicht dem, was ich bei den Steinen von Calanais gesehen habe. Dieses Exemplar hier ist schön, aber auf eine böse, eben dämonische Art und Weise. Ihre Flügel sind golden und haben schwarze Spitzen, und die oberen Kanten hat sie durchbrochen und mit goldenen Ringen verziert. Um ihre Hüften trägt sie einen goldenen Schwanz geschlungen – aber es gelingt ihr tatsächlich, das elegant aussehen zu lassen. Einzig ein winziges schwarzes Kleid bedeckt ihre goldene Haut – ein Kleid von der Art, das die wenigsten Frauen bedenkenlos tragen könnten. Aber an ihr sieht es toll aus.

Sie ist größer gewachsen als die meisten Menschenfrauen, dabei schlank mit perfekten Körpermaßen. Ihre Oberweite ist allerdings etwas geringer als meine, stelle ich befriedigt fest. Und weiß nicht so recht, wieso ich mich überhaupt mit ihr vergleiche. Vielleicht liegt es an der Art, wie sie meine Wächter mit hungrigen Augen betrachtet. Ja, genau, *meine* Wächter.

Sie schreitet mit schwingenden Hüften auf den Wagen zu (auch ihr Schwanz wippt dabei von einer Seite zur anderen) und hat die Flügel aufgestellt, um uns mit deren enormer Spannweite zu beeindrucken. Ich bemerke erst jetzt, dass ich mit offenem Mund dastehe und sie ganz unverhüllt anstarre. Entschuldigung, aber das ist schließlich meine erste Begegnung mit einer Dämonin!

Sturm verlässt den Wagen als Erster und geht auf sie zu, um sie zu begrüßen. Die übrigen Männer sehen ihm zu und haben es offensichtlich nicht eilig, ihm zu folgen.

»Sehen alle Dämoninnen so aus wie sie?«, flüstere ich.

»Sie ist einzigartig«, seufzt Crispin. »Wir sollten Sturm besser folgen, sonst könnte er versucht sein, sie zu töten.«

»Gibt es dafür einen Grund?«, frage ich unschuldig. Ist ja nicht so, dass ich irgendwie eifersüchtig wäre oder etwas in der Art.

»Bevor sie sich in Aodh verliebt hat, war sie … zeigte sie ein gewisses Interesse an Sturm. Sie hat ihn ein bisschen gestalkt. Er mochte das ganz und gar nicht.«

»Aber jetzt hat sie keine Ambitionen mehr auf ihn, oder? Sie ist über ihn hinweggekommen?«

»Sie ist eine Dämonin, Prinzessin. Sie ist hinter jedem her.«

»Oh. Wirklich jedem?«

»*Aye*, sie würde auch dich zum Frühstück vernaschen, wenn sie könnte«, lacht Arc.

»Im sexuellen oder eher kannibalistischen Sinne?«, frage ich vorsichtig.

»Beides, wenn du es zulässt.«

»Bin mir nicht mehr sicher, ob ich sie tatsächlich kennenlernen möchte.«

Sie lachen alle und steigen aus dem Fahrzeug. Schönen Dank auch, dass ihr mich hier mit einer fragwürdigen Dämonin zusammenbringt, bevor ich mit ihresgleichen kämpfen soll. Dämonen scheinen eine übermächtige Rolle in meinem neuen Leben spielen zu wollen. Und Wächter.

»Das ist also die süße Prinzessin, von der ich schon so viel gehört habe«, säuselt Chesca mit einer sinnlichen, aber irgendwie abstoßenden Stimme.

Ich hebe die Augenbraue. »Tatsächlich?«

Ihr unschuldiges Lächeln wandelt sich in eine Art Zähnefletschen. »Nein, Liebchen, stimmt nicht. Und mir ist es total egal, wer du bist.« Ihre Gesichtszüge glätten sich wieder etwas. »Aber kommt doch herein, ich habe etwas Limonade im Kühlschrank.«

Sie wendet sich um und schlägt mich dabei beinahe mit ihrem Schwanz. Vor uns her stolzierend gibt sie uns ein

Zeichen, ihr zu folgen. Ich sehe die Männer an, die sich alle krampfhaft bemühen, ein Lachen zu unterdrücken.

»Ist sie immer so…wankelmütig?«

»Oh, *Lassie*, das war noch gar nichts«, grinst Arc. »Wart nur mal ab, bis sie anfängt, sich mit dir zu streiten. Da wechselt sie ganz schnell zwischen Widerspruch und Zustimmung hin und her.«

»Das klingt nach guter Unterhaltung. Also los!«

Ich lasse sie stehen, ihr Kichern folgt mir bis ins Cottage hinein. Drinnen sieht es hübsch aus; das weiße und hellbraune Mobiliar trägt dazu bei, es hell und gemütlich wirken zu lassen. Wie ihr Schlafzimmer wohl aussieht? Schwarz? Mit Eisenketten, die von der Decke baumeln?

Chesca erwartet uns in der Küche, in jeder Hand ein Glas Limonade. Sie hält mir eines davon hin, ich strecke die Hand danach aus – da lässt sie es zu Boden fallen. Kalte Limonade durchnässt meine Schuhe. »Huch, das tut mir aber leid, Liebes«, meint sie mit falschem Lächeln. »Aber ich bin sicher, du kannst das mit deinen magischen Kräften wieder aufwischen?«

Noch bevor ich irgendwie reagieren kann, hebt sich die Limonade in einer großen gelben Blase vom Boden (und meinen Schuhen) und schwebt hinüber zur Spüle. Ich drehe mich um und sehe, wie Frost ruhig seine Hände durch die Luft bewegt.

Chesca zischt »Ich wollte, dass sie es tut!«

»Tja, und nun habe ich es an ihrer Stelle getan, werd damit fertig«, antwortet Frost ruhig und steckt die Hände in die Hosentaschen.

Wieder wechselt der Gesichtsausdruck der Dämonin augenblicklich von ärgerlich zu verführerisch. »Oh, ich würde gern mit dir fertig werden, mein Süßer. Wirst du mich heute Nacht beschützen?«

»Komm schon, Chesca, das kannst du besser«, lacht er.

»Allerdings. Warum lässt du mich es dir nicht zeigen? Da oben..« Ihre Stimme ist so betörend sexy, dass selbst ich weiche Knie bekomme, obwohl ich gar nicht angesprochen war. Diese Dämonin trieft vor Sinnlichkeit.

»Hör auf mit dem Scheiß«, knurrt Sturm. »Wir sind nicht wegen deiner kleinen Spielchen hier.«

»Oh doch«, schnurrt sie. »du weißt es nur noch nicht«. Blitzschnell steht sie neben Sturm und windet ihren Schwanz um seine Taille. Sie drückt ihren perfekt geformten Körper gegen seine Brust und…

Ich handele, ohne weiter nachzudenken. Auf meinen Befehl hebt sich der Krug mit Limonade vom Küchentisch und fliegt durch die Luft, bis er direkt über Chescas Kopf schwebt. Lächelnd gebe ich meiner Magie einen kleinen Schubs. Der Krug kippt nach vorn und entleert seinen schönen klebrigen Inhalt auf sie.

Die Dämonin kreischt und springt weg von Sturm. Mission erfüllt. Er gehört zu mir, Schlampe.

Sie wirft mir einen hasserfüllten Blick zu und stürmt aus dem Zimmer.

Ich blicke auf meine Wächter, die ziemlich geschockt zu sein scheinen. Ich grinse sie an, woraufhin sie in Gelächter ausbrechen, bis wir uns alle vor Lachen über die limonadenverschmierte Dämonin nicht mehr halten können. Sogar Sturm. Genau, das grenzt an ein Wunder.

Als wir uns von dem Lachanfall erholt haben (bei Frost dauert es am längsten), setzen wir uns an den Küchentisch.

»Dämonen sind zur Mittagszeit am schwächsten«. Zu meiner Überraschung ergreift Crispin das Wort. Ich hatte erwartet, dass uns – wie üblich – Sturm sagen würde, was zu tun ist. »Das bedeutet, dass wir ungefähr vierundzwanzig Stunden Zeit haben für dein Training, Wyn, und auch, um uns für den Kampf bereit zu machen. Ich schlage vor, dass du mit jedem von uns ein Einzeltraining absolvierst. Drei davon noch heute, eines morgen früh. Das sollte dir genug Zeit zur Erholung geben, damit du dann mit voller Energie in den Kampf gehen kannst.«

»Klingt gut«, sagt Sturm und überrascht mich erneut. Seit wann überlässt er anderen die Entscheidung?

»Ich bin einverstanden«, gebe ich schnell meinen Senf dazu, damit nicht der Eindruck entsteht, die anderen könnten alle Entscheidungen alleine treffen. »Wer übernimmt als Erster das Training? Und was wollt ihr mir überhaupt beibringen? Also, ich weiß ja jetzt, dass Sturm mit Luft und Frost mit Wasser spielen kann…«

»Ich mag sie«, unterbricht Chesca, die wieder in der Türfüllung steht. »Sie spricht zu euch mit der richtigen Mischung aus Herablassung und Ehrlichkeit.«

Wir starren sie sprachlos an. Wie kann jemand – also, ähm, eine Dämonin – so wechselhaft sein? Sie lehnt sich an den Türrahmen, den Rücken leicht vorgewölbt, so dass ihre vollen Brüste und ihre schmale Taille besonders gut zur Geltung kommen. Angeberin!

»Aber ich könnte ihr vielleicht auch ein paar Dinge beibringen«, fährt sie fort, ohne unsere starren Blicke zu beachten. »Dinge, für die ihr Wächter zu prüde seid. Dinge, die sie brauchen wird, wenn sie erst einmal im Reich ist. Die Götter können solche Intriganten sein!«

Sturm räuspert sich. »Sehr lieb von dir, Chesca, aber erst einmal muss sich Wyn auf den Kampf vorbereiten. Wir müssen sobald wie möglich durch die Steinpassage durch, danach können wir uns den Kopf zerbrechen über Intrigen am Hof.«

»Spielverderber.« Sie streckt ihm doch tatsächlich die Zunge raus. Ich kichere, was mir einen hasserfüllten Blick von ihr einträgt. Ich bin beinahe erleichtert, dass sie sich wieder eher wie eine Dämonin verhält, nicht wie eine lüsterne Succuba.

Sie wendet sich ab um zu gehen, nicht ohne mir wie im Nachgang zuzuflüstern »Wenn du wissen willst, was Sturm im Bett mag, komm zu mir.«

Ich verschlucke mich an meiner eigenen Spucke, und Crispin muss mir einige Male auf den Rücken hauen, bevor ich wieder Luft bekomme. Wie kann sie es wagen...

»Wiiiie gesagt«, lacht Frost. »zurück zu deinem Training. Wie du das so schön ausgedrückt hast, *spiele* ich mit Wasser. Sturm ist auf die Luft spezialisiert, Crispin aufs Heilen und Arc darauf, das Denken zu manipulieren. Wir wissen, dass du gewisse magische Kräfte bezüglich Feuer und Erde hast, Crispin wird dich also auch daraufhin testen.«

»Wir wissen nicht, ob du über Heilkräfte verfügst«, erklärt Crispin, »und während des Kampfes kannst du die sowieso nicht einsetzen. Ich habe alle uns bekannten magischen Künste studiert, deshalb kann ich dir dort eher weiterhelfen als die anderen.«

Ich nicke. »Wann fangen wir an?«

»So lobe ich mir das, *Lass*«, strahlt Arc. »Wir beide werden beginnen.«

KAPITEL
Zehn

Ich treffe Arc draußen hinter dem Haus. In dessen Umgebung gibt es nicht viel zu sehen – karge, niedrige Hügel, Moore und das Meer in der Ferne. Das ist auf seine einfache Art schön. Ich atme tief ein, genieße die salzige Luft, die meine Nase kitzelt. Ich könnte mich an diesen Anblick gewöhnen. Alles ist so ruhig hier. Nachdem ich den größten Teil meines Lebens in Städten verbracht habe, könnte der Unterschied kaum größer sein. Im positive Sinne.

Ich frage mich, wie das Reich der Götter wohl aussehen wird. In meiner Vorstellung ist es so in etwa einem Märchen entsprungen, mit einem Hauch Mittelalter gepaart. Kein elektrischer Strom, keine Straßen oder Autos. Aber vielleicht täusche ich mich total. Denn da ist ja noch die Magie, oder? Die könnte genauso gut für Strom in einem Haus sorgen. Nicht ausgeschlossen, dass sie da drüben sogar Internet haben.

Nun gut, zunächst muss ich es durch die Steine schaffen, dann wird sich der Rest finden.

Arc steht mit dem Rücken zu mir. Sein Kilt bewegt sich sanft in der Brise, genauso wie sein roter Haarschopf. So steht er mit entspannt hängenden Schultern und sieht in die Ferne. Er ist ein Prachtexemplar, auf eine raue, wilde Art und Weise. Allerdings nicht ganz so wild wie Sturm, der an Grimmigkeit kaum zu überbieten ist.

Ich renne auf ihn zu, springe ihn an und umarme ihn von hinten. Tief in meinem Innern schnurrt meine magische Seite. Ich gebe zu, es fühlt sich gut an, der Verbindung zwischen mir und den Männern nachzugeben. Fast zu gut.

»*Lass*, schön dich zu sehen«, sagt Arc mit seiner tiefen Stimme und lächelt mich an.

Ich reibe mir die Hände und sehe ihn erwartungsvoll an. »Womit fangen wir an?« Wenn ich mich nicht so gut beherrschen könnte, würde ich wie ein kleines Kind vor Aufregung auf und ab hüpfen. Endlich werde ich meine magischen Kräfte ausprobieren dürfen!

»Was weißt du über meine Fähigkeiten?«

»Ähm, ich weiß, dass du Erinnerungen verändern kannst, denn das hast du mit meinen Nachbarn gemacht, nachdem ich… also, nachdem meine magischen Kräfte praktisch explodiert sind. Aber das ist so ziemlich alles.«

Er seufzt. »Ich pfusche nicht gern in den Köpfen anderer Leute herum. Dabei kann viel zu viel falsch laufen, zu viel danebengehen. Aber manchmal habe ich keine Wahl. Aber ich kann noch mehr. Zum Beispiel Gedankenlesen und so herausfinden, ob jemand lügt.«

»Oh, das kann ich auch«, unterbreche ich ihn.

»Wirklich?« Er zieht die buschigen Augenbrauen in die Höhe.

»Das konnte ich schon immer. Aber nur bei Menschen, glaube ich. Denn es funktioniert nicht bei euch Männern.«

»Das liegt daran, dass wir geschützt sind. Vielleicht kannst du das später an Chesca ausprobieren. Dämonen sind in dieser Hinsicht Menschen sehr ähnlich. Die meisten Magier haben einen Schutzschirm um sich herum. Und in die Gedanken von Göttern kann man überhaupt nicht eindringen.«

Er lächelt. »Eine Sache weniger, die ich dir beibringen muss. Was du aber unbedingt lernen solltest, ist, deine eigenen Gedanken gegen Eindringlinge abzuschotten. Manche Dämonen können die Kontrolle über Magier übernehmen, wenn die sich nicht ausreichend schützen. Und ich wage mir nicht vorzustellen, was ein Dämon anrichten könnte, der von dir Besitz ergriffen hat…«

Mich überläuft ein Schauer. Nein, das möchte ich mir auch nicht ausmalen. Und bei dem Gedanken an die Magier, die mich entführt hatten, wird mir klar, wie wichtig dieser Schutzschirm ist.

»Was muss ich tun?« Er lacht über meinen Eifer. Überhaupt lächelt er heute sehr viel. Das bleibt hoffentlich so. Ich liebe seine Grübchen.

»Setzen wir uns erst einmal hin.« Er deutet auf eine Gruppe größerer Felsblöcke. Gute Idee, denn der Untergrund ist hier reichlich weich und feucht.

»Schließe nun die Augen. Entspann dich. Konzentriere dich auf deine Arme und Beine. Bist du entspannt? Lass alle Gedanken fahren. Atme jetzt tief ein – halte den Atem an – und atme aus.« Er redet wie ein Yogi. Seine dunkle Stimme hat einen ruhigen, friedlichen Tonfall angenommen. Ich könnte ihm stundenlang zuhören.

Seinen Anweisungen folgend, atme ich tief ein und aus, konzentriere mich ganz darauf, wie dieser Atem meinen Brustkorb weitet, dann wieder zusammenfallen lässt.

»Jetzt stell dir eine Insel vor. Sie muss nicht besonders groß sein, nur ein kleines Fleckchen Sand in der Mitte des Ozeans. Stell dir vor, du sitzt auf dieser Insel, genauso entspannt wie du jetzt hier sitzt. Du bist ganz ruhig. Hör dem Klang der Wellen zu. Höre, wie sie lauter werden, wilder. Ein

Sturm kommt auf. Du musst dich vor den Elementen schützen. Denke dir jetzt eine gläserne Kuppel, die deine gesamte Insel abdeckt. Sie muss nicht besonders hoch sein, aber sie muss überall den Boden berühren. Es darf keine Öffnung bleiben, kein Spalt, an dem Wasser eindringen kann.«

Ich fühle mich ein wenig wie Robinson Crusoe auf meiner einsamen Insel unter einer Palme. Ich habe Mühe, mich zu konzentrieren – die Schmetterlinge in meinem Bauch flattern bei jedem Wort, das Arc spricht. Diese emotionale Verbindung wird noch mein Tod sein.

Ich muss mich konzentrieren.

Ich atme tief ein, stelle mir diese Kuppel vor, und beim Ausatmen lasse ich sie auf meine Insel fallen. Sie drückt mich beinahe um, ist aber gerade hoch genug, dass ich darin stehen könnte. Offenbar kann ich selbst in meiner Vorstellung zerstörerische Dinge tun. Ich muss diese magischen Kräfte wirklich in den Griff bekommen.

»Hast du diese Kuppel?«, fragt Arc mit leiser, ruhiger Stimme.

Ich nicke und versuche, dabei die Konzentration nicht zu verlieren.

»Gut. Dann lass uns mal ausprobieren, wie gut sie hält. Ich werde versuchen, in sie hineinzukommen. Aber keine Angst, dir wird nichts passieren.«

Ich bereite mich mental auf ein gewaltsames Eindringen vor, glaube, er wird versuchen, meine dünne Kuppel zu zerbrechen. Stattdessen geschieht – nichts. Die Wellen schlagen weiter ans Glas, aber nicht stärker als zuvor.

Ich entspanne mich ein wenig. Vielleicht ist meine Kuppel tatsächlich stark genug, Arcs Versuchen zu widerstehen? Ich bin schließlich eine Halbgöttin, da könnte ich mit mächtigeren Kräften ausgestattet sein als ein Wächter.

Ich lächele – und schreie auf, als ich plötzlich bemerke, dass Arc neben mir im Sand sitzt.

Er sieht mich stirnrunzelnd an. »Das war nichts. Nächster Versuch.«

Er löst sich in Luft auf, während ich erschrocken und enttäuscht zurückbleibe. Wie heißt es doch so schön: Hochmut kommt vor dem Fall.

Ich schüttele die negativen Empfindungen ab und konzentriere mich wieder auf die Kuppel. Betrachte sie genau, ob es irgendwelche Löcher oder Risse gibt, durch die er hineinkommen konnte. Und tatsächlich, da unten ist eine große Lücke, durch die sich Wasser ins Innere ergießt. Verdammt nochmal, Wyn. Jetzt nimm deine Gedanken zusammen. Dies ist kein Spiel, auch wenn ein sexy Wächter beteiligt ist.

Diesmal vergewissere ich mich, dass es keine offenen Stellen gibt. Meine Kuppel ist glatt und stark.

»Noch nicht gut genug«, reißt mich Arc aus meiner frohen Stimmung. Er liegt neben mir im Sand und genießt die Aussicht. Wellen brechen sich gegen das Glas, einige begraben die Kuppel komplett unter sich.

»Was habe ich denn jetzt wieder falsch gemacht?«, frage ich kleinlaut. »Ich hab echt geglaubt, an alles gedacht zu haben.«

»Und hast du auch bedacht, was unter Wasser passieren könnte?«

Ich stöhne. Nein, natürlich nicht.

»Es soll also nicht nur eine Kuppel sein, sondern eine Kugel? Warum hast du das nicht gleich gesagt?«

»Weil ich das dann nicht hätte tun können.« Er zieht mich an sich und drückt seine Lippen auf meine. Ich weiß, dass dies nicht wirklich geschieht, dass sich das alles nur in meinem Kopf abspielt, aber es fühlt sich so real an. Ich öffne leicht die Lippen, und Arc betrachtet das als Einladung und drückt sie nur noch weiter auf, steckt seine Zunge in meinen Mund. Wir vereinen uns, die Münder aufeinander gepresst, unser Geist verwoben. Es fühlt sich großartig an. Seine Lippen sind weich und fest auf meinen, seine Hände ergreifen meine Haare, ziehen mich noch enger an sich heran. Mit einem letzten Zungenschlag verlassen seine Lippen meinen Mund und bewegen sich nach unten, küssen mein Kinn, meinen Hals. Stöhnend lehne ich mich zurück in seine Arme, die mich halten. Ich schließe die Augen, genieße seinen heißen Atem auf meiner Haut. Seine Zunge bewegt sich immer tiefer, zieht kleine Kreise in meinem Nacken. Ich stöhne leise, und da beißt er mich sanft.

»Öffne die Augen«, flüstert er heiser. Ich tue es und sehe, wie sein Mund sich meinem nähert, er mir einen heißen Kuss gibt, bevor er sich zurückzieht. Ich bin außer Atem, erwarte, dass er zurückkommt und mich weiter berührt, noch mehr, überall.

Er lächelt. »Sieh mal an dir runter.«

Ich tue es und – heiliger Scheiß, mein Hemd ist weg! Ich bin von der Hüfte ab nackt – kein BH, kein Hemd, nur nackte Haut. Er grinst. »Und deshalb solltest du mich nicht in deine Gedanken lassen.«

Noch bevor ich protestieren kann, liegt sein Mund über meiner rechten Brust und saugt an meiner Brustwarze. Und wieso sollte ich dagegen protestieren?! Ich lehne mich zurück, seine Hände sind noch auf meiner…Ich falle in den Sand.

Er ist verschwunden.

Ich bin alleine auf meiner Insel und liege halbnackt im Sand.

»Aaaarc!« schreie ich meinen Frust und Ärger hinaus. Er hatte noch nicht einmal den Anstand, mir mein Hemd hier zu lassen. Hier gibt es nichts, mit dem ich mich bedecken könnte, noch nicht einmal einen Palmwedel. Ich knurre. Den Kerl werde ich umbringen, ganz langsam. Vielleicht bitte ich sogar Chesca um Hilfe. Bin mir sicher, sie hätte nichts gegen ein bisschen Wächter-Foltern, gefolgt von Wächter-am-Spieß.

Zerstückeln wäre auch nicht schlecht. Ja, das ist eine gute Idee. Ihn nach allen Regeln der Kunst zerlegen.

»**M**ach dich bereit – neuer Versuch«, tönt Arcs Stimme aus weiter Ferne.

Dem Mistkerl werde ich's zeigen. Er wird hier nicht noch einmal hineinkommen. Mein magisches Innenleben stöhnt vor Enttäuschung. Pscht, Kätzchen. Erst die Arbeit, dann das Vergnügen.

Ich verlängere die Kuppel nach unten, bis die Ränder sich treffen und eine Kugel bilden, dann klebe ich sie zusammen. Hier kommt keiner mehr rein, auch nicht von unten. Nicht einmal Arc. Ich verwende zusätzliche Energie darauf, das Glas noch zu verstärken, es bruchsicher zu machen.

Diesmal werde ich die Oberhand behalten.

Jeder Muskel in mir ist angespannt, bereit zu handeln. So warte ich. Diesmal erlebe ich keine Überraschungen, auch nicht von der angenehmen Sorte.

Ich sehe hinaus auf die Wellen, die sich immer noch an meiner Kugel brechen. Die See ist aufgewühlt, dunkle Wasserberge türmen sich übereinander. Ist das nicht … ja, da draußen schwimmt jemand im Wasser.

Ein großer Körper, nackt, kämpft mit den Wellen.

Arc.

Er erreicht gerade meinen geschützten Raum, hämmert mit den Fäusten gegen das Glas. Er sieht verzweifelt aus, versucht zu sprechen, aber dann müsste er den Mund öffnen und Wasser schlucken. Er würde ertrinken. Er kratzt am Glas, versucht, einen Halt zu finden. Ich renne hinüber zu ihm, drücke meine Hände ans Glas. Er blickt mich an, wild und voller Angst. Er ist am Ertrinken. Ich muss ihm helfen.

Ich konzentriere mich. Schließlich habe ich diese Kugel erschaffen, also muss ich sie auch zerstören können. Mit all meiner Kraft schlage ich mit der Faust gegen das Glas und breche es.

Die Kuppel stürzt in sich zusammen.

Sehr schnell finde ich mich im Wasser wieder, werde von ihm weggespült. Arc ist verschwunden. Jetzt gibt es nur noch mich, die Wellen und einen letzten Atemzug.

K euchend öffne ich die Augen. Und schaue als erstes an mir hinab, ob ich angezogen bin. Alles OK, dem Himmel sei Dank.

Arc beobachtet mich von dem Felsen aus, auf dem er sitzt.

»Das hättest du nicht tun sollen«, meint er traurig. »Ganz egal, was deine Gedanken dir vorgaukeln, du darfst nie deinen Schutz aufgeben. Verstanden?«

»Aber du warst am Ertrinken«, stammele ich.

»Das war doch nicht die Wirklichkeit. Die Dämonen werden dir alles Mögliche zeigen, um dich aus der Reserve zu locken.«

Ich nicke beschämt. Ich habe den Test nicht bestanden. Verdammt nochmal. Wieso macht mir das so viel aus? Wieso bedeutet es mir so viel, was er von mir denkt?

»Gut, dann lass es uns mal mit den anderen versuchen. Und denk daran, unter allen Umständen den Schutzschirm aufrecht zu erhalten, OK?«

Ich nicke, immer noch etwas niedergeschlagen.

»Jetzt schau nicht so traurig, *Lass*. Es ist noch kein Meister vom Himmel gefallen.«

»Aber das muss morgen doch funktionieren, Arc«, gebe ich zurück. »Ich hab einfach nicht die Zeit, das wieder und wieder zu üben.«

»*Aye*, ist mir klar. Deshalb werden wir mit Chesca üben.«

Ich schlucke schwer. Das dämpft meinen Enthusiasmus doch bedeutend.

Ich folge Arc zurück zum Cottage. Die übrigen Wächter sitzen in der Küche und haben Tee und vermutlich Scones vor sich stehen. Und da ist noch jemand, ein Mann, der es an Stattlichkeit ohne weiteres mit meinen Kerlen aufnehmen kann. Ich vermute, es ist der Wächter, um den Chesca sich so sehr bemüht und für den sie sich anstrengt, ‚gut' (also weniger böse) zu sein.

Er steht auf, als wir eintreten, und verbeugt sich leicht.

»Prinzessin, es ist eine Ehre, Euch zu begegnen.«

Ich lächele, weiß nicht so recht, was ich darauf antworten soll. Ich nehme mir vor, im Reich der Götter als erstes etwas über die Etikette für Halbgöttinnen herauszufinden.

»Die Ehre ist ganz meinerseits«, antworte ich, getreu einem Spruch, den ich in einem Fantasy-Film gehört habe. Endlich zahlt sich das Serien-Schauen einmal aus.

»Wyn, das ist Aodh, einer unserer Kollegen«, stellt ihn Sturm vor. »Er ist Chescas…«

»Verlobter«, unterbricht Chesca hinter uns. Sie drückt sich an uns vorbei, nicht ohne die Gelegenheit zu nutzen, sich an Arcs Hintern zu reiben. Verdammte Dämonin. Dann gleitet sie Aodh auf den Schoß. »Wir haben uns im vergangenen Monat verlobt.«

»Glückwunsch«, seufzt Sturm.

Arc beugt sich vor und flüstert mir ins Ohr. »Sie verloben sich alle paar Wochen und trennen sich dann wieder. Wir nehmen das nicht mehr ernst – Aodh wahrscheinlich auch nicht.«

Der Genannte lächelt geduldig. »Möchtet Ihr ein wenig Tee, Prinzessin?«

Ich nicke. »Und du kannst Wyn und ‚du' zu mir sagen. Ich fühle mich noch nicht wie eine Prinzessin.«

»Das kommt noch«, erklärt er wissend. »Du wirst in die Rolle hineinwachsen, wenn du erst einmal einige Zeit im Palast zugebracht hast.«

»Wenn wir es je bis dahin schaffen«, murmele ich und greife nach einem Scone. Die Küchlein sehen köstlich aus – ob Chesca die wohl gebacken hat? Ich kann sie mir kaum in der Küche beim Backen oder Kochen vorstellen. Andererseits – was weiß ich schon über Dämonen? Vielleicht verfügen sie über etliche hauswirtschaftliche Qualitäten.

Lächelnd beiße ich hinein. Gut, die hat definitiv Chesca gemacht. Sie schmecken abscheulich, so, als hätte sie statt Zucker Salz genommen und noch einen ordentlichen Schuss Essig hinzugefügt. Ich habe noch nie etwas so Fürchterliches gegessen.

Die Männer sehen mich erwartungsvoll an. Erst jetzt bemerke ich, dass sie ihre Küchlein nicht angerührt haben. Danke auch für die Warnung!

Entschlossen schlucke ich das Zeug hinunter und lächele Chesca an. »Wirklich köstlich, hast du die selbst gemacht?« Sie nickt, sieht mich freudig an. »Ja, schmecken sie dir?«

»Sie sind unbeschreiblich«, antworte ich und versuche, meine Gesichtszüge nicht entgleisen zu lassen. Frost versteckt sein Gesicht hinter seiner Teetasse, sichtlich bemüht, ein Lachen zu unterdrücken. Den anderen ergeht es genauso, sie ersticken fast bei dem Versuch. Selbst Aodh kann ein Grinsen kaum verbergen.

Davon unbeeindruckt, strahlt mich Chesca an. »Dann nimm doch noch eines, Liebes. Ich habe im Wohnzimmer noch mehr.«

Süßer Tod, komm, rette mich!

Aber nein, das übernimmt Arc.

»Wir haben leider nicht viel Zeit. Ich habe Wyn beigebracht,

126

wie sie ihre Gedanken abschirmen soll, aber sie muss noch üben. Chesca, könntest du…«

Immer noch lächelnd, nickt Chesca wohlwollend. »Klar doch. Liebling, sieh mich an.«

Ich merke erst, dass ich gemeint bin, als Sturm sich vielsagend räuspert.

»Ähm, ja.« Ich drehe mich um und sehe ihr ins Gesicht.

»Hast du deinen Schutzschirm aufgebaut?«, flüstert mir Arc zu. Ich werfe einen schnellen Blick auf meine kleine Insel und stelle erleichtert fest, dass sich eine neue Kugel um sie gebildet hat. Ich nicke ihm eilig zu, was er mit einem aufmunternden Lächeln beantwortet.

Chesca beugt sich vor, ohne den Schoß ihres Verlobten zu verlassen.

»Dann schließ jetzt die Augen, mein Täubchen.« Ich verschlucke mich fast, folge aber ihren Anweisungen. Wieder befinde ich mich auf meiner Insel. Die See ist etwas ruhiger, aber immer noch ziemlich aufgewühlt.

Langsam bildet sich Nebel über dem Wasser, sammelt sich um meinen Schutzraum herum. Aus den Schwaden tritt eine Frau hervor, Chesca. Sie steht mit weit ausgebreiteten Flügeln da, nackt, wie sie geboren wurde (oder erschaffen oder der Hölle entwichen ist – je nachdem, auf welche Art Dämonen ihr Leben beginnen). Sie winkt mir verführerisch zu. Also verführerisch, wenn ich auf Frauen stehen würde – oder Dämonen. Aber statt mich von ihr anmachen zu lassen, denke ich an meine Wächter. An alle vier, wie sie mich gemeinsam umringen, wie auf der Fähre, nur dass diesmal auch Crispin mit dabei ist. Ich atme ihren männlichen Duft ein.

Chesca hat keine Chance gegen die Kraft und Lebendigkeit meiner Gedanken.

Ihre Gesichtszüge sind jetzt nicht mehr verführerisch, sondern von Wut gezeichnet. Mit ihren Krallen bearbeitet sie meine Glaskugel, die zwar ein wenig wackelt, aber standhält. Diesmal keine Risse. Ausgetrickst, Dämonen-Schlampe.

Als ich die Augen wieder öffne, schaut mich eine verärgerte Dämonin an. Aber was kümmert mich das angesichts der stolzen Blicke, die meine Wächter mir zuwerfen. Ich habe den Test bestanden. Klopfe mir selbst mental auf die Schulter.

KAPITEL
Elf

Ich folge Frost nach draußen. Diesmal bleiben wir nicht in der Nähe des Cottages, sondern folgen einem gut ausgetretenen Pfad zu einem kleinen See. Es ist eher ein großer Teich, von Heidekraut umgeben.

»Ich dachte, es wäre besser mit wenig Wasser zu üben statt gleich zum Meer zu gehen«, grinst Frost, und ich lächele ihn dankbar an. Mit Wasser weiß ich noch nichts anzufangen. An meinem Geburtstag haben mich Eis und Schnee angegriffen. Ob das mit Wasser-Magie gleichzusetzen ist?

»Um Wasser beeinflussen zu können, musst du erst das Wesen von Wasser begreifen.«

Ich runzele die Stirn. »Klingt sehr philosophisch.«

Frost lacht. »Der erste Teil wird dir gefallen. Zieh dich aus.«

»Wie bitte?!« Nicht schon wieder! Die Kerle treiben mich noch in den Wahnsinn mit ihren Bestrebungen, mich ständig nackt zu sehen.

Er seufzt. »Du kannst die Unterwäsche anbehalten. Oder alles andere auch, aber dann bist du hinterher klatschnass und erkältest dich, was für den Kampf morgen nicht ratsam ist.«

Stimmt. Aber so leicht gebe ich nicht nach. »Aber es ist so kalt. Sind ja nicht gerade sommerliche Temperaturen.«

Er zeigt sich geduldig. »Fass mal ins Wasser.«

Ich sehe ihn verwirrt an, beuge mich dann aber hinunter und stecke am Ufer des kleinen Sees einen Finger ins Wasser. Und lache überrascht auf. Es ist warm! Hat sogar Badewannentemperatur.

»Also zieh dich aus, wir werden schwimmen gehen.« Er lässt seinen Worten sofort Taten folgen, zieht sich das Hemd über den Kopf und gibt den Blick frei auf perfekt geformte Brust- und Bauchmuskeln. Herrlich. Er bemerkt, wie ich ihn anstarre. Ich werde rot und wende den Blick ab. Muss ihm ja nicht zeigen, wie anziehend ich ihn finde.

Als er aus den Hosen schlüpft, beschäftige ich mich lieber mit meinen eigenen Kleidern. Ich will das hier eigentlich nicht, aber … doch, ich will. Bevor ich es mir anders überlegen kann, ziehe ich mich bis auf die Unterwäsche aus und renne ins Wasser, rutsche dabei fast auf dem schlammigen Untergrund aus.

Das Wasser ist sehr trüb, was ich begrüße, denn es verbirgt meinen Körper vor den hitzigen Blicken, die mir Frost zuwirft. Ja, er beobachtet mich sehr genau, mit hungrigen Augen. Er hat noch seine Boxershorts an, steckt aber gerade die Hände in den elastischen Bund und zieht sie runter – ich wende mich ab, starre ins Wasser, das auf einmal von größtem Interesse ist. Einfach faszinierend. Doch viel umwerfender als der Anblick seiner … besten Teile. Obwohl die sicher auch eindrucksvoll wären. Nee, komm schon – das Wasser ist viel interessanter. Ganz sicher.

»Du kannst dich jetzt umdrehen«, lacht er, wohl wissend, wie peinlich mir das hier ist. Ich wende mich langsam um, will sichergehen, dass nichts zu befürchten ist. Er steht im Wasser und kommt auf mich zu gewatet. Es ist gerade so, als würde sich das Wasser vor ihm teilen, was es bei ihm sehr viel eleganter aussehen lässt als mein Anblick beim Betreten des Sees gewesen sein muss.

Ich stehe im Schlamm und will mir gar nicht vorstellen, was für Wasserwesen gerade durch meine Zehen quellen könnten. Oder auf welchen ich draufstehe. Igitt. Vielleicht sollte ich doch lernen, wie Frost auf dem Wasser zu gehen – wie er es tat, als er mich aus dem Meer gerettet hat. Aber dann würde ich halbnackt dastehen. Also doch lieber nicht.

»Jetzt, wo du vom Wasser umgeben bist, wird es dir leichter fallen, sein Wesen zu erfassen«, beginnt Frost seine erste Lektion. »Wasser ist fließend, schlüpfrig, entzieht sich der Kontrolle. Es ist leichter, mit dem Strom zu schwimmen und dabei auf sanfte Art die Richtung der Strömung zu beeinflussen, statt sie mit Gewalt unserem Willen unterwerfen zu wollen. Aber zunächst möchte ich, dass du nur beobachtest. Versuche nicht, das Wasser beherrschen zu wollen, beobachte es und lerne daraus.«

»Ergibt Sinn.«

Er lächelt. »Gut. Schließe die Augen und öffne sie erst wieder, wenn ich es dir sage.«

Ich folge seinen Anweisungen und konzentriere mich auf meine Umgebung. Wasser umspült sanft meine Schultern, kleine Wellen brechen sich an meinen Schlüsselbeinen. Unter der Oberfläche spüre ich die unterschiedlichen Temperaturzonen – kälter in Bodennähe, aber noch nicht unangenehm. Frost muss mir unbedingt beibringen, wie man solch einen See aufheizen kann.

Meine Hände liegen schwerelos auf dem Wasser. Ich schwanke von einer Seite zur anderen, lasse mich von jeder noch so kleinen Strömung treiben.

Durch die Wasserbewegung spüre ich, dass sich Frost mir nähert.

»Jetzt bring deine magischen Kräfte ins Spiel. Dring ins Wasser vor, erforsche es. Versuche aber nicht, es zu verändern. Warte ab, was geschieht.«

Das ist seltsam. Ich habe meine magischen Talente noch nie eingesetzt, um etwas zu erforschen. Normalerweise dienen sie mir nur zu etwas so Banalem, wie eine Kerze anzuzünden (oder – ähm – ein Haus) oder die Vorhänge aufzuziehen. Das hier ist neu. Ich bin erstaunt, dass ich vorher nie auf die Idee gekommen bin. Andererseits hat es mir auch niemand beigebracht (ja, Mutter, genau – ich denke gerade an dich!).

Mit geschlossenen Augen sende ich ein paar magische Fäden aus meinen Fingern. Zunächst spüre ich nichts außer der mir innewohnenden Magie, aber dann – schwer zu beschreiben, aber es ist, als würde meine Magie sanft von einer Seite zur anderen gezogen. Wie ein Blatt, das auf der Wasseroberfläche auf und ab treibt. Aber normalerweise kann nichts auf meine magischen Kräfte Einfluss nehmen. Das hier ist neu.

Es ist kein kräftiges Ziehen, eher eine spielerische Bewegung, als wollte das Wasser testen, wie weit es gehen kann. Sehr seltsam, ich denke über das Wasser, als handele es sich dabei um ein intelligentes Wesen, das weiß, was es tut.

»Spürst du etwas?«, erkundigt sich Frost dicht an meinem Ohr.

»Ja, irgendwie bewegt das Wasser meine magischen Kräfte.« Ist nicht leicht, dieses merkwürdige Gefühl in Worte zu fassen.

»Das ist super! Hätte nicht gedacht, dass das so schnell geht. Dann nutze deine Magie jetzt, um etwas Wasser in dich hineinzuziehen.«

Ähm, wie soll das gehen? Meine Magie ist unsichtbar, Wasser ein fester Stoff – gut, flüssig, aber ihr versteht, was ich meine. Aber ich vertraue einmal mehr auf Frosts Kenntnisse, was das Wasser angeht. Also los…

Ich stelle mir vor, dass einer meiner magischen Fäden zu

einem Strohhalm wird und sauge dann vorsichtig daran. Natürlich nur in Gedanken, nicht in Wirklichkeit. Obwohl ich nicht verhindern kann, dass mein Mund einen saugenden Laut von sich gibt.

Langsam nimmt meine Magie Wasser in sich auf, ein dunkelblaues Band windet sich um meine Ranke. Es fühlt sich kühl an, als es in mich hineinfließt, aber merkwürdigerweise nicht feucht. Was wohl daran liegt, dass dies nichts mit meinem Körper zu tun hat, lediglich meinen Gedanken. Meiner Magie.

Dieser Wasserzauber hat nichts mit meiner eigenen Magie zu tun, die beiden vermischen sich nicht. Aber jetzt, wo er in meinem Innern ist, kann ich ihn kontrollieren. Ich forme ihn zu einer Kugel, die gerade groß genug ist, dass sie in meiner Hand Platz hat. Dann schiebe ich sie hinaus, wie ich das auch mit meiner eigenen Magie täte.

Ich öffne die Augen. Und tatsächlich, über meiner Hand schwebt eine Wasserkugel – eine ziemlich große. Also, doppelt so groß wie ich. Huch, da habe ich wohl meine Kräfte etwas unterschätzt.

Frost kichert hinter mir. »Da ist heute wohl der Ehrgeiz mit dir durchgegangen!«

Ich lache ihn an. »Heute? Den habe ich immer.«

Bewundernd schaue ich auf meine Wasserkugel. Kann gar nicht glauben, dass ich sie erschaffen habe. Und es hat mich nicht einmal viel Anstrengung gekostet. Vielleicht ist Wassermagie meine Stärke.

»Jetzt setze sie frei, aber langsam«, sagt Frost, immer noch lachend.

Oh ja, genau das werde ich tun. Grinsend bewege ich das Wasser direkt über Frost und lasse es fallen. Es stürzt auf ihn hinab. Und auf mich. Mein Gefühl für das Einschätzen von Entfernungen ist wohl nicht ganz so gut entwickelt. Das ging nach hinten los – oder besser ‚alles Gute kommt von oben‘?

Egal, zumindest ist das Wasser schön warm, hätte schlimmer sein können.

Denke ich noch, als ich plötzlich unter Wasser gedrückt werde. Als ich ganz untergetaucht bin, nimmt Frost die Hände von meinen Schultern, und ich komme wieder an die Oberfläche, spucke Wasser und Obszönes. Mistkerl.

Ich wende mich um und starre meinen Wächter an. Rache ist süß. Und nass in diesem Fall.

Ziemlich mühelos nehme ich wieder den Wasserzauber in mich auf und setze ihn als mächtigen Sturzbach frei, der Frost direkt an der Brust trifft und ihn nach hinten wirft. Hab ich dich!

Er wird unter Wasser gedrückt und verschwindet.

Kommt auch nicht wieder hoch.

Oh, oh.

Da habe ich wohl gerade meinen Wächter umgebracht.

Plötzlich wird das Wasser um mich her kalt. Sehr kalt. Würde mich nicht wundern, wenn es zu Eis erstarrte, so kalt ist es.

»Frost!«, rufe ich und fange schon an zu zittern.

»Und was willst du jetzt tun, kleine Prinzessin?« Seine fröhliche Stimme entspricht so gar nicht meinen Gefühlen, als ich ihn da auf mich zulaufen sehe. Er geht wieder auf dem Wasser. Verdammt nochmal, wie Jesus. Allerdings ein sehr nackter Jesus.

»Mach das endlich wieder warm!«, rufe ich wütend und sehe ihn hasserfüllt an.

Er lacht nur. »Mach's doch selbst.« Dreht sich um, und geht.

Du Sohn einer unkeuschen Meerjungfrau!

Also los, was muss ich tun? Wie kann ich das Wasser erwärmen? Soll ich den Wasserzauber nett darum bitten? Ihm was androhen? Nee, da muss es noch eine bessere Möglichkeit geben. Was produziert Hitze? Bewegung.

Ich nehme so viel von meinen magischen Kräften, wie ich mich traue, und werfe sie ins Wasser, schüttele sie dabei von einer Seite zur anderen, wirbele sie durch das eiskalte Wasser. Es bewegt sich nicht sichtbar, aber ich sehe, wie sein Wesen langsam die Farbe wechselt. Und die Temperatur. Ich seufze erleichtert.

»Nicht sehr elegant, aber wirksam«, kommentiert Frost hinter mir. Wie kann er sich nur immer so an mich anschleichen? Na ja, ich war wohl gerade damit beschäftigt, all meine magischen Kräfte darauf zu verwenden, einen ganzen (sehr kleinen) See aufzuheizen.

»Und jetzt lass deine magischen Kräfte nicht los, sondern ziehe sie wieder in dich hinein. Keine Angst, die Temperatur bleibt gleich.«

Ich tue, was er sagt. Zum Glück funktioniert es, sonst hätte ich für meine nächste Lektion auch dumm dagestanden – eine Halbgöttin ohne ihre Magie wäre schlimmer als ein reiner Mensch.

»Gut gemacht«, grinst er mich an und setzt sich aufs Wasser, als sei das fester Grund.

»Wie machst du das?«, frage ich mit hungrigem Unterton. Mit dieser Fähigkeit würde ich mich als richtige Göttin fühlen.

»Du musst nur daran glauben, dass du es kannst«, antwortet er einfach.

»Danke für diese aufschlussreiche Erklärung«, zische ich.

»Gern geschehen.« Er streckt die Hand aus, und ich ergreife sie. Im nächsten Augenblick hält er mich in seinen Armen, und ich stehe neben ihm auf dem Wasser. Cool. Dann lässt er mich los, und ich falle hinein.

»Du musst daran glauben.«

»Weißt du, dass du dich wie so ein verrückter Prediger anhörst?«

Er lacht. »Ich glaube an dich. Das macht mich dann wohl zu einem Jünger der göttlichen Wynter.«

Ich starre ihn an. »Ich bin nicht göttlich.«

»Sind das nicht alle Götter?«

»Schon, aber ich bin keine Göttin.«

»Liebes, du hast gerade einen ganzen See aufgeheizt. Das können nur Götter und Wächter.«

Gut, also jetzt bin ich zugegebenermaßen etwas sprachlos. Und stolz.

Er zieht mich wieder aus dem Wasser. Er tut es mit solcher Kraft, dass ich gegen ihn stolpere – und das auch gar nicht verhindere. Er fängt mich in seinen Armen auf und drückt mich eng an sich. Erst da wird mir so richtig bewusst, dass ich in meiner nassen Unterwäsche dastehe – und er nackt ist. Oh, so nackt. Und ihm wird das auch gerade klar. Aber anstatt mich loszulassen, hält er mich nur noch fester. Sein harter Schwanz drückt gegen meinen Bauch. Was mir seltsamerweise nichts ausmacht. Meine Brustwarzen sind genauso hart – was aber sicher nur von der Nässe und der frischen schottischen Luft kommt. Und nicht auf diese Art nass. Also tropfend. Nein, nur seewassernass. Das ist auch schon alles. Ich reagiere überhaupt nicht auf ihn.

»Wyn«, flüstert er und ich schmelze dahin. Ich schaue zu ihm hoch, die Lippen leicht geöffnet in Erwartung der seinen.

Er küsst mich sanft und weich, so ganz anders als der fordernde Kuss seines Zwillingsbruders. Fühlt sich aber genauso gut an. Er schmeckt nach Meerwasser, kühl und salzig, und ich will mehr von diesem Geschmack, stoße in seinen Mund. Er stöhnt und fährt mit einer Hand durch mein Haar, rückt meinen Kopf sanft in die beste Position, damit ich ihn ansehen kann. Seine sanften braunen Augen schauen in meine, während unsere Zungen einen Tanz aufführen, brennen vor

Verlangen. Meine Blicke sagen wohl dasselbe wie seine. Ich will ihn. Brauche ihn.

Ich fahre mit den Händen über seinen Rücken, die harten Muskeln um seine Schultern herum. Er knabbert an meiner Unterklippe, und vor Überraschung kralle ich meine Fingernägel in seine Haut, hinterlasse Spuren darauf. Er stöhnt erneut, befeuert nur mein Verlangen. Meine Wächter haben mich jetzt so lange hingehalten – erst Sturm, dann Arc und jetzt Frost. Ich will endlich mehr als Küssen.

Also gehe ich aufs Ganze. Ich ergreife seine Pobacken mit beiden Händen, drücke sie und ziehe seine Hüften dichter an mich heran, reibe dabei seinen Schwanz an meinem Bauch.

»Wyn«, keucht er und gibt meine Lippen einen Augenblick lang frei. Ich warte ab, ob er noch etwas sagt, aber er atmet nur schwer. Gut, das war seine letzte Chance. Ich stelle mich auf die Zehenspitzen und küsse ihn. Er seufzt gegen meinen Mund und erwidert meinen Kuss begierig. Er küsst mich jetzt mit größerem Nachdruck, wie jemand, der auf Eroberung aus ist.

Wieder lasse ich meine Hände über seinen Rücken gleiten. Ich brauche diese Berührungen, muss ihn spüren.

Er bewegt sich ein Stück zurück, aber nur einen Augenblick lang, dann drückt er mich an den Schultern sanft nach hinten, auf den Boden – also auf die Wasseroberfläche. Es fällt mir noch immer schwer zu glauben, dass wir hier auf einem See stehen, uns lieben. Er kniet an meiner Seite, streichelt über meinen Bauch, dann höher, greift nach meinen Brüsten, knetet sie durch den nassen BH hindurch, den ich immer noch anhabe.

»Zieh ihn aus«, flüstere ich mit heiserer Stimme, woraufhin er ihn einfach hochschiebt, bis meine Brüste frei liegen.

»Du bist wunderschön, Wyn«, stöhnt er und beugt sich hinab, nimmt den linken Nippel in den Mund. Mit den Händen drückt er sanft den anderen und zeichnet kleine Kreise um den Vorhof. Stöhnend wölbe ich meinen Rücken. Wie kann es nur sein, dass er mich nur mit Küssen schon an die Schwelle bringt – ich bin nicht mehr weit vom Höhepunkt entfernt. Mir ist heiß, und ich sehne die Erlösung herbei. Er neckt mich, aber ich brauche jetzt mehr. Mit beiden Händen fasse ich seinen Kopf und bewege ihn weg von meiner Brust nach unten.

Er lacht. »Da hätte ich auch noch hingefunden, Prinzessin.«

»Das brauche ich aber jetzt«, keuche ich. »Bitte.«

Seine Zunge hinterlässt eine Spur auf meiner Haut. Als er meinen Nabel erreicht, knabbert er auch dort. Fast hätte ich gelacht, aber es kommt wieder nur als Stöhnen heraus. Ich drücke ihn weiter runter. Vermaledeiter Wächter, begriffsstutziger. Er versteht mich nicht.

Mir wird immer heißer – und damit meine ich meine Körpertemperatur. Ich spüre, wie sich Schweiß auf meiner Stirn bildet. Noch nie hat ein Mann solche Gefühle bei mir ausgelöst. Ich würde jetzt gern etwas trinken, aber noch lieber hätte ich Frost ganz, mit Haut und Haaren und…

Endlich hat seine Zunge ihren Bestimmungsort erreicht. Fast. Ist ganz nah. Aber er neckt mich weiter, leckt zu weit oben, nicht den richtigen Punkt. Und er weiß das.

»Frost!«, schreie ich, und es ist mir ganz egal, wie verzweifelt ich klinge.

Er kichert und drückt dann endlich seine Zunge an meinen empfindlichsten Punkt. Ich schreie auf, er auch.

Aber bei mir ist es die Lust, bei ihm Schmerz.

»Hör auf, Wyn, hör auf!«

Ich richte mich auf und erstarre vor Schreck. Wir sind von einer Feuerwand umzingelt, die mit aller Macht versucht, die Wasserschranke zu überwinden, die Frost als Abwehr errichtet hat. Um uns herum sprühen die Funken.

Er dreht sich um, und ich sehe die hochroten Stellen auf seinem Rücken, wo das Feuer ihn verbrannt hat. Ich gerate in Panik.

»Ich weiß nicht, was ich dagegen tun soll!«, schreie ich und wringe die Hände angesichts des Chaos, das ich einmal mehr angerichtet habe.

»Zieh deine magischen Kräfte zurück!«, ruft Frost und wirft die Arme in die Luft, türmt damit eine Welle auf, die gegen die Feuerwand kracht. Aber das reicht noch nicht, um das Feuer gänzlich zu löschen.

Reiß dich zusammen, Wyn. Du kannst nicht zulassen, dass er noch schwerer verletzt wird.

Ich konzentriere mich, bis ich meine Magie sehen kann, die wütend um mich herum züngelt. Ich habe sie noch nie so gewaltbereit gesehen. Ich versuche, sie zurückzuziehen, aber sie reagiert nicht. Meine sonst so zahmen magischen Fäden haben sich in ein wütendes Inferno verwandelt, das sich völlig meiner Kontrolle entzieht.

»Stopp es an der Quelle!«, ruft Frost verzweifelt und wirft noch mehr Wasser auf das Feuer.

Ich schließe die Augen und suche nach der Höhlung in der Nähe meines Herzens. Sie brennt, die Höhle ist voller Flammen. Meine Magie knurrt mich wütend an, sagt mir, das hier sei nicht ihr Fehler. Ich beachte sie nicht weiter und ziehe stattdessen den Wasserzauber herein, wie mir das Frost heute beigebracht hat. Ich leite das Wasser in die Höhle, immer mehr, bis die Flammen endlich ersterben. Dem erleichterten Aufseufzen meines Wächters entnehme ich, dass auch das Feuer um uns herum erloschen ist.

Meine Magie schüttelt ihr tropfnasses Fell, wirft mir einen bösen Blick zu und leckt sich die Wunden.

Apropos…

»Frost, bist du schwer verletzt?« Ich renne an die Stelle, wo er vornübergebeugt am Boden kniet, ein Bild der Erschöpfung.

»Ist schon gut, Prinzessin, es war schon schlimmer.«

»Nein, nichts ist gut, meine magischen Kräfte haben dich

verletzt. Ich habe dir wehgetan.« Ich lasse mich neben ihn fallen und schaue mir seinen Rücken an. Sieht nicht gut aus. Die Haut ist größtenteils verbrannt, einige Stellen sind nur gerötet, andere von Blasen übersät.

»Wir müssen dich zu Crispin bringen«, flüstere ich, möchte vor lauter Scham im Erdboden versinken. Ich bin schuld.

Ich helfe ihm auf, lege mir einen seiner Arme um die Schultern, und so gehen wir zusammen zurück zum Cottage.

Er nackt und verbrannt. Ich schuldbewusst und in Unterwäsche.

KAPITEL
Zwölf

»Was hast du jetzt schon wieder angestellt«, schnaubt Crispin.

»Ich bin nicht schuld«, protestiert Frost, aber Crispin zieht nur die Augenbraue hoch und bringt uns ins Cottage.

Aodh und Chesca sitzen im Wohnzimmer, stehen aber sofort auf, als sie uns sehen. Der Wächter bedeutet uns, auf dem Sofa Platz zu nehmen. »Leg dich dort hin, Frost.«

Chesca murmelt irgendetwas von wegen Blutflecken, aber ein Blick ihres Wächter-Liebhabers genügt, sie zum Schweigen zu bringen. Wow, erstaunlich, wie viel Einfluss er offensichtlich doch auf unsere Dämon-Diva hat.

Stöhnend sinkt Frost aufs Sofa. Crispin steht neben ihm und bewegt seine Hände über Frosts verbranntem Rücken hin und her. Ich erkenne, dass er ein Netz aus dünnen magischen Strähnen webt, ein feines, wunderschönes Gespinst.

»Dies ist deine erste Lektion bezüglich Heilkunde«, murmelt Crispin, die Stirn voller Konzentration in Falten gelegt.

»Ich hatte nicht vor, sie auf diese Weise zu bekommen«, antworte ich traurig.

»Mach dir keine Sorgen, Prinzessin«, meldet sich Frost mit durch zwei Kissen gedämpfter Stimme, zwischen denen sein Kopf ruht. »Bin gern dein Versuchskaninchen.«

»Ähm… schönen Dank auch. Da fühle ich mich doch gleich viel besser!«

Er lacht, stöhnt dann aber wieder auf, als Crispin das von ihm gewebte Zaubernetz auf seinen Rücken senkt.

»Die Magie an sich verfolgt keinerlei Zweck«, erklärt Crispin, während er weiter mit dem Netz werkelt. »Allein der Anwender der Magie macht sie zu einem Werkzeug. Als ich dieses Netz gewebt habe, war es erst einmal nur ein Ding, dem man eine bestimmte Form gegeben hat, sonst nichts. Energie, die auf spezifische Art und Weise zusammengefügt wurde. Jetzt aber gebe ich dem Ganzen eine Bestimmung. Ich weise es an, einem bestimmten Zweck zu dienen und Frosts Verletzungen zu heilen. Man muss diese Anweisungen sehr präzise formulieren. Das ist leicht bei etwas wie »zünde diese Kerze an« – aber beim Heilen muss man da sehr viel genauer vorgehen. Weshalb auch ein Heiler mit magischen Kräften unbedingt medizinische Kenntnisse braucht. Ich muss zum Beispiel wissen, was die Haut benötigt, um sich zu regenerieren. Sind dafür Flüssigkeiten, Blut, andere chemische Verbindungen nötig?«

»Das heißt also, selbst wenn es mir gelingen würde, ein solches Netz zu weben, könnte ich es möglicherweise nicht zu Heilzwecken einsetzen?«, frage ich etwas verwirrt. Das klingt nicht nach der Art von Magie, die mir vertraut ist.

»Du könntest vielleicht einen gebrochenen Knochen wieder zusammensetzen, aber nicht das ihn umgebende Gewebe. Wenn wir erst einmal im Reich der Götter sind, werde ich dir beibringen, zumindest kleinere Verletzungen zu heilen.«

Frost kichert. »Er will damit sagen, dass dies hier eine Lektion darin ist, dass du nichts weißt, er es dir aber im Moment auch nicht erklären kann.«

Als Reaktion darauf schnalzt Crispin mit den Fingern, und ein Teil des magischen Netzes drückt auf Frosts lädierte Haut. Er heult auf.

»Was sagtest du doch gerade so richtig, mein Freund?!«

»Nichts. Nur, dass du der Beste aller Heiler bist. Könntest du jetzt bitte weitermachen?«

Crispin seufzt. »Immer zu Diensten.«

Mit geübten Bewegungen schwingt er die Hände durch die Luft, wobei seine Finger an dem magischen Netz ziehen, wie das eine Spinne an ihrem täte. Einige der Zauber-Strähnchen fließen in Frosts Körper über, andere breiten sich auf seiner Haut aus. Ganz langsam sehe ich die Wirkung. Frosts Fleisch sieht weniger rot aus, und die Blasen schrumpfen, bis sie schließlich ganz verschwunden sind. Innerhalb weniger Minuten sieht Frosts Rücken so makellos aus wie vor dem … Unfall.

Wie ein Dirigent am Ende einer Symphonie wedelt Crispin noch einmal mit den Händen und lässt dann das magische Netz sich verflüchtigen. Dann tritt er einen Schritt zurück.

»So, kann mir jetzt mal einer erklären, wieso Frost beim Versuch, dir Wasser-Magie beizubringen, Brandverletzungen davongetragen hat?!«

Die anderen Wächter sind zu uns ins Wohnzimmer gekommen und hören sich nun auch meine leidige Geschichte an. Das ist wohl die peinlichste Sache, die ich je erzählen musste. Ich habe einen Mann, der Sex mit mir haben wollte, beinahe in Brand gesetzt.

Klar, das passiert doch sicher jedem irgendwann mal im Leben! Nicht wirklich.

Als ich geendet habe, herrscht Schweigen. Selbst Chesca starrt still auf den Boden. Das zeigt mir so richtig, wie schlimm das alles ist.

»Du hast gesagt, du hast dich erhitzt gefühlt, bevor es losging«, sagt Aodh schließlich nachdenklich.

»Klar war ihr heiß. Sieh ihn dir doch an«, kichert seine Freundin. »Wenn mich diese muskelbepackten Arme berühren würden, wäre mir auch bald heiß.«

Ich werde rot. Obwohl – die Farbe ist mir während der ganzen Erzählung nicht aus dem Gesicht gewichen. Sie wollten alle Einzelheiten hören – oberpeinlich.

»Vielleicht liegt es nur daran, dass ihre magischen Kräfte noch etwas ungestüm und untrainiert sind«, meint Sturm. »Sie hatte schließlich noch keine Zeit herauszufinden, wozu sie tatsächlich in der Lage ist.«

»Das klingt aber nicht nach einem normalen Aufflammen«, antwortet Crispin. »Nein, sie hat doch gesagt, ihre Magie sei angegriffen worden – nicht wahr, Wyn?«

»Ich bin mir nicht sicher, ob das der richtige Ausdruck dafür ist. Meine Höhle«, aus unerklärlichen Gründen kichert Frost bei diesem Wort – »stand in Flammen, genauso wie alles um uns herum. Aber ich weiß nicht, was zuerst kam.«

»Aodh, du bist doch der Spezialist für Feuer-Magie«, meint Sturm. »Ist dir so etwas schon einmal begegnet?«

Der Angesprochene schüttelt den Kopf. »Ist mir jedenfalls nicht erinnerlich. Ich werde aber mal in meinen Büchern nachsehen, vielleicht finde ich dort etwas.«

»Gut. Arc wird dich dabei unterstützen. Frost, du musst erst einmal schlafen, der Heilungsprozess wird dich viel Energie gekostet haben. Crispin, du bist an der Reihe, Wyn etwas beizubringen. Aber diesmal bleibe ich in deiner Nähe, Wyn.

Falls so etwas noch einmal passiert, solltest du nicht alleine sein.«

Ich will schon protestieren, weil ich zusammen mit Crispin ja nicht alleine sein werde, aber ein Blick in Sturms Miene sagt mir, dass ich besser schweigen sollte. Man muss erkennen, wann man auf verlorenem Posten steht.

Ich seufze. »Also gut, was steht an?«

Statt mit uns hinauszugehen wie mit Arc und Frost, nimmt mich Crispin mit nach oben in eines der Schlafzimmer. Mir gefällt dieses Cottage immer besser. Alles ist so geschmackvoll eingerichtet, einfach niedlich und hübsch. Statt einer Dämonen-Diva würde ich hier eher ein altes Mütterchen als Bewohnerin vermuten. Übrigens finde ich, dass diese Bezeichnung auf Chesca voll zutrifft. Ich werde sie von nun an so nennen.

Wir setzen uns auf einen dicken Teppich, der vor einem Himmelbett liegt. Sturm steht im Türrahmen und beobachtet uns. Das macht mich nervös. Seine Gegenwart ist für mich wie eine sich selbst erfüllende Prophezeiung – da muss irgendetwas schiefgehen.

»Würdest du dich bitte auch setzen«, wende ich mich an ihn, als er keine Anstalten dazu macht. Er schnaubt, geht dann durchs Zimmer und setzt sich aufs Bett. Er ist genauso angespannt wie ich; auf dem Sprung, falls er eingreifen muss. Ich hoffe, dazu wird es nicht kommen.

»Wyn, wir haben nicht viel Zeit«, unterbricht Crispin meine trüben Gedanken. »Du hattest deinen Unterricht mit Arc und Frost – fühlst du dich in der Lage, diese Elemente morgen anzuwenden?«

Ich denke einen Augenblick lang nach. Trotz aller Missgeschicke und Enttäuschungen habe ich auf alle Fälle etwas gelernt. Verdammt nochmal, mir ist es gelungen, Frost über den halben See zu werfen. Und ich habe Chesca aus meinem Kopf verbannt – wofür ich unendlich dankbar bin. Natürlich ist mir klar, dass ich nur an der Oberfläche dessen gekratzt habe, was ich mit mehr Zeit erreichen könnte. Aber diese Zeit haben wir nicht. Wir wissen immer noch nicht, wer versucht hat, mich umzubringen, und je länger wir uns hier aufhalten, je leichter können sie uns finden. Wir müssen durch den Steinkreis hindurch, Dämonen hin oder her.

»Ja, ich denke, die Sache mit dem Wasser wird nützlich sein. Obwohl ich die Wasser-Magie nur eingesetzt habe, als ich selbst im See stand. Wie kann ich sie herbeirufen, wenn ich auf dem Trockenen bin?«

Sturm seufzt, was mich innerlich zusammenfahren lässt. Ich fühle seine Enttäuschung wie ein Kitzeln auf der Haut.

»Frost hat dir beigebracht, wie du dich mit dem Wesen des Wassers verbinden kannst, wie du es erkennst. Nachdem du das erfolgreich getan hast, ist der Rest einfach. Setze deine Magie hier und jetzt frei. Wir sind von Wasser umgeben, in der Luft, im Boden, in den Rohrleitungen. Wenn du es stark genug anziehst, wird es zu dir kommen.«

Ich fahre meine magischen Kräfte aus und merke, dass er recht hat. Ich sehe die Welt um mich herum jetzt mit anderen Augen. Es ist, als hätte ich einen weiteren Sinn hinzugewonnen – erst schwach, aber er ist definitiv vorhanden. Ich weiß auf einmal, dass unter meinem rechten Fuß eine Rohrleitung verläuft. Mir erschließt sich ein kleiner Bach, der etwa in fünfzig Meter Entfernung am Cottage vorbeifließt. Ich spüre sogar das Wasser im Blut der beiden Wächter.

Die Überraschung muss mir ins Gesicht geschrieben stehen, denn Crispin lächelt mich breit an.

»Du hast's gefunden?«

Ich nicke und lächele zurück. Endlich ein Erfolg!

»Würde es mich nicht sehr viel Energie kosten, Wasser aus dem Bach den ganzen Weg hierher herbeizurufen?«

»Nicht, wenn du seinen Lauf beachtest. Spürst du, in welche Richtung der Bach fließt?«

»Ja, von hier fort, ins Meer.«

»Gut. Wenn du Wasser aus dem Meer herbeirufen würdest, ginge das gegen den Strom, also gegen seine Natur, und würde viel Energie verbrauchen. Aber wenn du es aus der anderen Richtung nimmst und es praktisch auf dich zufließt, müsstest du es nur ein bisschen lenken und beschleunigen. Das erfordert nicht viel Kraft.«

»Klingt logisch.« Ich denke noch einmal an all die Wasserquellen in meiner Nähe. »Dumme Frage, aber kann ich Wasser aus Blut gewinnen?«

»Nein«, donnert Sturm und schreckt mich auf. »Beeinflusse nie die Magie in anderen Wesen, es sei denn, du willst ihnen schaden.«

»Dir würde ich natürlich nicht schaden wollen, aber was ist mit den Dämonen? Könnte ich nicht … nur so als Beispiel – ihr Blut zum Kochen bringen?«

Sturm will antworten, aber Crispin ist schneller. »Eine gute Frage, Wyn. Ein Grund, warum wir das nicht tun, Wyn, liegt darin, dass die wenigsten Magier diesen Zauber präzise genug anwenden und ihn auf einen einzelnen Dämon richten können. Die Gefahr ist zu groß, die eigenen Kameraden zu verletzen oder gar zu töten.« Er seufzt. »Das ist eine der wenigen Arten, auf die Wächter getötet werden können.«

»Oh«. Das bringt mich erst einmal zum Schweigen – einige Sekunden lang. »Aber *wenn* man es unter Kontrolle bringen könnte, wäre es dann nicht sinnvoll…«

»Du hast doch hinreichend bewiesen, dass du die Dinge *nicht* unter Kontrolle hast, lass es also dabei«, ruft Sturm und steht vom Bett auf. Ich starre ihn an und nicke dann. Er hat ja recht. Und ich habe schließlich seinen Bruder angesengt, er hat also allen Grund, auf mich wütend zu sein. Warum macht es mir dann so viel aus, dass er wütend ist? Und insbesondere, dass er sich über mich ärgert?

»Sturm, lass uns mal einen Moment allein«, weist Crispin seinen Kameraden in die Schranken. »Geh nach draußen, Wyn muss sich konzentrieren.«

Sturm wirft ihm einen erbosten Blick zu, geht aber aus dem Zimmer und lässt uns allein. Erst jetzt bemerke ich, dass meine Augen feucht sind. Mensch Wyn, wieso verwandeln dich diese Männer in eine hormonell inkontinente Heulsuse?!

»Er meint das nicht so, Wyn«, beruhigt mich Crispin. »Was du da gefragt hast – er hat auf diese Art einen Freund verloren. Und es ist keine schöne Art zu sterben. Wenn man das einmal gesehen hat ... also, dann wendet man diese Methode wirklich nur an, wenn es gar keine andere Wahl gibt.«

»Verstehe«, flüstere ich und schäme mich; was Sturm wohl von mir denken muss...

Da wollte ich doch tatsächlich so handeln wie der Mörder seines Freundes.

»Das weiß ich«, lächelt Crispin. »Und deshalb ist mir auch klar, dass du sicher noch viele andere Fragen stellen wolltest, nicht wahr? Wir haben nur mit der falschen angefangen.«

Ich runzele die Stirn. »Aber wie soll ich kämpfen, wenn ich gar nicht weiß wie? Ein Tag reicht einfach nicht zur Vorbereitung. Soll ich denn nur einen Wasserball auf die Dämonen werfen? Und Arc hat mir nur beigebracht, wie ich meine Gedanken gegen Außeneinflüsse abschirmen kann. Das hilft mir auch nicht weiter, wenn vor mir ein Dämon steht, der mich umbringen will. Ich brauche etwas Handfestes, Waffen, etwas, das uns hilft, möglichst schnell durch die Steine hindurchzukommen, ohne dabei getötet zu werden.«

»Und genau deshalb bist zu jetzt hier«, versichert mir

Crispin immer noch lächelnd. »Du weißt, dass ich ein Heiler bin; und wenn man weiß, wie man einen Körper reparieren kann, weiß man auch, wie man ihm schaden kann.«

Mir dämmert es. Und gleichzeitig überkommt mich Traurigkeit bei dem Gedanken, dass Crispin, dieser unschuldige, humorvolle, immer hilfsbereite Wächter seine magischen Kräfte auf diese Art einsetzen muss. Das ist falsch. Und sein Lächeln täuscht nicht darüber hinweg, dass es einen wunden Punkt in seinem Leben geben muss, seine geballten Fäuste deuten darauf hin. Und ich weiß nicht, ob ich diese Geschichte wirklich hören will.

Mir war immer klar, dass es mit Crispin mehr auf sich hat, als sein fröhliches Äußeres vermuten lässt. Aber jetzt, wo ich dicht davor stehe, vielleicht mehr zu erfahren, zögere ich.

»Es gibt viele Todesarten«, erklärt Crispin mit kalter Stimme, sein Gesicht eine undurchdringliche Maske. Wie konnte er sich so schnell verändern?

»Der Herzschlag setzt aus, die Atmung stoppt, Organe versagen, das Gehirn sendet keine Signale mehr. Es gibt so viele Arten zu sterben. Selbst Wächter können das unter bestimmten Umständen.« Er hält einen Moment lang inne, und ich wage nicht, auch nur einen Ton zu sagen.

»Und genauso verhält es sich mit Dämonen«, fährt er entschlossen fort. »Man kann sie töten, und ich kann dir das beibringen.«

Mir ist nicht mehr wohl dabei. Das mit dem Töten wollte ich eigentlich von Anfang an nicht. Ich habe im ganzen Leben noch niemanden umgebracht. Selbst Spinnen rette ich und setze sie raus, bevor meine Mutter sie sieht und mit der Fliegenklatsche erledigt. So sehr geht mir Töten gegen den Strich. Und diese Dämonen haben mich ja noch nicht direkt bedroht, oder? Sie stehen lediglich um den Steinkreis herum. Vielleicht würden sie nicht einmal versuchen, uns aufzuhalten?

»Belüg dich nicht selbst«, seufzt Crispin. Ich sehe ihn erschrocken an, wende meinen Blick dann nach innen und sehe, dass meine Schranken nicht geschlossen sind. Er hat meine Gedanken lesen können.

»Warum hast du das getan?«

»Weil du lernen musst. Du musst darauf achten, dass deine Gedanken abgeschirmt sind, du musst kämpfen lernen, du musst lernen, nicht zu zögern, wenn ein Dämon vor dir steht, der dich töten will. Wir müssen dich heil auf die andere Seite bringen. Und deshalb werde ich dir das Nötige beibringen. Es muss sein.«

Jetzt jagt er mir erst recht einen Schrecken ein. Nicht, weil ich befürchte, er könnte über mich herfallen, sondern weil es den Anschein hat, er müsste in dem Bestreben, mir zu helfen, selbst leiden.

»Nimm meine Hand.« Als ich zögere, ergreift er sie und verschränkt seine Finger mit meinen. »Und jetzt schicke etwas von deiner Magie in mich hinein. Nicht in meine Gedanken, in meinen Körper.«

»Was, wenn ich dich dabei verletze?«

»Wirst du nicht«, sagt er mit einer solchen Überzeugung, dass ich meine Augen schließe und einen einzelnen magischen Fäden durch unsere miteinander verschränkten Hände sende. Als er in ihn eindringt, gibt mir das ein ganz seltsames Gefühl. Vielleicht ist das wie der Phantomschmerz, den so viele Amputierte in Gliedmaßen spüren, die gar nicht mehr vorhanden sind. Es ist, als hätte ich einen zweiten Körper, aber es ist ein flüchtiger Eindruck, wie ein Echo dessen, was einmal existiert hat. Ich schicke ein wenig mehr meiner Kräfte hinüber, und werde mir des anderen Körpers stärker bewusst.

»Kannst du meine Zehen spüren?«

Ohne nachdenken zu müssen, weiß ich, dass ich es kann. Da

sind sie, schön warm eingepackt in seinen Socken. Ich nicke, will durch Worte nicht meine Konzentration stören.

»Spürst du, wie ich auf dem Boden sitze?«

Ja, ich fühle seinen Hintern auf dem Teppich sitzen. Komisches Gefühl. Einen Augenblick lang bin ich versucht, den in direkter Nachbarschaft liegenden Körperteilen nachzuspüren – meine vielleicht einzige Chance, jemals die männliche Anatomie zu ergründen – aber ich tue es dann doch nicht.

»Spürst du meinen Herzschlag?«

Mit nur einem einzigen Gedanken bin ich oben in seiner Brust und empfinde jede Zuckung dieses Muskels.

Sehr seltsam. Ich meine, die rhythmische Bewegung seines Herzens direkt sehen zu können; nein, es ist doch mehr ein Gefühl, das an Sehen grenzt. Und irgendwie weiß ich, dass ich nur die Hand ausstrecken müsste, um es zum Stillstand zu bringen.

Augenblicklich ziehe ich mich in meinen eigenen Körper zurück.

»Wieso hast du das zugelassen? Ich hätte dich verletzen können«, klage ich Crispin an.

»Ich war mir sicher, dass du das nicht tun würdest. Aber du musst wissen, dass du es könntest.«

»Und wieso soll das dann besser sein als, du weißt schon, das Blut zum Kochen zu bringen?«

»Es geht schnell und ist beinahe schmerzlos. Und ist eine Todesart, die nicht weiter auffällt – schließlich sterben jeden Tag Leute am Herzinfarkt.«

Ich reiße die Augen auf. Hier geht's nicht mehr nur um Töten auf dem Schlachtfeld, sondern Attentate.

»Jetzt lass uns dasselbe versuchen, ohne dass du mich berührst.«

Er lehnt sich zurück, entzieht mir seine Hand. Das hinterlässt eine kalte Lücke. Ich konzentriere mich und lenke meine magischen Kräfte in seine Richtung. Es ist schwieriger, ohne direkten Körperkontakt in ihn einzudringen, aber es gelingt mir doch recht leicht. Ein kleiner Druck, und schon bin ich drin. Diesmal ziele ich sofort auf sein Herz und bewundere dieses kleine Ding, das doch den gesamten Körper mit Energie versorgt. Ich würde am liebsten danach greifen, es berühren, den Schmerz wegnehmen, der irgendwo in seinem Innern verborgen sein muss – aber das wäre verrückt.

Ich verlasse Crispins Körper und ziehe mich wieder in meinen eigenen zurück.

Und bemerke sofort, dass etwas nicht stimmt. Ich weiß einem Moment lang nicht, was genau, habe nur dieses merkwürdige Gefühl im Hals, als ob sich dort etwas festgesetzt hätte. Ich schlucke, aber das Gefühl bleibt. Es verstärkt sich noch, mir wird langsam die Luft abgedrückt.

»Crispin«, keuche ich, aber mein Wächter sitzt ganz still da, hat die Augen geschlossen. »Ich kann nicht atmen!«

Er zieht die Augenbrauen zusammen, aber der Druck auf meine Luftröhre verstärkt sich weiter. Ich ziehe pfeifend den Atem ein, versuche, so viel Luft wie möglich in mich aufzunehmen.

»Cris…« Meine Stimme versagt. Vor meinen Augen tanzen schwarze Flecken, ich habe das Gefühl zu schwanken, obwohl ich doch auf dem Boden sitze. In meiner Verzweiflung öffne ich meine inneren Schranken und rufe um Hilfe.

Nicht, dass ich glaube, jemand könnte mich hören.

Der letzte Atemzug.

Ich bekomme keine Luft mehr.

Ich sinke langsam nach hinten, merke kaum, wie mein Kopf den Boden berührt.

»Lass sie los«, donnert Sturms Stimme durch den Nebel, der mich mittlerweile umgibt.

»Ich kann nicht, sie wird sie töten«, murmelt Crispin.

»Sie ist fort. Sie kann ihnen nicht schaden. Jetzt lass sie los!«

Ein Klatschen hallt durch den Raum. Meine Kehle öffnet sich wieder, und ich japse nach Luft.

»Wyn, bist du in Ordnung?« Frost ist an meiner Seite und hilft mir auf. Alles dreht sich noch um mich, und ich lehne mich an ihn als Stütze. Was zum Teufel war das gerade?

Langsam kann ich wieder klar sehen.

Crispin starrt mich mit weit aufgerissenen Augen an. In seinen türkisfarbenen Augen spiegelt sich die nackte Angst, eine Panik, die schwer zu ertragen sein muss.

»Arc, begleite ihn nach draußen«, befiehlt Sturm, und der riesige Wächter packt Crispin, der keine Gegenwehr leistet, und zerrt ihn aus dem Zimmer.

Frost streichelt mir sanft den Kopf, während Sturm mit mehr Empathie im Blick auf uns herab schaut, als ich je bei ihm gesehen habe.

»Ich hätte euch Beide nicht allein lassen sollen«, sagt er schließlich beinahe flüsternd.

»Du konntest ja nicht wissen, dass er immer noch so traumatisiert ist«, meint Frost tröstend und fährt immer noch mit seinen Fingern durch mein Haar.

»Was war das gerade?«, frage ich mit heiserer, brüchiger Stimme.

Frost seufzt. »Crispin hat … Probleme. Als er erschaffen wurde, geschah das nicht, um einen Beschützer oder auch nur einen Liebhaber zu haben. Nein, seine Göttin schuf ihn, um ihr auf andere Art zu helfen. Sie wollte ein Werkzeug haben, das blind ihre verschrobenen Wünsche ausführen würde. Aber Wächter haben ein angeborenes Gespür dafür, was richtig oder falsch ist. Selbst damals, ganz am Anfang, wusste Crispin, dass es falsch war, was sie von ihm verlangte. Also schuf seine Göttin eine Schwester für ihn. Er muss sie sehr geliebt haben, denn er begann, alles zu tun, was die Göttin von ihm verlangte.

Ich kenne nicht alle Einzelheiten, aber den Gerüchten zufolge, hat sie ihn zu einem Attentäter gemacht. Einem Inquisitor.«

»Er hat einige fürchterliche Dinge getan«, murmelt Sturm.

Frost wartet einen Augenblick, bevor er fortfährt. »Als Beira davon erfuhr, hat sie sich eingeschaltet. Aber jene andere Göttin hat nicht so leicht aufgegeben. Irgendwie ist dann Crispins Schwester gestorben. Er spricht nicht darüber, aber es hat ihn gebrochen. Beira hat ihn zu Freya geschickt, damit er dort ein neues Leben beginnen könnte. Es hat lange gedauert, bis er sich wieder erholt hatte.«

»Ganz offensichtlich ist er noch nicht darüber hinweg.« In Sturms Stimme spiegeln sich Trauer und Wut.

In meinem Herzen bin ich ganz bei Crispin.

»Wie hieß sie? Die Göttin, die ihn geschaffen hat?«

Einen Moment lang schweigen die Zwillinge. Dann räuspert sich Sturm.

»Sie ist die Morrigan.«

KAPITEL
Dreizehn

Ich erwache mit dem unbestimmten, flauen Gefühl in der Magengegend. Dies ist kein sanftes Aufwachen, kein Gleiten aus dem Reich der Träume. Nein, mir ist sofort klar, dass heute der Tag gekommen ist, an dem wir kämpfen müssen. Und falls es schiefgeht, könnte dies der letzte Morgen für mich und meine Wächter sein.

Zum hundertsten Mal frage ich mich, ob wir das wirklich tun müssen. Wir könnten uns doch irgendwo auf der Erde verstecken und darauf warten, dass unsere mysteriösen Verfolger aufgeben. Den Wächtern steht offensichtlich einiges an Geld zur Verfügung; da müsste doch auch ein Flug auf eine exotische Insel drin sein.

Andererseits hat Arc natürlich recht, wenn er sagt, dass die Dämonen nicht ewig bei den Steinen bleiben werden. Irgendwann bekamen sie sicher Hunger und würden dann die umliegenden Dörfer plündern. Und dabei wäre mit vielen Toten zu rechnen.

Wir müssen sie beseitigen und dann durch das Tor treten, am besten körperlich unversehrt.

Ich setze mich auf und sehe mich im Zimmer um. Meine Wächter liegen auf ihren Matratzen auf dem Boden verteilt; nach den Ereignissen der letzten Nacht meinten sie, in meiner Nähe bleiben zu müssen. Ist irgendwie süß – ich wünschte nur, der Grund wäre nicht, dass Crispin an einer posttraumatischen Belastungsstörung leidet, die ihn sogar zum Töten treibt.

Es war ein ruhiger Abend. Da keiner zu unserem üblichen Wortgeplänkel und Gelächter aufgelegt war, ging ich direkt nach dem Essen ins Bett, bald gefolgt von den Männern. Wir hatten nicht viel über die Geschehnisse gesprochen. Die Zwillinge wollten mir keine weiteren Einzelheiten über Crispins Vergangenheit erzählen. Und Crispin war außerstande, selbst darüber zu reden – wobei ich ihn sowieso nicht danach gefragt hätte. Er würde wahrscheinlich auf mich zukommen, wenn er bereit dazu wäre. Im Augenblick musste er mit der Schuld fertig werden, mich beinahe umgebracht zu haben.

Ich machte ihm keine Vorwürfe, aber das wollte er nicht hören. Er saß in einer Ecke, vermied jeden Blickkontakt mit mir, sprach nicht und reagierte kaum, wenn jemand anderes ihn ansprach.

Ich halte in dem trüben Licht Ausschau nach ihm. Seine Matratze ist leer, die Bettdecke darauf säuberlich gefaltet.

Die anderen schlafen noch – nein, doch nicht, Sturm ist wach und beobachtet mich von seinem Platz dicht bei der Tür. Sein Gesicht kann ich dort im Schatten nicht erkennen, sehe aber kleine Lichtreflexe seiner geöffneten Augen. Seufzend stehe ich auf. Sturm hebt den Kopf.

»Wohin gehst du?«, fragt er.

»Ich will nach Crispin sehen«, flüstere ich.

Einen Augenblick lang denke ich, er will mich aufhalten, aber dann wirft er die Decke zurück (seine Muskeln zeichnen sich in der Dunkelheit noch deutlicher ab) und steht ebenfalls auf. Er zieht ein Hemd an, das zusammengeknüllt neben seiner Matratze liegt, macht aber die Knöpfe nicht zu, so dass ich weiter seine Muskelpakete bewundern kann. Und habe ich schon erwähnt, dass er lediglich Boxer-Shorts anhat?

Gut, wenn er meint … Dann behalte ich auch nur mein Schlafanzugoberteil und Shorts an. Mein Körper ist zwar nicht etwas so Besonderes wie seiner, aber vielleicht reicht es, ihn ein kleines bisschen zu reizen.

Er öffnet die Tür. Sie knarrt, und Arc hebt den Kopf, aber als er sieht, dass Sturm bei mir ist, legt er sich wieder hin.

Gut. Sie müssen ja nicht alle mitkommen.

Ich folge Sturm durch das stille Haus. Das erste Morgenlicht erhellt sein Inneres gerade genug, dass wir kein Licht anmachen müssen.

»Wohin gehen wir?«, flüstere ich.

»Ich weiß, wo er ist«, antwortet Sturm, und ich stelle keine weiteren Fragen.

Als wir die Haustür erreichen, bedauere ich, mich nicht richtig angezogen zu haben. Wenig vorausschauend von mir – draußen wird es eisig kalt sein.

Aber wenn ich jetzt in unser Zimmer zurückkehre, wird Sturm wahrscheinlich ohne mich zu Crispin gehen. Ich seufze und schlüpfe in meine Schuhe. In einer Ecke sehe ich einen Kleiderständer und nehme mir dort einfach eine Jacke – dem leichten Parfümduft nach zu urteilen, gehört sie Chesca.

Sturm zieht lediglich seine Stiefel an, keine Jacke. Sein Hemd steht immer noch offen. Soo männlich – Angeber!

Als er die Tür öffnet, weht uns ein eisiger Wind entgegen. Offenbar sind dies die ersten Vorboten des Winters.

Weit hinten über den Hügeln geht gerade die Sonne auf. Es wird wohl ein schöner Tag werden.

Ich trete hinaus und atme die frische Luft tief ein, versuche den Gedanken zu verdrängen, dass dies mein letzter Sonnenaufgang sein könnte.

Meine letzte Gelegenheit, mit Crispin zu reden.

Sturm geht ums Haus herum und folgt demselben Pfad zum See, den ich am Nachmittag mit Frost gegangen war. Er sagt nichts; ich höre nur unsere Schritte auf dem leicht gefrorenen Boden und einige Vögel, die ihr Morgenlied singen.

Bis wir den See erreichen, bin ich total durchgefroren. Es war wirklich dumm von mir, mich nicht richtig anzuziehen. Sturm geht bis zum Seeufer und dreht sich dort zu mir um, sieht, wie ich friere.

Er lächelt (kann er tatsächlich!) mich raubtierhaft an. »Das könnte gleich unsere erste Lektion sein.«

Plötzlich merke ich, wie sich die Luft um mich her erwärmt. Ich zittere nicht mehr und bewege die Arme durch die heiße Luft, nehme so viel Wärme wie möglich in mich auf. Gerade, als ich beinahe meine Wohlfühltemperatur erreicht habe, wird es wieder kalt um mich her.

Ich sehe Sturm strafend an. Er zuckt mit den Achseln.

»Du bist dran.«

»Wie macht man das?«

»Frost hat gesagt, du kannst Wasser erhitzen. Ist sehr ähnlich.«

»Sollten wir uns nicht erst um Crispin kümmern?«

»Keine Sorge, machen wir gleich. Wir sind ganz in seiner Nähe.«

Seine ruhige Stimme dämpft sofort die in mir aufkeimende Besorgnis.

Gut, also los. Ich schließe die Augen – habe herausgefunden, dass ich auf diese Weise meine magischen Kräfte viel leichter erreichen kann – und spüre nach der Höhle neben meinem Herzen. Meine Magie liegt dort sanft schnarchend, ist aber sofort hellwach, als sie bemerkt, dass ich ihre Hilfe brauche. Sie gähnt, und ich sehe lächelnd zu, wie sie ihren glitzernden Körper streckt.

Ich sende einige magische Fäden aus und beginne, sie miteinander zu verweben. Ein einzelner würde hier sicher nicht reichen; ich hoffe auch, so wird es schneller gehen. Gestern ist es mir gelungen, das Wasser zu erwärmen, indem ich meine magischen Kräfte darin herumgewirbelt habe – dasselbe hoffe ich jetzt auch mit der Luft tun zu können.

Als mein Netz fertig ist, nehme ich es fest in die Hand und werfe es mental wie ein Lasso um meinen ganzen Körper herum. Je mehr Bewegung, desto schneller wird sich hoffentlich die Luft erwärmen.

Ich bemerke schon eine leichte Temperaturveränderung um mich herum. Dann erfasst eine Brise mein Haar und alles wandelt sich in etwas sehr viel Gewaltigeres. Um mich her heult der Wind, und ich öffne die Augen.

Verdammter Mist.

Ich stehe inmitten einer Windhose, die sich immer schneller um mich dreht. Sturm hat sich in Sicherheit gebracht, aber anstatt mir zu helfen, lacht er sich in einigem Abstand schief. Ich kann durch den Wind hindurch kaum etwas hören, aber es sieht so aus, als würde er brüllend lachen. Scheißkerl. Wie wär's mit ein bisschen Hilfe?

Ich ziehe meine Magie zurück, aber der Wind legt sich nicht. Er hat ein Eigenleben entwickelt und bewegt sich jetzt aus eigenem Antrieb. Ich seufze verzweifelt. Ich bin eine so schlechte Magierin. Statt die Luft zu erwärmen, habe ich einen Wirbelsturm erzeugt. Andererseits – in einem Kampf vielleicht gar nicht mal so übel.

Ich befinde mich im Auge des Sturms, aber es beginnt, sich langsam zu bewegen. Wenn ich die Mitte verlasse, wird es mich durch die Luft wirbeln. Das Risiko will ich nicht eingehen.

»Wie kann ich das wieder stoppen?«, rufe ich.

Er hat zumindest den Anstand, mit dem Lachen aufzuhören. Dann tritt er auf mich zu, wedelt mit den Händen durch die Luft – und, einfach so, löst sich der Sturm in Wohlgefallen auf.

Das sah viel zu einfach aus.

Er verbeugt sich hämisch vor mir und grinst mich an. »Die Technik ist noch verbesserungswürdig, Prinzessin.«

»Meine Technik?!«, schnaube ich. »Du hast mir schließlich gar nicht beigebracht, wie ich das tun soll!«

»Er ist kein besonders guter Lehrer«, lässt sich eine leise Stimme hinter uns hören. Crispin!

Er kommt mit ausdrucksloser Miene auf uns zu. Kein Lächeln mehr, in das ich mich schon verlie… - ähm, das mir so gefallen hatte. Sein Haar sieht wirr aus, wenn auch nicht auf die Art, die er normalerweise mit einer halben Flasche Haarspray absichtlich hervorruft. Seine Kleidung ist an einigen Stellen zerrissen, und kleine Zweigstücke und Blätter stecken in seinen Jeans.

Kurz und gut, ein Bild des Jammers.

Aber immerhin haben wir ihn gefunden. Oder er uns.

»Was hast du gemacht?«, frage ich und betrachte ihn skeptisch.

Er sieht an sich hinab und scheint erst jetzt den Zustand seines Äußeren zu bemerken.

»Ach so – ich bin ein bisschen gerannt«, murmelt er.

»Und da standen einige Bäume im Weg?«

»So was in der Art.« Seine Stimme klingt tonlos. Fast wäre es mir lieber, er würde gar nichts sagen, statt diesen leeren, anderen Crispin hören zu müssen.

Ich weiß nicht, was ich sagen soll, und die Männer offensichtlich auch nicht. Ich schaue aufs Wasser hinaus; es ist heute Morgen glatt wie ein Spiegel, nur ein paar Blätter an der Wasseroberfläche stören diese Illusion. Wenn ich Zeit hätte und dies ein Urlaubstag wäre statt die Vorbereitung auf eine Schlacht, würde ich jetzt schwimmen gehen.

Aber nein, es gibt jetzt andere Prioritäten – erst einmal am Leben zu bleiben.

Ich seufze. »Sturm, was habe ich also falsch gemacht?«

»Du hast nicht bedacht, dass der Luftwiderstand nicht so hoch ist wie der von Wasser. Du hast zu viel Energie erzeugt, zu viel an magischer Kraft hineingegeben. Die Luft musste diese überflüssige Energie wieder loswerden und hat das auf ihre Art getan.«

»Im Ernst? Hätte sie das nicht auf eine weniger dramatische Art tun können?«

Er lacht, was mich überrascht.

»Versuch's noch einmal. Und mach deine Magie diesmal kleiner, dünner. Du willst ja keinen Sturm produzieren, nur die Luft ein wenig durcheinander wirbeln. Stell dir vor, du willst aus einem Sieb die Wassertropfen schütteln. Das ist genau die Bewegung, die du mental ausführen musst.«

Ich nicke. »Geht lieber zurück. Ich will euch nicht verletzen.«

Das tun sie sofort. Schade, wenn sie widersprochen hätten, wäre das meine Gelegenheit gewesen, sie mit einem kleinen Wirbelwind zurückzustoßen.

Diesmal lasse ich die Augen auf, will nicht wieder von einem Tornado überrascht werden. Ich versuche, meine Magie genau zu dosieren und lege das dünne Gewebe dann um mich herum. Ich schüttele es sanft, wie ein Sieb.

Meine Hüften werden warm. Es hat funktioniert! Jedenfalls teilweise. Ich hätte das Gewebe wohl um den ganzen Körper wickeln sollen, nicht nur um die Mitte wie ein Tutu.

Ich bewege meine Magie vorsichtig und lasse sie dabei die ganze Zeit schwingen. Daraufhin umgibt mich warme Luft. Bingo.

Sturm und Crispin kommen näher, nachdem sie wohl sicher sind, dass ich sie nicht mit einem Wirbelsturm umbringen werde. Ich weite das magische Netz (wie wär's mit Magische Maschen als Markenname?!) auf sie aus, bis sie auch darin eingewickelt sind.

Sturm lächelt mich wieder an. Wow, er ist heute echt gut gelaunt.

»Gut gemacht. War doch gar nicht so schwer!« Sein Lächeln bekommt eine teuflische Note. »So zur Übung könntest du versuchen, die Temperatur nicht überall gleichermaßen zu verändern. Du könntest sie um Crispin herum etwas absenken!«

Einen Augenblick später stößt Sturm Flüche aus.

»Huch, hab ich euch beide verwechselt? Tut mir leid, *soo* kalt wollte ich's gar nicht machen.«

Als Antwort streckt Sturm einen Arm aus und zieht ihn gleich darauf wieder zurück. Etwas greift mich um die Taille und wirft mich nach vorn, direkt in Sturms Arme.

»Das ist unfair!«, beschwere ich mich und kämpfe gegen seine Umklammerung an. Er lacht nur, was seine Brust an meiner vibrieren lässt.

»Ist alles Teil der Lektion. Jetzt versuche, dich zu befreien und dabei nur deine Wind-Magie zu benutzen.«

»Und du wirst dich nicht wehren?«

»Nein.«

Es ist der Konzentration nicht gerade zuträglich, wenn ein muskelbepackter Wächter sich gleichzeitig an dich drückt. Und die innere Verbindung in deinem Herzen dir zuflüstert, wie schön es wäre, jetzt einfach den Kopf zu heben, seine Lippen auf die eigenen zu ziehen, mit den Händen… Heiliger Himmel, diese Verbindung wird irgendwann mein Tod sein. Ich muss jetzt üben.

Wie kann ich mich aus seinem Griff befreien, nur mit Wind,

ohne mich dabei selbst zu verletzen? Er hält mich fest; selbst wenn ich denselben Trick bei ihm anwenden würde wie er bei mir und ihn mit einem Luft-Lasso zurückzöge, würde er mich nicht loslassen. Irgendwie muss ich ihn dazu bringen, seine Hände von meinen Oberarmen wegzubewegen.

Ich webe einige magischen Fäden zusammen und knote sie um seine Finger. Und wie füge ich den jetzt Wind hinzu? Ich versuche es mit der Strohhalm-Technik, aber anscheinend lässt sich das mit Luft nicht so tun wie mit Wasser. Als nächstes, entsende ich einen *Wunsch* an die Luft, etwas zu tun. Gut, war wenigstens einen Versuch wert.

Wenn das alles nicht wirkt, muss ich zu einer schmerzhafteren Methode greifen. Ich winde ein Luft-Lasso um seine Taille und um meine und ziehe in entgegengesetzte Richtungen. Meine Beine heben sich vom Boden, bis ich fast parallel dazu in der Luft hänge. Sturm kämpft gegen den Wind an, aber selbst seine Füße heben beinahe ab. Aber er lässt mich nicht los. Ich veranlasse die Luft, stärker zu ziehen – und schlüpfe aus Sturms Armen, aber er umklammert meine Handgelenke, hält mich nach wie vor fest. Verdammt nochmal. Mir ist ein bisschen bange davor, was wohl passieren wird, wenn er mich loslässt. Keine Ahnung, ob ich das Wegziehen genauso schnell stoppen könnte wie Vorkehrungen treffen, dass ich nicht auf den Boden knalle. Aber egal wie, ich muss diesen Wettstreit gewinnen.

Ich wende mich an meine Magie, und mit einem zufriedenen Schnurren verschafft sie mir Zugang zu all ihren Reserven. Ich lege jetzt alle Kraft in den Wind, mache ihn stärker, wilder. Sturm wird in die Luft gehoben. Wir sehen jetzt sicher wie Fallschirmspringer aus, die sich mit ausgestreckten Armen festhalten und in der Luft schweben.

Gut, also er hält mich fest.

»Lass los«, zische ich, aber er lächelt nur.

»Ich bin nicht dafür verantwortlich, was jetzt geschieht«, knurre ich und versetze uns in eine Drehbewegung. Wenn ihm schlecht wird, lässt er mich vielleicht los.

Aber dann fällt mir etwas Besseres ein. Das wird ihm überhaupt nicht gefallen.

Ich beende unser Drehen und konzentriere mich auf seine Hosen. Um genau zu sein – seine Boxershorts. Ist ja nicht meine Schuld, dass er sonst nichts anhat. Grinsend fasse ich sie mit ein paar Luftströmen und ziehe sie runter. Er schreit auf, lässt mich los und bedeckt seine Blöße mit den Händen. Wir werden von den Luft-Lassos, die immer noch um unsere Taillen schwingen, auseinander gezogen, aber es gelingt mir, uns einigermaßen sanft auf den Boden absetzen zu lassen. Da kommen wir ohne allzu viele blaue Flecke an.

Crispin lacht auf, als er Sturm zu Boden taumeln sieht, seine Boxershorts um die Fußknöchel baumelnd.

Der Klang dieses Lachens ist für mich noch schöner als das Gefühl, Sturm gerade besiegt zu haben.

Wir gehen zusammen zurück zum Haus. Nachdem er mich eine scheinbare Ewigkeit lang angemotzt hat, war Sturm dann doch noch bereit, mir ein paar nützliche Tricks rund um das Thema Wind zu zeigen. Aber ich bin mir bewusst, dass dies nicht ausreichen wird, eine Horde Dämonen zu schlagen.

Draußen vor dem Cottage sitzen Chesca und Aodh zusammen auf einer Bank. Der Wächter hat der Dämonin einen Arm um die Schulter gelegt, und sie schnurrt richtiggehend, während sie sich an ihn kuschelt. Ein Anblick, den ich so nie erwartet hätte.

Aodh sieht auf, als wir näherkommen und lässt seine Angebetete los.

»Sturm; Crispin; Prinzessin – wir haben beschlossen, euch heute zu begleiten.«

Ich starre ihn an, erwarte, dass Sturm das protestierend zurückweist; aber mein Wächter geht lediglich auf sie zu und ergreift Aodhs Arme.

»Dafür bin ich euch dankbar, Bruder.«

»Wir könnten hier nicht rumsitzen, während ihr mit einer Horde Dämonen kämpft.« Er sieht Chesca vielsagend an, und sie beeilt sich, zu nicken und einen zustimmenden Laut von sich zu geben.

Das war sicher nicht ihre Idee.

»Wann gehen wir los?«

»Sagen wir um elf. Dann haben wir noch Zeit fürs Frühstück und einige Vorbereitungen.«

Ich sehe auf die Uhr. Also noch zwei Stunden, bis wir vielleicht alle sterben werden. Und Sturm denkt ans Frühstück!

Männer!

KAPITEL

Vierzehn

Es ist ein unwirkliches Gefühl, das Cottage zu verlassen und in den Kampf zu ziehen. Fünf Wächter, eine Dämonin und eine Halbgöttin. Die Männer haben Schutzwesten angezogen, die Aodh noch irgendwo eingelagert hatte, und alle tragen eine Art Schwert (ich kenne mich mit Waffen überhaupt nicht aus, kann also nur sagen, dass Sturm ein großes langes hat, Frost zwei kurze, Crispin eher etwas Dolchähnliches und Arc die größte Waffe von allen). Mir haben sie einen Dolch gegeben, den ich in einer Hülle um die Taille trage. Nicht, dass ich wüsste, wie ich damit umgehen soll. Bisher habe ich nur Erfahrung im Gemüseschneiden.

Chesca hat ein bauchfreies Hemd und Cargo-Hosen an. Ich selbst trage meine ganz normale Kleidung, ergänzt durch eine stichfeste Weste. Ich kann nur hoffen, dass die Dämonen nicht versuchen werden, mich an anderer Stelle zu treffen...

So, wie wir da in einer Reihe vor dem Haus stehen, habe ich das Gefühl, zu einer Gruppe Superhelden zu gehören. Die Sieben Rächer. So etwas in der Art. Wir teilen uns auf zwei

Autos auf – unser eigenes und Chescas Ferrari. Der ist übrigens rosafarben.

Mir ist richtiggehend übel, und ich hoffe nur, dass ich auf der Fahrt die Männer nicht bitten muss, mal anzuhalten, damit ich mich übergeben kann. Ich habe immer noch keine Ahnung, was genau ich bei dieser Aktion tun soll. Die Wächter haben eine Art Plan gemacht, und ich kenne meine Rolle darin, aber das bedeutet nicht, tatsächlich bereit zu sein, Magie zum Töten einzusetzen.

»Wird schon gutgehen, *Lass*«, flüstert Arc und legt einen Arm um meine Schultern. Ich schmiege mich an ihn, genieße die Berührung. Ich werde es mir nie verzeihen, sollte meinen Männern etwas zustoßen. Dem lustigen, unkomplizierten Arc; dem vorlauten, dabei stets hilfsbereiten Frost; dem nachdenklichen, starken Sturm; und dem sanften, leidgeprüften Crispin.

Meine Wächter.

Wenn ich mich auf meine magische Seite konzentriere, spüre ich die Verbindung zu ihnen. Das wird mir später helfen, wenn ich wissen muss, wo sie gerade sind. Denn das ist eine meiner Aufgaben: den anderen Bescheid zu sagen, wenn einer von ihnen Hilfe braucht. Und sie werden ihrerseits immer wissen, wo ich mich aufhalte. Endlich wird unsere Verbindung einen konkreten Nutzen haben.

Ich kuschele mich an Arc. Auf der anderen Seite ergreift Crispin meine Hand und drückt sie aufmunternd. Ich lächele ihn an, und er lächelt angespannt zurück. Er ist noch nicht wiederhergestellt, aber zumindest spricht er wieder. Wenn das hier alles vorbei ist, muss ich mich ausgiebig mit ihm unterhalten.

Die Fahrt ist viel zu schnell beendet. Wir befinden uns wieder auf der Hügelkuppe, von der aus man auf die Menhire hinunterschauen kann. Die Armee der Dämonen ist seit gestern noch weiter angeschwollen. Schwer zu sagen, aber ich schätze, dass dort mindestens 150 Dämonen aller Arten und Größenordnungen versammelt sind und faul um die Steine herum liegen.

Unsere Aussicht auf Erfolg hat sich noch weiter verringert.

Wir steigen aus dem Fahrzeug und warten auf Aodh und Chesca. Sie kommen Arm in Arm herangelaufen; mir wird ganz warm ums Herz, wenn ich sehe, wie sehr sich die Beiden lieben. Schon seltsam, eine Dämonin auf diese Art zu erleben, während eine Horde ihrer Artgenossen darauf wartet, uns umzubringen.

»Ihr wisst alle, was ihr zu tun habt?«, fragt Sturm mit fester Stimme.

Alle nicken. Darüber müssen wir jetzt nicht mehr reden. Das wurde alles ausgiebig besprochen. Jetzt müssen wir es nur noch in die Praxis umsetzen.

»Wyn, lass uns unsere Verbindung ein letztes Mal überprüfen.«

Seufzend konzentriere ich mich auf das unsichtbare Band, das mich mit meinen Wächtern verbindet. Heute Morgen erst hat mir Aodh gezeigt, wie ich daran ziehen und so ihre Aufmerksamkeit gewinnen kann. Ich könnte auch mit ihnen sprechen, aber dazu müsste ich meine mentalen Schranken öffnen, was wiederum gefährlich werden könnte. Stattdessen halten wir uns also an dieses einfache Notfall-Ziehen. Wenn einer meiner Wächter es spürt, müssen sie zu mir zurückkehren, weil entweder ich selbst oder einer der Kameraden in Not ist. Klingt einfach.

Ich ziehe innerlich bei jedem Einzelnen an dem Verbindungsfaden, und jeder antwortet mit einem leichten Erschauern. Das muss ein ganz merkwürdiges Gefühl sein.

»Gut. Aodh, Chesca, seid ihr euch wirklich sicher, dass ihr das wollt? Ihr könnt immer noch umkehren. Keiner würde euch das übelnehmen.«

»Beleidige uns nicht, Bruder«, antwortet Aodh ruhig.

»Ja, lass uns diese Monster endlich töten«, ergänzt Chesca frohgemut.

Ich will sie nicht darauf hinweisen, dass sie zumindest theoretisch derselben Spezies angehört.

»Lasst uns bitte einen Moment lang allein«, bittet Sturm das Pärchen, und sie gehen zum Auto zurück – Chesca wickelt dabei ihre goldenen Schwingen um ihren Verlobten und schützt sie beide auf die Art vor neugierigen Blicken. Optimale Bedingungen für unbeobachtetes Knutschen.

Ich bleibe mit meinen Wächtern zurück. Ich sehe von einem zum anderen, weiß nicht so recht, was ich sagen soll. Wer kann schon vorhersehen, wie viele von uns am Ende noch am Leben sein werden. Wir stehen stumm im Kreis, hören die Möwen über uns im Wind treiben.

Schließlich tritt Frost vor und nimmt mich in die Arme.

»Allgemeine Umarmung!«

Mit kehligem Lachen schließt sich Arc ihm an und umarmt mich von hinten. Ohne zu zögern tun das auch Sturm und Crispin von der Seite, bis ich in ihrer Mitte von vier Wächtern umringt bin. In diesem Moment fühle ich mich noch einmal in Sicherheit.

Dann löst sich der Kreis, und sie nehmen ihre Wärme mit.

Zeit zu kämpfen.

Laut Plan teilen wir uns auf: Frost wird im Halbkreis um die Dämonen herum Richtung Meer gehen; Sturm wird ihn begleiten und auf halber Strecke nach einem guten Standplatz Ausschau halten; Arc und Chesca umrunden sie auf der anderen Seite, während Aodh von vorne kommen wird. Crispin und ich bleiben dicht am brennenden Besucherzentrum, wo wir das Schlachtfeld sehen können, aber nicht direkt an Kampfhandlungen teilnehmen werden.

Crispin muss geschützt werden, damit er die anderen notfalls heilen kann, während ich erst später in den Kampf eingreifen soll. Da meine Magie noch so wenig berechenbar ist, würde ich die von Sturm und Crispin erdachte Taktik sicher eher stören als befördern.

Dennoch fühle ich mich ausgeschlossen. Ich will nicht unbedingt töten, will aber auch keine Sonderrolle spielen, wenn um mich her jeder kämpft. Schließlich müsste ich doch eigentlich die Stärkste sein, verdammt nochmal.

Aber meine Wächter haben ein hieb- und stichfestes Argument vorgebracht – ich bin die Einzige, die mit jedem von ihnen in Verbindung steht. Sollte einer verletzt werden, kann ich versuchen, Crispin zu ihm hin zu bringen, ohne dass der Heiler selbst verletzt wird. Und Crispin hat zwar in der Vergangenheit getötet, unterscheidet sich aber von den anderen. Er ist eher ein Attentäter als ein Krieger.

Während die anderen also mit Schwertern kämpfen, sind unsere Waffen die Ferngläser.

Wir verabschieden uns nicht. Die anderen gehen einfach, nicken noch einmal kurz oder lächeln. Nur Sturm sieht mich noch ein letztes Mal an, dann wendet er sich ab und schaut nicht mehr zurück.

»Wird schon schiefgehen, Prinzessin«, murmelt Crispin. »Dies ist nicht unser erster Kampf.«

»Wart ihr aber schon einmal dermaßen in der Unterzahl?«

»Nein«, gibt er zu. »Aber wo jetzt auch Chesca und Aodh und du natürlich mit uns kampfen, haben wir eine viel größere Chance. Wir werden dich zu diesem Tor bringen, Wyn. Schon bald wirst du das Reich der Götter betreten. Schon heute Abend werden wir vielleicht in den Sälen deiner Mutter ein Festmahl zu uns nehmen.«

»Sie hat viele Säle? Nicht nur einen?«

Er grinst. »Ja, der Palast ist schon ziemlich groß. Da ist der Große Festsaal, aber dann auch eine Reihe kleinerer für verschiedene Zwecke. Ihr Thron ist echt beeindruckend. Und natürlich gibt es auch kleinere Zimmer, denn deine Mutter hatte viel Zeit, den Palast auszubauen und einzurichten. Er ist ein richtiges Kunstwerk.«

»Ich kann's kaum erwarten, ihn zu sehen.«

Und meine Mutter. Es ist Jahre her, dass wir uns getroffen haben. Sie wird sich nicht verändert haben, sieht anscheinend schon seit Tausenden von Jahren gleich aus. Das ist bei mir anders – ich habe mich körperlich wie geistig verändert. Ich werde ihr einige unbequeme Fragen stellen müssen. Ich muss endlich herausfinden, warum sie den größten Teil meines Lebens nicht für mich da war. Und warum sie mich nicht auf all das vorbereitet hat – Kämpfe, Entführungen, psychisch labile Dämonen zu treffen.

Aber eins nach dem anderen. Zunächst müssen wir diese Schlacht gewinnen.

Ein kurzer Zug an einem meiner magischen Fäden. Arc. Das bedeutet, er hat seine Position eingenommen. Noch zwei. Frost hat den weitesten Weg, aber je näher er dem Meer ist, umso besser kann er seine Magie einsetzen.

Ein weiteres Ziehen. Sturm.

Aodh wird mir nicht mitteilen können, wenn er am vereinbarten Standort ist, aber er ist am nächsten, wir müssten ihn sehen können. Wobei er uns vorgewarnt hat – er ist ein Meister der Tarnung. Als Feuermagier steht ihm Rauch zur Verfügung, hinter dem er sich verbergen kann; wenn dann noch der Rauch des Besucherzentrums dazukommt, kann er sich schnell unsichtbar machen.

Endlich ein dritter Zug. Frost ist am Strand angekommen.

Jetzt befindet sich je ein Wächter an den vier Endpunkten des Kreuzes, das die Menhire bilden. Wir sind bereit.

»Sie stehen auf Position«, erkläre ich Crispin. »bist du soweit?«

»Ich kann nicht viel vorbereiten. Ich muss warten, bis einer verletzt wird. Kann mir schönere Beschäftigungen vorstellen.«

Klar, daran habe ich gar nicht gedacht.

Ich wende den Blick nach innen, suche die Höhlung neben meinem Herzen auf. Meine Magie ist in Alarmbereitschaft und sieht kampfbereit aus. Braves Mädchen. Ich ziehe an den Verbindungsfäden zu den Wächtern. Crispin stöhnt neben mir kurz auf.

»Entschuldige, aber es ist leichter, wenn ich an allen zusammen ziehe«, erkläre ich.

»Schon gut. Werde mich schon daran gewöhnen.«

Schweigend sehen wir den Dämonen zu, die sich zwischen den Steinen ausgebreitet haben. Außen herum haben sie ein paar Wachtposten aufgestellt, aber die meisten beachten nicht weiter, was in ihrer Umgebung vor sich geht. Sie verlassen sich darauf, dass ihre schiere Zahl Abschreckung genug ist.

Uns bleibt nichts, als zu kämpfen.

Und wir werden sie besiegen.

Plötzlich bricht am Fuße des Kreuzes, dicht beim Besucherzentrum, Feuer aus. Fast gleichzeitig kommt eine riesige Wasserwand über den Strand gerollt, mindestens vier Meter hoch, während ein kleiner Tornado rechts von den Steinen Fahrt aufnimmt.

Der Kampf hat begonnen.

KAPITEL
Fünfzehn

Meine Wächter töten Dutzende völlig überraschter Dämonen, bevor der Rest der Horde überhaupt bemerkt, dass sie angegriffen wird. Rauch steigt von der uns am nächsten gelegenen Kampflinie auf, wo Aodh eine Feuerwalze ausgelöst hat, die er nun vorantreibt. Sie kommt auf uns zu, der Geruch von verbranntem Dämonenfleisch liegt in der Luft. Das ist so ziemlich das Ekligste, was ich je gerochen habe!

In größerer Ferne regnen Eiskörner in Ballgröße vom Himmel, die von Windböen durch die Luft getragen werden; das ist Sturms Werk. Am anderen Ende des Schlachtfelds haben einige Dämonen begonnen, ihresgleichen anzugreifen. Dafür ist wohl Arc verantwortlich.

Es ist ein einziges Chaos, aber genau das war beabsichtigt. Vorerst geht es nicht darum, so viele Dämonen wie möglich zu töten, sondern herauszufinden, welche von ihnen eine echte Gefahr darstellen, weil sie stärker sind oder über mehr Macht verfügen als andere.

Während des Frühstücks bekam ich einen Crashkurs in

Dämonenkunde. Es gibt offensichtlich solche, die über keine nennenswerten magischen Kräfte verfügen, sondern im Kampf ausschließlich ihren Körper einsetzen. Was nicht bedeutet, dass ihre Klauen, Schnäbel oder Zähne weniger tödlich wären als Magie. Dann gibt es eine Gruppe, die auf eines der vier Elemente spezialisiert ist, ähnlich den Magiern und Wächtern. Die meisten von ihnen verfügen nur über *eine* spezielle Kraft und sind körperlich eher schwach. Die gefährlichsten sind die Dämonen höherer Ordnung, die sowohl verschiedene magische Fertigkeiten besitzen wie auch von beachtlicher körperlicher Statur sind. Bei ihnen handelt es sich meist um die Anführer, die noch dazu intelligenter und hinterlistiger sind als ihre Kameraden. Im schlimmsten Fall gleichen sie korrumpierten Wächtern, sind genauso stark und intelligent wie diese. Wir können nur hoffen, dass von dieser Sorte keine oder möglichst wenige hier in Calanais sind.

Sturm geht davon aus, dass die Dämonen höherer Ordnung sich nicht sofort in den Kampf einschalten werden. Weshalb Crispin und ich jetzt das Schlachtfeld nach potentiellen Anführern absuchen. Ich drücke das Fernglas an die Augen, versuche, so viel wie möglich vom Geschehen zu erfassen.

Da steht einer oben auf einem umgefallenen Stein im Zentrum des Kreises. Er hält seine grellroten Flügel ausgebreitet und ruft den Dämonen vor ihm auf dem Boden etwas zu. Aus seiner Stirn ragen schwarze Hörner, die beinahe wie ein Hirschgeweih aussehen. Über seinen Rücken läuft eine buschige Mähne bis zu dem Punkt, wo knapp über seinem Hinterteil ein langer Schwanz herausragt. Ich deute auf ihn, und Crispin nickt.

»Ein Satansdämon. Ich hatte gehofft, hier keinen von ihnen anzutreffen. Sie sind die Prinzen des Dämonenreichs – stark und unberechenbar. Siehst du die Stacheln auf seinem Schwanz? Die sind giftig, für Menschen tödlich, und Wächter setzen sie zumindest außer Gefecht. Wir sollten besser nicht herausfinden, wie die Wirkung auf Halbgöttinnen wäre.«

Er deutet auf den Eingang zum Grabhügel, der gerade von einem riesigen Fleischberg von Dämon bewacht wird. Er ähnelt einem Orc, den man in heißem Wasser gekocht hat. Kein schöner Anblick.

»Ich glaube, die kenne ich…«

»Moment mal, das da soll eine Frau sein?!«

»Hatte noch keine Gelegenheit, ihre Anatomie näher zu erkunden«, erwidert Crispin trocken. »Aber sie trägt definitiv einen weiblichen Namen, nämlich Brenda. Ihr eilt kein besonders guter Ruf voraus. Sie tötet ihre Opfer mit Vorliebe langsam und grausam. Außerdem knabbert sie gern an ihnen, solange sie noch am Leben sind.«

Ein Schauer überläuft mich. »Soll ich sie töten?«

»Wäre toll.«

Uns fallen noch zwei weitere Dämonen der höchsten Kategorie auf – einer, der fast menschlich aussieht, nur dass er hellblaue Haut hat und ein anderer, der eine Kreuzung zwischen Yeti und – irgendetwas mit vier Armen zu sein scheint.

Ich bedauere erneut, dass es nicht zu meinen Aufgaben gehört, diese Dämonen zu töten. Zumindest vorerst nicht.

Den Wächtern ist es gelungen, den Bereich um die Steine herum in Chaos zu versetzen. Dämonen rennen schreiend durcheinander, einige liegen verletzt oder tot am Boden, und die Anführer brüllen Befehle.

Aber jetzt, wo das Überraschungsmoment verflogen ist, schlagen die Dämonen zurück. Eine Gruppe hat sich von den anderen abgesetzt und eilt hinunter zum Strand, anscheinend um Frost einzukreisen, der sich vom Meer ein Stück entfernt hat, wohl um dichter an der Kampflinie zu sein. Falls ihnen das gelingt, wird er abgeschnitten sein. Wenn ich ihm doch nur eine Warnung schicken könnte – aber wir müssen beide unsere Gedanken gegen jeden Eindringling abschotten. Wir wissen noch nicht, über welche Kräfte einige dieser Dämonen verfügen. Besessenheit als Waffe wäre auf jeden Fall unschön (nein, sie würden nicht wie in den Filmen von einem Besitz ergreifen. Stattdessen brechen sie den Willen des Besessenen und kontrollieren ihn vollständig, verwandeln ihn in einen willenlosen Sklaven. Aber weil diese menschliche Hülle weiter das sagt, was die Dämonen ihr eingeben, erweckt das den Anschein der Besessenheit).

»Crispin, sie versuchen...«

Meine Sorge war grundlos. Frost hat sich umgedreht und umgibt die Dämonen, die sich an ihn heranmachen wollten, jetzt mit einem eisigen Sturm. Am liebsten würde ich ihn anfeuern, aber das würde den Dämonen unsere Position verraten. Wir verstecken uns zwar nicht gerade, sind aber weit genug weg vom Geschehen entfernt, um keine große Aufmerksamkeit zu erregen. Hoffen wir.

»Sieh mal«, lacht Crispin grimmig. »Sturm verwendet gerade deine Technik!«

Eine Windhose umkreist Sturm. Sie sieht allerdings sehr viel eher geplant aus, als das, was ich heute Morgen in der Unterrichtsstunde gezaubert habe. Mein Gott, ist das wirklich erst ein paar Stunden her? Fühlt sich an, als seien seither Jahre vergangen.

Die Dämonen versuchen, sich Sturm zu nähern, werden aber stattdessen umgeworfen und durch die Luft gewirbelt. Alle Achtung!

Ich sehe hinüber zur Seite jenseits der Steine, wo Arc und

Chesca ihren Angriff gestartet haben. Ich kann sie nicht sehen. »Crispin, wo ist Arc?«

Er sucht mit mir das Schlachtfeld ab. Sie sind verschwunden. »Wo können sie nur hin sein?«, frage ich besorgt.

»Sie müssen dort irgendwo sein, sind bestimmt hinter einem der hochklassigen Dämonen her, deshalb müssen sie sich tarnen; ah, schau, da drüben, hinter dem blauen Wabbel-Dämon?«

Ich will ihn jetzt nicht weiter nach dem ,Wabbel-Dämon' befragen. Aber der Name passt – man stelle sich einen Klumpen Gelee vor, der einen Kopf, Arme und eine Art kurze Beine hat. Und dann noch hellblau ist.

Hinter ihm ist ein goldener Dämon erschienen, den die anderen um ihn herum nicht weiter beachten. Trotz ihrer Farbe fällt Chesca nicht auf. Sie zieht Arc hinter sich her und ruft dem wabbeligen Dämon etwas zu. Der dreht sich um und besieht sich meinen Wächter, der irgendwie nicht ganz bei sich zu sein scheint, wie betäubt wirkt.

Ich spüre Wut in mir hochkochen. »Chesca! Ich wusste doch, dass sie was vorhat!«

Crispin lacht. »Wart's ab, der erste Eindruck täuscht oft.«

Der blaue Dämon streckt den Arm nach Arc aus – und im nächsten Augenblick saust dieser Arm durch die Luft, von Arcs Schwert abgetrennt. Keine Sekunde später bohrt sich eben dieses Schwert in die Brust des Dämonen. Ich bekomme Gänsehaut als ich sehe, dass der Dämon – sich auflöst. Igitt.

Chesca hält die Hand hoch zum ,High-five'. Das ist wieder typisch, Abklatschen selbst noch auf dem Schlachtfeld! Verrückt.

»Einer von den Höheren weniger«, murmelt Crispin neben mir.

»Wie viele sind es?« »Ich habe bis jetzt sechs gesehen, aber das sind nur die körperlich starken. Es könnten noch mehr sein, die äußerlich nicht weiter auffallen, aber trotzdem außergewöhnliche Kräfte haben.«

»Sie sind also in der Überzahl?«

»Prinzessin, hast du die Dämonen noch nicht gezählt?! Sie waren von Anfang an in der Überzahl!«

Ich schnaube verächtlich. Natürlich kann ich zählen. Aber es macht schon einen Unterschied, ob ich es mit 150 dummen Dämonen zu tun habe oder mit 144 dummen und 6 unheimlich starken.

Crispin zieht hörbar die Luft ein und deutet auf den Ort, wo Frost im Kampfgetümmel steht.

»Er braucht Hilfe!«

Mein Wasser-Wächter ist umzingelt. Es müssen noch weitere Dämonen dem ersten Trupp gefolgt sein. Er schießt Eiszapfen in alle Richtungen, aber immer, wenn ein Dämon fällt, wird er durch einen neuen ersetzt.

Ich greife nach meinem inneren Band und ziehe an der Verbindung zu Sturm. Er stutzt einen Moment lang, meine Botschaft ist also angekommen. Er weiß jetzt, dass einer von uns in Not ist. Ich bedauere erneut, dass ich ihm keine weiteren Informationen durch die Verbindung zukommen lassen kann.

Aber er ist schon auf dem Weg zu seinem Bruder, bläst dabei Dämonen mit starken Windstößen aus dem Weg. Er will sie jetzt nicht töten, nur schneller vorankommen zu seinem Zwillingsbruder.

Frost kämpft tapfer. Eine Wasserwand rollt über den Strand auf ihn und die Dämonen zu. Ob das Wasser ihm auch etwas anhaben kann, wenn es über ihnen hereinbricht?

Doch wohl kaum. Das ist schließlich sein Element.

Ich bemerke, dass ich Crispins Hand ergriffen habe. Wann ist das denn passiert?

Sturm hat seinen Bruder fast erreicht, als die Welle Frost und die Dämonen erreicht. Einen Augenblick lang sieht man nichts. Sturm bremst ab und wartet die Wirkung des Wassers ab.

Ich stehe da mit angehaltenem Atem. Jede Sekunde wird zur Stunde. Dann fällt die Wasserwalze, die vorher fast senkrecht auf dem Strand stand, in sich zusammen und gibt ihre Opfer frei. Dämonen purzeln übereinander, sind ertrunken, wo sie gerade standen. Einige bewegen sich noch, sind aber keine Bedrohung mehr. Frost steht siegreich in ihrer Mitte.

Und bricht zusammen.

Im Nu ist Sturm an der Seite seines Bruders. Er hilft ihm auf, ist offensichtlich besorgt. Wenn ich doch nur verstehen könnte, was sie sagen! Er hält einen Arm in die Luft und winkt.

Crispin soll zu Hilfe kommen.

»Bist du bereit?«, frage ich unseren Heilkundigen.

»Klar, lass uns hingehen. Wir sollten das Feld so weit wie möglich umgehen. Das dauert etwas länger, aber besser, als in die Kämpfe verwickelt zu werden; dann würden wir es vielleicht gar nicht bis zu ihnen schaffen.«

Ich nicke und lasse seine Hand los. Er zieht sein Schwert aus der Scheide, ich tue es ihm mit meinem Dolch nach. Auf in den Kampf!

Wir kommen nur langsam voran. In dem Bemühen, möglichst nicht gesehen zu werden, verstecken wir uns hinter niedrigen Heidebüschen und gelegentlich in einem Graben. Es kommt uns nicht entgegen, dass die Landschaft hier für Touristen angelegt wurde, die die Aussicht genießen wollen. Da fehlt es an Deckung.

Einmal begegnen wir einem Nachzügler der Dämonen, aber Crispin erledigt ihn mit einem einzigen Hieb. Ein Blutstropfen spritzt in mein Gesicht. Ich habe aber keine Zeit darüber nachzudenken, wie ekelhaft das ist, denn Crispin zieht mich an der Hand gleich weiter.

Nach unserem ursprünglichen Plan sollte ich Crispin beschützen, falls wir zu einem der Wächter kommen müssten. Bisher war es aber gerade umgekehrt. Ich muss jetzt endlich meinen Beitrag leisten.

Als wir Sturm und Frost schließlich erreichen, bin ich in Schweiß gebadet und völlig außer Atem. Ich muss dringend trainieren. Vielleicht kann das einer der Wächter übernehmen, wenn wir im Reich angekommen sind. Oder sie alle (und am besten mit freiem Oberkörper…).

Diesmal bin ich ganz dankbar, dass mir solch dumme Gedanken kommen. Das lenkt von den Leichen der toten Dämonen ab, die hier überall am Boden verstreut liegen. Einer von ihnen greift nach meinem Fuß, ist also noch nicht ganz tot. Ohne groß nachzudenken, beuge ich mich zu ihm hinab und steche mit meinem Dolch zu. Mit knirschendem Geräusch dringt der Stahl durch seine Rippen. Fast kein Blut ist zu sehen.

Er lässt meinen Fuß los und haucht sein Leben aus.

Mein erster Toter.

Ich erschauere.

»Wyn! Crispin! Hierher!«, ruft Sturm drängend.

Ich löse mich vom Anblick des Toten zu meinen Füßen und eile zu ihm hinüber. Frost liegt am Boden, seine Wangen bläulich verfärbt. Er hat die Augen geschlossen und atmet nur flach. Seine Schutzweste liegt neben ihm, wir können seinen blassen Oberkörper sehen.

»Was ist geschehen?«, fragt Crispin, ganz Fachmann. Hier steht jetzt Crispin, der Heiler, nicht Crispin, der Freund.

»Ein Dämon hat ihn von hinten erwischt und dabei seine Konzentration unterbrochen. Die Wunde ist nicht tief, aber er hatte das Wasser nicht mehr unter Kontrolle und ist beinahe ertrunken, wie die meisten Dämonen.«

»Dreh ihn um«, ordnet Crispin an, und Sturm rollt seinen Bruder sanft in Bauchlage.

Ein langer Riss verläuft von Frosts linkem Schulterblatt den ganzen Rücken hinunter. Die Wunde blutet stark, die Schutzweste scheint da nicht viel abgehalten zu haben. Und wenn das laut Sturm eine ‚nicht tiefe‘ Wunde ist, wie sieht dann erst eine tiefe aus…?

Crispin flucht leise. »Das wird eine Weile dauern. Wyn, pass du auf die Dämonen auf. Du wirst sie uns vom Leib halten müssen. Sturm, die anderen werden deine Hilfe brauchen. Geh zurück und kämpfe.«

»Er wird doch durchkommen, oder?«, murmelt er.

»Ja, aber wir werden alle dran glauben müssen, wenn du diese Kerle nicht umbringst«, gibt Crispin zurück und beginnt schon, seine Hände über Frosts bewegungslosen Körper wandern zu lassen.

Seufzend nimmt Sturm sein Schwert und kehrt im Laufschritt zurück aufs Schlachtfeld. Neben ihm spritzt die Erde auf, ein sichtbares Zeichen, wie wütend mein Wächter ist. Innerlich feuere ich ihn an. Diese Dämonen haben meinen Frost verletzt. Sie müssen sterben.

Ich stehe auf und stelle mich schützend vor Crispin und seinen Patienten. Crispin flüstert leise, es ist aber zu undeutlich, als dass ich die Worte verstehen könnte.

Ich konzentriere mich auf die Umgebung. Da kommt ein Dämon auf uns zu, hat sich von den anderen gelöst.

Brenda.

Scheiße.

Bin mir nicht sicher, dass ich es schon mit einem Dämon der höheren Kategorie aufnehmen kann.

»Crispin, da kommt eine Dämonin, aber ich werde sie erledigen«, sage ich mit einer Gewissheit, die ich keineswegs empfinde.

Ich umklammere meine magischen Kräfte ganz fest, bereit zu kämpfen. Diese Dämonin werde ich nicht an meine Wächter heranlassen.

Jetzt, wo sie näherkommt, kann ich das ganze Ausmaß ihrer Hässlichkeit erfassen. Ihr Fleisch macht den Eindruck, als sei es zu massig für die darüber liegende Haut. Geschwüre bedecken Arme und Beine, zwischen den wulstigen Lippen, die im Vergleich zu ihrem Mund abartig groß sind, stehen scharfe Zähne hervor. Ein paar vereinzelte Haare wachsen auf dem ansonsten kahlen Schädel. Dies ist das hässlichste Wesen, das ich je gesehen habe.

Und jetzt lächelt sie mich gerade an – wenn man es als Lächeln bezeichnen kann. Es ist eher ein Zucken der Mundwinkel.

»Tochter der Beira«, zischt sie. »Zeit zu sterben.«

»Was Besseres ist dir nicht eingefallen?«, rufe ich zurück. »Das ist solch eine abgedroschene Phrase.«

Sie starrt mich an. Das hat ihr wohl noch keiner gesagt.

Dann wird ihr Grinsen breiter, und mit einer Handbewegung explodiert der Boden vor meinen Füßen. Ich werde nach hinten geworfen, zum Glück nicht auf Crispin und Frost.

»Brauchst du Hilfe?«, ruft Crispin. Ich hätte gern ja gesagt, aber er ist beschäftigt.

»Ich werd' mit ihr fertig«, antworte ich mit zusammengebissenen Zähnen. Dieses Monster wird sterben.

Und sie will Magie gegen mich einsetzen? Ich werde ihr zeigen, was Magie ist.

Ich muss gar nicht darüber nachdenken, was zu tun ist. Ich gehe lediglich in mich, ergreife ein Bündel meiner Magie und werfe es in ihre Richtung. Ein riesiger Feuerball rast auf sie zu.

Sie kreischt, aber es gelingt ihr, einen Erdwall vor sich aufzutürmen, bevor das Feuer sie erreichen kann. Mist.

Also versuchen wir etwas anderes. Ich verschränke die Hände, und ein Wirbelwind entsteht vor mir. Ich schiebe ihn in Richtung Brenda, er schießt vorwärts, schlägt eine Schneise in den Erdwall und zerstört so ihren Schutz.

Ich treibe den Wind weiter voran, bis er die Dämonin erreicht hat. Sie schreit, als er an ihr zerrt und ihr die wenigen verbleibenden Haare ausreißt. Lachend bilde ich einen neuen Feuerball und werfe ihn auf sie.

Er verbindet sich mit dem Wind, wodurch der Tornado zu einer brennenden Fackel wird. Sie schreit, als die Flammen nach ihr züngeln. Brenne, du Unhold!

Ich kanalisiere weitere magische Kräfte in das Feuer, damit es noch heißer brennt. Aus ihren Schreien wird ein Heulen, und ich beobachte mit grimmigem Lächeln, wie sich ihre Haut abzulösen beginnt. Sie hat schließlich meine Wächter bedroht. Jetzt muss sie dafür bezahlen. Sie gehören mir.

»Wyn!«, ruft Crispin plötzlich und reißt mich aus meinem siegreichen Wüten. Ich wende mich um – und mir bleibt beinahe das Herz stehen. Ein Dämon hält unserem Heiler ein Messer an die Kehle.

Es handelt sich um einen kleinen, unscheinbaren Dämonen – er unterscheidet sich in nichts von der Mehrzahl der anderen. Aber die aus seinen Augen funkelnde Schläue lässt mich gleich erkennen, dass er zu den Dämonen der höherer Ordnung gehört. Der da ist gefährlich, wahrscheinlich gefährlicher als Brenda (die inzwischen zu Dämonen-Toast geworden ist).

Crispin sieht eher wütend als ängstlich aus. Gut, meine Angst reicht auch für uns beide. Dieses Messer sieht sehr scharf aus – und damit tödlich.

»Was willst du?«, zische ich ihn an.

Er lacht. »Dasselbe wie jeder Einzelne von uns. Dich.«

»Schön, mich bekommst du aber nicht. Jetzt lass meinen Freund los.«

Ich zittere vor Wut. Damit wird er nicht durchkommen.

Er lacht noch lauter. »In deiner Lage kannst du keine Forderung stellen, du Missgeburt.«

»Wie hast du mich gerade genannt?«

Er grinst breit, Speichel liegt wie ein Spinnennetz auf seinen schiefen Zähnen.

»Du bist ein Halbling. Ein Bastard. Eine durch Inzest entstandene Missgeburt. Man hätte dich nach der Geburt nicht am Leben lassen dürfen. Aber meine Herrin macht diesen Fehler jetzt wieder gut. Und ich werde die Dinge für sie richten. Sie wird mich belohnen mit ...«

Er sinkt zu Boden, nimmt das Messer mit. Ein kleiner Blutstropfen läuft Crispins Kehle hinunter. Er wischt ihn mit der Hand ab. Komisch, dass er eine Wunde hat, während der Dämon ohne Zeichen einer Verletzung tot am Boden liegt. Es sieht aus, als würde er schlafen. Keiner wird erfahren, dass ich sein Herz mit einem einzigen magischen Faden zum Stillstand gebracht habe. Außer Crispin natürlich.

»Hättest du das nicht etwas früher tun können?«, empört er sich.

»Tut mir leid, ich musste mich erst entscheiden, wie ich vorgehen wollte. Ist merkwürdig, sein Herz sah genauso aus wie das eines Menschen.«

Er lächelt traurig. »Du bist eine gute Schülerin. Ich wünschte nur, du hättest das nicht tun müssen.«

Ich bin eigentlich ganz froh darüber. Das Herz dieses Dämonen stillgelegt zu haben, war das Beste, was ich je getan habe. Innerlich glühe ich vor Freude. Am liebsten würde ich herumspringen und es aller Welt mitteilen. Und dann würde ich sie gern abfackeln.

»Ich werde jetzt ein paar Dämonen umbringen«, verkünde ich und lasse die beiden Wächter allein, höre nicht auf Crispins Protest. Ich marschiere aufs Schlachtfeld, halte Ausschau nach

Dämonen, die ich töten kann. Im Innern schärft meine Magie ihre Klauen, schnurrt beim Gedanken an das Blut der Dämonen, mit dem ich den Boden tränken werde.

Nichts und niemand wird uns aufhalten.

Ich bin eine Halbgöttin. Diese Dämonen können mir nicht das Wasser reichen.

Mir ist ein wenig heiß, deshalb lasse ich etliche Feuerbälle entstehen und werfe sie auf das Schlachtfeld. Rund um mich her kreischen Dämonen, rennen schreiend weg von ihren brennenden Kameraden. Ich lache, als das Heidekraut ebenfalls Feuer fängt. Dichter Rauch entwickelt sich, erschwert die Sicht. Aber mir ist alles egal. Ich werfe weiter mit Feuer um mich, gleichgültig, ob es jemanden trifft oder nicht.

Ich befinde mich in einer Art magischer Trunkenheit und fühle mich so gut wie nie.

Von hinten kommt ein Dämon gerannt, aber ich habe ihn bemerkt und bohre eine feurige Lanze in seinen Leib. Sie hinterlässt ein Loch in seinem Bauch, und einen Moment lang kann ich durch ihn hindurchsehen, bis er leblos zu Boden sinkt.

Weitere Dämonen kommen auf mich zugelaufen. Lächelnd forme ich einige Feuerpeitschen, die ich um ihre Hälse wickele und sie damit durchtrenne. Vier Dämonen weniger.

Ich sollte mal nachsehen, ob Arc Hilfe braucht. Er hat nicht dieselben zerstörerischen Kräfte wie die anderen Wächter und ich.

Ich hüpfe wie ein Kind übers Schlachtfeld, beachte die toten Dämonen rings umher nicht weiter. So viel Spaß hatte ich schon lange nicht mehr.

Ich spüre nach meiner Verbindung zu Arc und wende mich in die Richtung, aus der ich das Signal empfange. Er ist nicht weit weg. Einige Dämonen stellen sich mir noch in den Weg, aber ich beseitige sie mit meinen Feuerlanzen. Das ist kinderleicht. Brenda war noch eine kleine Herausforderung, aber diese Dämonen sind wie Ungeziefer, das ich mit einem einzigen Gedanken zunichtemachen kann.

Als ich ihn sehen kann, winke ich Arc zu – und schieße dabei eine Feuerfontäne in die Luft. Huch, das war keine Absicht. Er sieht mich so merkwürdig an, und ich schaue schnell hinter mich, ob da weitere Dämonen sind; aber ich habe sie schon alle verbrannt.

Aber eine Dämonin steht neben Arc. Ich werde verhindern, dass sie ihm etwas antut.

Ich mache einen Feuerball bereit.

»Arc, mach Platz!«, rufe ich, aber seltsamerweise tut er das Gegenteil, stellt sich vielmehr schützend vor die Dämonin.

Was soll das denn bedeuten?

Sie ist eine Dämonin, hat ihr Leben verwirkt. Dämonen müssen getötet werden. Das ist nun mal so.

»Sie wird dich umbringen, geh weg von ihr!«, warne ich ihn, aber er schüttelt nur den Kopf.

»Komm runter, *Lass*! Das ist Chesca! Du kennst Chesca doch, sie ist nicht wie die anderen!«

Irgendwie kommt mir das bekannt vor, aber das Feuer in mir löscht diesen Gedanken gleich wieder aus.

»Zum letzten Mal – geh weg von ihr!«, rufe ich.

»Oder sonst? Willst du mich auch verbrennen?«

Nein, natürlich nicht. Oder? Aber da ist diese Dämonin, die ich töten muss. In mir knurrt die Magie, sie will Blut sehen. Dämonenblut.

Ohne den Feuerball aus der Hand zu geben, erzeuge ich mit der anderen Hand ein Wind-Lasso ähnlich dem, mit dem ich Sturm von mir weggezogen habe. Ich winde es um Arcs Mitte und ziehe, zerre ihn von der Dämonin fort. Er fliegt durch die Luft und landet bestimmt etwas unsanft, ist aber zumindest in Sicherheit.

Jetzt kann ich endlich den Feuerball auf die Dämonin

werfen. Grinsend schicke ich ihn los – aber sie ist nicht mehr da. Sie hat ihre Flügel ausgebreitet und fliegt jetzt einige Meter über dem Schlachtfeld.

Das geht nun gar nicht. Ich schieße weiter Feuer in ihre Richtung, aber sie weicht ihm geschickt aus. Also muss ich die Taktik ändern. Ich erzeuge wieder ein Wind-Lasso und schwinge es um sie herum, damit ich sie wieder auf den Boden ziehen und dann verbrennen kann...

Ich werde zu Boden geworfen. Und will gerade mit einer neuen Feuersalve darauf antworten, als ich in Arcs grüne Augen blicke und meine Magie an die Kette lege. Da ist mein Wächter. Wieso sieht er mich so seltsam an? Ist er denn nicht stolz auf mich?

»Wyn, du musst damit aufhören!«, flüstert er.

»Aber sie müssen doch sterben«, protestiere ich, doch er lässt mich nicht weitersprechen.

»Das hier bist nicht du. Deine Magie hat die Kontrolle übernommen. Ich kann dir helfen, aber dafür musst du für einen Augenblick deinen Schutzschild öffnen, *Lass*.«

Seine Stimme klingt ruhig und besänftigend, und ich will alles tun, was er sagt. Aber die Magie in mir lässt das nicht zu. Sie fährt ihre Krallen aus, drängt mich, ihn zu beseitigen, damit ich noch mehr Dämonen töten kann.

Ich atme tief ein. Er hat es so gewollt. Ist nicht meine Schuld.

Ich greife nach meiner Magie – und halte inne, als ich spüre, dass etwas Merkwürdiges passiert. Es dauert einen Moment, bis mir klar wird, dass da ein komisches Kratzen am Schutzschild um meine Gedanken zu bemerken ist. Ich betrachte meine Insel. Sie ist immer noch von der Glaskugel umgeben, so wie ich sie zurückgelassen habe. Aber von außen klopft etwas dagegen. Jemand.

Mein rothaariger Wächter.

Ich renne zu ihm hin, alles andere ist vergessen. Er presst

seine Hände von außen ans Glas, und ich tue von innen dasselbe. Plötzlich ist das Glas verschwunden, und seine Hände ergreifen meine. Einen Augenblick später steht er neben mir.

»Schnell, reparier den Schutzschild!«

Ich bin verwirrt, mache aber, was er sagt und flicke das Loch.

»Wie hast du das geschafft?«, frage ich ihn, als die Kugel wieder intakt ist.

Er lächelt verschmitzt. »Geschäftsgeheimnis. Und was hast du da draußen gerade angerichtet?! Bist du verrückt geworden?«

»Ich hab doch nur Dämonen…« Ich breche ab.

Ja, was habe ich getan?

Was zum Teufel ist da gerade geschehen?

Und was verdammt nochmal stimmt mit mir nicht?

Ich halte mir die Hände vor den Mund, fühle Übelkeit in mir aufsteigen. All das Blut, das ich vergossen habe. All die getöteten Dämonen, die Wunden, die ich ihnen zugefügt habe. Und der Spaß, den mir das bereitet hat.

Ich würge und beuge mich vor. Aber es kommt nichts. Kotzen geht wohl rein mental nicht.

»Schon gut, *Lass*«, sagt Arc tröstend und reibt mir den Rücken. Ich stehe auf und lehne mich in seine Umarmung. Seine starken Arme drücken mich eng an seinen Körper, und ich habe Schuldgefühle, weil ich das so genieße.

Ich habe Strafe verdient. Nicht Trost. Den sollte ich jetzt eigentlich nicht bekommen.

So stehen wir lange am Strand, in dieser Umarmung verbunden.

Schließlich stelle ich die Frage, die mir die ganze Zeit durch den Kopf ging. »Wieso habe ich das getan? Wie war das möglich?«

»Deine Magie hat die Kontrolle über dich übernommen. Du

hast noch keine Erfahrung darin, so viele deiner magischen Kräfte auf einmal einzusetzen. Erinnerst du dich ans Erdbeben?«

Ich nicke. Wie könnte ich das vergessen? Ich habe schließlich eine Straße dem Erdboden gleichgemacht.

»Einige der natürlichen Elemente haben eine stärkere Wirkung auf dich als andere. Es sieht so aus, als ob Feuer und Erde deine Spezialgebiete sind, aber gerade die sind schwer zu beherrschen. Hattest du bei den anderen ein ähnliches Gefühl?«

Ich versetze mich an den Beginn des Kampfes zurück.

Ich habe Wind eingesetzt, um Brenda einzufangen, aber das hat bei mir nicht dieselbe Reaktion ausgelöst wie es das Feuer tat. Wasser habe ich nicht verwendet, dazu kann ich also nichts sagen. Und als ich das Herz des Dämonen zum Stillstand brachte, ging das ganz schnell und löste bei mir kein besonderes Glücksgefühl aus. Nichts im Vergleich zu Feuer. Ich habe es geradezu genossen, wie die Flammen das Dämonenfleisch verschlangen.

Ein Schauer überläuft mich. »Nein, aber Wasser habe ich noch nicht verwendet. Wind scheint sicher zu sein.«

»Dann halte dich so viel du kannst an Wind. Aber jetzt müssen wir dich erst einmal zu Crispin zurückbringen.« Er sieht an mir hinab, und seine Augen nehmen wieder einen sanfteren Ausdruck an. »Brauchst du noch etwas Zeit, meine Kleine? Dies spielt sich alles in deinen Gedanken ab, in der Realität ist noch kaum Zeit vergangen.«

»Ja. Ich würde Chesca jetzt nicht gerne begegnen.«

Er lacht. »Sie wird wütend sein, so viel ist sicher. Aber das war gut, wie du mich von ihr weggezogen hast. Du wirst immer besser.«

»Lass uns lieber nicht über die Kämpfe reden, bitte«, flüstere ich. »Daran will ich jetzt nicht denken. Ich möchte nur genießen, wie du …« Halt besser den Mund.

»Wie ich was, *Lass*?«

Als Antwort reibe ich meine Wange an seiner Brust. Dort trägt er keine Schutzkleidung, nur ein eng anliegendes T-Shirt, das seine Muskeln gut zur Geltung kommen lässt. Er fährt mir mit einer Hand durch die Haare. Er bewegt sanft meinen Kopf, bis ich ihm in seine wunderschönen grünen Augen sehe.

»Wie ich was?«, wiederholt er.

Ich werde rot. »Dich anfühlst. Du fühlst dich gut an. Klar? Du fühlst dich toll an, riechst toll, siehst toll aus. Ich sollte das alles nicht sagen, aber hier drinnen habe ich offenbar kaum einen Filter zur Verfügung.«

Er lacht, dass seine Brust an meiner Wange vibriert. Ich liebe es, wenn er das tut. »Ich werde dir zeigen, wie toll ich mich anfühle«. Und dann presst er seine Lippen auf meine. Ich öffne hungrig den Mund, lade ihn ein. Er küsst mich mit einer Leidenschaft, die alles andere in den Schatten stellt. Wirklich alles.

Er fährt mir mit den Händen über den Rücken, zeichnet Kreise auf meiner Haut. Ich spüre, wie meine verkrampften Muskeln sich entspannen. Ich stöhne, als er meine Lippen freigibt, um einen Moment lang Atem zu schöpfen.

»So ungeduldig«, lacht er. »Wir sollten das hier nicht tun, Prinzessin. Aber ich kann nicht anders.« Damit lässt er seine Zunge wieder in meinen Mund vordringen, wo meine ihn schon erwartet. Ich lasse meine Hände unter sein Hemd schlüpfen und erkunde seine sanfte Haut. Sie fühlt sich erstaunlich seidig an, denn die Muskeln darunter sind steinhart. Wie ein anderes Körperteil, das gerade gegen meinen Bauch drückt.

Er hat doch gesagt, dass in der realen Welt kaum Zeit vergeht, während wir uns hier aufhalten, oder? Es gibt also keinen Grund, warum ich meine Hände nicht abwärts zu seinem festen Arsch gleiten lassen und ihn ein bisschen drücken sollte, was ihn keuchen lässt, während er seine Lippen immer noch auf meine gepresst hält. Lächelnd knabbere ich an seiner Unterlippe. Woraufhin er mir in den Hintern kneift und noch enger an sich heranzieht.

Ich bin so erregt, will mehr. Ohne Vorwarnung mache ich einen Schritt zurück und ziehe mir das Hemd über den Kopf. Er gluckst. »So angetörnt?«

»Ich muss noch viel mehr von dir spüren«, sage ich einfach und sehe ihm in die Augen. Sie ähneln geschmolzenen Smaragden, schauen so sanft und voller Gefühl. Er lächelt und zieht sein Hemd ebenfalls aus, gönnt mir einen Blick auf seinen wie in Stein gemeißelten Körper. Ob alle Wächter wohl von Natur aus so gebaut sind, oder müssen sie dafür trainieren? Wenn ich eine Göttin wäre, würde ich sie sicher so heiß aussehend erschaffen wie dieses Exemplar hier – kann ja nichts schaden, solche Sahneschnittchen im Palast herumlaufen zu haben.

»Zieh auch den Rest aus«, knurrt Arc und steigt aus seinen Jeans. Das nimmt mir plötzlich ein wenig den Mut. Ich frage mich, ob das hier wirklich angemessen ist. Wer würde schon auf den Gedanken kommen, während eines Kampfes Sex zu haben? Selbst wenn sich alles nur mental abspielt. Besonders…

»Arc, ich will dich wirklich. Ganz, ganz ehrlich. Aber sollte unser erstes Mal nicht in der realen Welt stattfinden?«

Er starrt mich einen Moment lang an. Mich, wie ich dastehe in meinem BH, durch dessen Spitzen sich meine Nippel abzeichnen. Meine Wangen sind heiß und sicher ganz rot. Und die Haare stehen bestimmt in alle Himmelsrichtungen ab, nachdem er sie mit seinen Händen durchwühlt hat. Also, ich sehe wahrscheinlich wie ein Mädchen aus, das ein Wächter hier und jetzt nehmen müsste.

»*Aye*, du hast Recht«, sagt er schließlich. Er zieht mich noch einmal an sich heran, bis Haut auf Haut trifft. »Das bedeutet aber sicher nicht, dass wir jetzt mit allem aufhören müssen.«

Er küsst mich wieder, sanfter diesmal, als würde er sich verabschieden. Ich könnte mich ohrfeigen. Wieso musste ich so – vernünftig sein? Hätte ich mich nicht einfach treiben lassen können? Verdammt nochmal, Wyn. Da hast du jetzt eine Chance verpasst, mit einem appetitlichen Wächter zu schlafen. Jede Wette, dass kein anderes weibliches Wesen freiwillig darauf verzichten würde.

Ich ziehe langsam meine Finger über seinen Rücken, wo meine Nägel leichte Kratzspuren hinterlassen. Eine Hand auf meinen Rücken legend, zieht er mich näher in unseren Kuss hinein. Mit der anderen drückt er meinen Bauch gegen seine Hüften, wo etwas Hartes heute enttäuscht zurückbleiben wird.

Vielleicht später. Wenn der Kampf vorbei ist.

Ein letzter kleiner Zungenstoß gegen meine Lippen, dann beendet er den Kuss.

KAPITEL
Sechzehn

»Ihr kommt zu spät zur Party«, sagt Chesca, die auf dem Unhold sitzt, der mir früher am Tag aufgefallen war. Seine Flügel wurden ihm ausgerissen und sein Gesicht – nun, es hat nicht mehr viel Ähnlichkeit mit einem Gesicht.

Ich sollte immer daran denken, es mir mit Chesca nie zu verderben. Und hoffentlich vergisst sie, dass ich sie vorhin angegriffen habe. Das war schließlich nicht ich, sondern meine Untermieterin, die Magie.

Erst jetzt nehme ich die Umgebung richtig wahr. Der Boden ist übersät mit toten Dämonen. Die meisten von ihnen wurden verbrannt. In einiger Entfernung sind einige Dämonen noch in Kämpfe verwickelt, aber wir stehen hier auf einer blutigen Lichtung. Ein scheußlicher Gestank liegt in der Luft, nach verbranntem Haar gemischt mit dem Geruch von Steak und Hundekot. Ich versuche, durch den Mund zu atmen, kann aber nicht verhindern, dass meine Nase weiter in Mitleidenschaft gezogen wird.

»War ich das?«, frage ich leise und bin erschüttert angesichts dieser Verwüstung.

»Klar warst du das«, bestätigt Chesca fröhlich, immer noch auf der Leiche des Satans sitzend. »Das war so klasse, dass ich dir fast vergeben könnte, dass du mich angegriffen hast.« Sie steht blitzschnell auf und bohrt mir einen klauenbewehrten Finger in die Brust. »Aber nur fast. Ich werde mir eine nette Bestrafung für dich ausdenken, kleine Prinzessin. Vielleicht werde ich dir einen deiner Wächter stehlen.«

Vielleicht habe ich das verdient. Aber sofort schaltet sich meine Magie ein. Sie sind mein.

Ich zische also »Wenn du meine Wächter willst, bekommst du sie nur über meine Leiche!« Wenig originell, aber absolut wahr. Ich werde niemand anderen an sie heranlassen.

Und ich denke allmählich, dass das nicht nur wegen der Verbindung und dem Ritual so ist. Nein, das geht viel tiefer. Sie sind etwas Besonderes – und gehören zu mir. Punktum. Ob sie das wollen oder nicht.

Plötzlich schreit Chesca auf und deutet auf etwas hinter uns, ich drehe mich um – und ein kleiner Feuerball explodiert am Himmel. Aodh braucht Hilfe.

Wir eilen über das Schlachtfeld in die Richtung, aus der das Signal kam. Jeder von uns hat ein bestimmtes festgelegt, das er im Notfall verwendet. Der Feuerball ist Aodhs. Chesca breitet ihre Flügel aus und springt hoch in die Lüfte, ist sehr viel schneller als wir, die wir versuchen müssen, nicht über all die Leichen zu stolpern. Eine größere Gruppe von Dämonen kämpft in der Nähe des Besucherzentrums. Das bedeutet, dass Aodh seit Beginn der Kämpfe nicht weit vorangekommen ist. Er ist stark, sieht sich aber einer Vielzahl von Dämonen gegenüber. Es sind mindestens zwanzig jeder Art und Größe, aber ich bemerke wenigstens keine der höheren Ordnung unter ihnen. Von denen sind drei tot, über das Verbleiben der anderen wissen wir noch nichts. Hoffen wir mal, dass sie auch nicht mehr am Leben sind.

Als wir den ersten Dämonen erreichen, werfe ich ihn mit einem heftigen Luftstoß zu Boden, wo Arc ihm mühelos mit dem Dolch die Brust durchbohren kann. Auf diese Weise erledigen wir noch drei weitere – uns sind in dieser Hinsicht ein echtes Dream-Team.

Chescas Wehklagen dringt durch das Schlachtgetümmel. Nur Augenblicke später tut sich eine Lücke in den Reihen der Dämonen auf, und ich sehe endlich mehr, bereue es aber sofort. Aodh liegt am Boden und ist von toten Dämonen umgeben. Sein Gesicht kann ich nicht erkennen, er ist zu weit weg, als dass ich sehen könnte, ob er noch atmet. Chesca und Sturm stehen über ihm und wehren die vorrückenden Dämonen ab. Chesca setzt ihre Flügel ein und schlägt immer wieder durch die vor ihr stehenden Angreifer. Offensichtlich sind diese Flügel sehr viel widerstandsfähiger (und tödlicher) als sie aussehen. Sturm kämpft mit dem Schwert, nicht mit seiner Magie, und lässt es auf die Dämonen niedersausen, verstümmelt oder tötet mit jedem Streich einen von ihnen. Er sieht einfach phantastisch dabei aus. Jede Bewegung sitzt, ist das Ergebnis langen Trainings. Es ist ein wunderbares Gemetzel.

»Achtung!«, schreit Arc neben mir, und ich wende mich um und sehe eine Gruppe Dämonen auf uns zu rennen. Super. Genau das, was wir jetzt gebrauchen können...

Ich beschließe, meine Feuer-Magie nicht einzusetzen. Ist äußerst wirkungsvoll, ja, aber ich will nicht wieder die Kontrolle verlieren. Stattdessen greife ich in die Erde, nehme die Hände voll und werfe sie auf die heranstürmenden Dämonen. Ein Erdwall wächst vom Boden empor und prallt auf sie, begräbt sie unter sich. Ich lasse dann aber sofort meine Verbindung zur Erde fahren – will schließlich kein neuerliches Erdbeben auslösen.

»Gut gemacht!«, ruft Arc, während er drei Dämonen mit seiner mentalen Kraft bewegungsunfähig erstarren lässt, um sie dann einen nach dem anderen abzustechen. »Das hattest du gut unter Kontrolle.«

Will er damit sagen, dass ich besser im Töten von Dämonen werde? Das ist keine Kunst, auf die ich besonderen Wert lege.

»Wir könnten hier ein bisschen Hilfe gebrauchen«, schreit Sturm, und ich wende mich sofort um und suche nach dem besten Weg, die ihn belagernden Dämonen zu töten. Es sind noch weitere hinzugekommen, der Zustrom scheint nicht abzureißen, und alle wollen nur eines – uns töten.

Ich muss hier mit Präzision vorgehen, denn die Dämonen sind zu nah bei meinen Freunden, als dass ich einen weitreichenderen Angriff durchführen könnte. Es gibt eine Möglichkeit, aber traue ich mich, die anzuwenden? Chesca schreit wütend auf, als ein Schwert in ihren Flügel schneidet. Schwarzes Blut tropft auf den Boden. Ich muss sofort handeln.

»Arc, halte sie mir einen Moment lang vom Leib«, bitte ich ihn, schließe die Augen im Vertrauen darauf, dass meine Wächter für meine Sicherheit sorgen werden.

Ich suche nach ihren Herzen – und es ist gerade so, als hätte ich nie etwas anderes getan. Es ist so leicht! Ich kann ihnen in Sekundenschnelle das Lebenslicht auspusten. Wieso habe ich bloß so viel Energie darauf verwandt, unter Einsatz der Elemente zu kämpfen? Auf diese Weise hätte ich alle Dämonen auf einen Schlag erledigen können.

Ich höre aus weiter Ferne Rufe. Wir dürfen keine Zeit verlieren. Ich konzentriere mich und bringe mit einem einzigen Gedanken dreißig Dämonenherzen zum Stillstand.

Und dann erfahre ich, warum alle anderen diese Methode meiden.

Schwarze Energie aus dreißig Dämonenherzen ergießt sich in mich.

Meine Magie schreit, ich schreie, und dann wird alles um

mich herum schwarz, so schwarz wie die fremdartige Macht, die in mir wütet.

Als ich erwache, höre ich Schluchzen neben mir. Am liebsten würde ich gleich wieder das Bewusstsein verlieren. Diese Schluchzer sind herzerweichend, kommen aus tiefster Seele. Und trotz dem Dröhnen in meinem Kopf und einem Gefühl, als wäre ich von einem tonnenschweren Dämonen niedergewalzt worden, weiß ich doch gleich, dass es Chesca ist, die dort weint.

Und es ist nicht schwer zu erraten, warum.

Aodh.

Ich habe das Bild des Feuerwächters noch vor Augen, wie er dort am Boden lag, das Gesicht von mir abgewandt und umgeben von kämpfenden Dämonen und deren gefallenen Brüdern.

Und sehe Aodh, wie er gelacht hat, als ich mich bemühte, beim Probieren von Chescas Scones nicht zusammenzufahren.

Aodh und seinen mitfühlenden Blick, als ich mit dem schwer verbrannten Frost erschien.

Aodh, den Wächter, dem es tatsächlich gelungen ist, eine Dämonin zu zähmen.

Ich spüre, wie auch mir eine Träne übers Gesicht läuft.

»Wyn, bist du wach?«, fragt Crispin.

Ich will ihm antworten – kann aber meine Lippen nicht bewegen. In Panik versuche ich, mit den Zehen zu wackeln, die Arme zu heben, aber ohne Erfolg. Ich stohne, aber kein Laut entweicht meiner Kehle.

Ich bin im eigenen Körper eingeschlossen.

»Prinzessin, drück meine Hand«, bittet mich unser Heiler mit sorgenvoller Stimme.

Ich versuche es mit aller Macht, aber meine Finger zucken nicht einmal.

Ich bin jetzt vollständig wach. Also mein Kopf. Ich gehe auf die Suche nach meiner Magie. Vielleicht kann ich mit ihrer Hilfe eine Botschaft nach draußen schicken.

Ich erreiche die Höhlung bei meinem Herzen und erstarre vor Schreck. Der Eingang ist eingebrochen, große Felsblöcke versperren ihn. Wo ist meine Magie geblieben? Dort drinnen eingesperrt, so wie ich in meinem eigenen Körper gefangen bin? Ich versuche, einen der kleineren Gesteinsbrocken beiseite zu schieben, aber er ist zu schwer. Jetzt könnte ich ein bisschen Zauberkraft gut gebrauchen.

Ich trete gegen den Stein vor meinen Füßen und jaule auf vor Schmerz in meinen Zehen. Ich weiß, dass dies nicht real ist, aber es fühlt sich allemal so an. Und ist wirklicher als die Welt außerhalb meines Körpers, mit der ich derzeit keinen Kontakt aufnehmen kann.

Wie zum Teufel bin ich in diesen Schlamassel geraten?

Wie kam ich auf die glorreiche Idee, gleich so viele Dämonen auf einmal töten zu wollen?

Wieso hat mich niemand gewarnt?

Ich trete erneut gegen den Stein und genieße den Schmerz diesmal.

Das ist die Strafe für den Wächter, den ich umgebracht habe und die Dämonen, die auf mein Konto gehen. Meine gerechte Strafe. Hier in meinem Körper gefangen zu sein und mich damit auseinandersetzen zu müssen, was ich getan habe, statt es einfach lächelnd beiseite zu schieben, wie das sonst wohl meine Art wäre.

Ich könnte heulen, aber stattdessen schreie ich. Höre aber nur mein eigenes Echo.

Ich rolle mich am Höhleneingang zusammen, ziehe die Knie an die Brust. Vor meinem geistigen Auge blitzt Aodhs Gesicht auf. Ich habe ihn nur einen Tag lang gekannt, trauere aber trotzdem um ihn.

Er ist für mich gestorben.

Ich habe nicht protestiert, als er sich freiwillig dem Kampf gestellt hat.

Ich habe gar nicht weiter nachgedacht.

Nein, ich war so mit meinen eigenen Sorgen und Nöten beschäftigt, dass mir gar nicht einfiel, es könnte falsch sein, so viel von ihm und Chesca zu verlangen.

Und jetzt ist er tot.

Das Licht blendet mich. Jemand öffnet mir die Augen, und ich sehe blauen Himmel über mir. Ich versuche, zur Seite zu schauen, aber es geht nicht. Toll, ich kann also nicht einmal meine Augen bewegen. Ein verschwommenes Gesicht erscheint in meinem Blickfeld und verdeckt den Himmel. Es ist Crispin.

Er sieht mir direkt in die Augen. Ich versuche zu blinzeln, irgendetwas zu bewegen, damit er sieht, dass ich am Leben bin. Aber nach ein paar Sekunden lässt er das Augenlid fallen, und die Dunkelheit umgibt mich wieder.

Wobei das so nicht ganz stimmt. Ich sehe orange, viel rötlich getöntes Orange. Meine Augen sehen also, obwohl sie geschlossen sind.

Dann schon lieber Schwarz, denke ich, Orange habe ich schon immer verabscheut.

»Wieso kurierst du sie denn nicht?!«, unterbricht Sturms laute Stimme die Stille. Sie klingt panisch und hoffnungslos. Wenn Crispin mich nicht heilen kann, dann stimmt etwas ganz gewaltig nicht.

»Ihrem Körper geht's gut, ich habe die paar Kratzer aus dem Kampf schon geheilt. Aber ihre Magie … irgendetwas stimmt mit der nicht. Ich habe so etwas noch nie gesehen. Es ist gerade so, als sei sie von einem Schutzschild umgeben, aber ich kann nicht durch diesen Schutz hindurchdringen. Das ist anders als bei einem mentalen Schild; dieser hier ist schlüpfrig und – einfach nicht richtig.«

»Lass mich mal versuchen«. Arcs Stimme kommt näher, und ich höre, wie sich jemand neben mir niederkniet.

Wieder Stille. Ich warte darauf, dass etwas geschieht. Vielleicht wird Arc bei mir erscheinen wie damals, als er vor meiner gläsernen Insel-Kugel auftauchte. Vielleicht kann er sogar mit mir sprechen.

Die Verbindung! Ob ich wohl mittels der Verbindung Kontakt aufnehmen kann? Einen Augenblick lang schöpfe ich neue Hoffnung – bis mir einfällt, dass ich ja meine Magie verwende, um diesen Kontakt herzustellen. Keine Magie, keine Verbindung.

»Ich kann sie nicht erreichen«, seufzt Arc, und ich spüre, wie seine Hand sanft über meine Wange gleitet.

»Dann versuch's halt nochmal«, schreit Sturm. In meinem Innern rufe ich nach ihm. Er ist so wütend, so verzweifelt.

»Er tut, was er kann«, erklingt Frosts sanfte Stimme aus weiter Ferne. Typisch für ihn, dass er seinen Bruder zu beruhigen sucht, aber selbst nicht die Möglichkeit erhält, aktiv etwas zu tun.

»Vorsicht!«, schreit Crispin plötzlich, und der Boden unter mir rumpelt. Irgendetwas ist in unserer Nähe explodiert, eine Welle heißer Luft trifft mich. Ein Körper fällt auf mich drauf – oder jemand hat sich auf mich fallen lassen.

Verdammt nochmal, wieso muss ich trotz allem noch Schmerzen empfinden?! Das könnte doch bitte schön eher abgestellt werden – auch die in meinem Kopf.

»Das ist Lewan – ich dachte, den hättest du erledigt, Sturm!«, ruft Arc.

»Ich dachte, das hättest du getan!«

Über mir seufzt jemand frustriert. Frost. Also ist er es anscheinend, der auf mir liegt. »Würde jetzt einer von euch die Güte haben, Lewan zu töten? Wird so langsam etwas heiß hier.«

Stimmt, es fühlt sich an, als würde um uns herum etwas brennen. Und die Luft tut beim Einatmen weh, so heiß ist sie.

»Bin dabei«, knurrt Sturm.

Es folgen weitere Explosionen. Dann das Geräusch von Wind, sehr viel Wind. Kreischen in weiterer Ferne.

Dann Stille. Die Hitze ebbt ab.

Offenbar ist der Angreifer nicht mehr in der Lage, Schaden anzurichten. Er liegt hoffentlich auf dem Schlachtfeld – in seine Einzelteile zerlegt.

Frost steht auf und lässt mich alleine auf dem Boden liegen.

»Er war anscheinend ein Nachzügler«, murmelt Sturm.

»Einige sind geflohen, als Wyn die Dämonen um uns herum getötet hat, die könnten also zurückkommen. Wir müssen so schnell wie möglich durch das Tor gehen.«

KAPITEL
Siebzehn

Mein Körper wird von einem der Männer aufgehoben. Ich werde gegen eine harte, lederne Brustplatte gedrückt. Sie tragen also immer noch ihre Schutzkleidung. Ist schwer festzustellen, wer mich hält – sie sind alle breit und muskulös gebaut und tragen Schutzwesten. Außerdem riechen sie im Moment alle nach Blut.

Ist ja aber auch egal, sie sind schließlich alle meine Wächter.

Der Mann hält mich dicht an seiner Brust. Ein Arm stützt mich unter den Knien, der andere umfasst meinen Rücken. Ist eigentlich ganz bequem, aber das Geschaukel ohne etwas sehen zu können verursacht mir langsam Übelkeit. Was, wenn ich mich übergeben muss? Werde ich an meinem eigenen Erbrochenen ersticken, weil ich den Mund nicht öffnen kann? Das will ich mir lieber gar nicht ausmalen.

Um uns her herrscht gespenstische Stille. Die Männer sprechen nicht, und ich kann es nicht. Offensichtlich sind rund um Calanais keine Dämonen mehr anwesend. Der Kampf war so chaotisch, dass ich unmöglich sagen könnte, wie viele wir umgebracht haben. Und wie viele davon auf mein Konto gehen.

Es ging kein Weg daran vorbei, aber mir ist klar, dass ich den Geruch nach Blut und verbranntem Dämonenfleisch, der gerade über das Schlachtfeld weht, nie vergessen werde. Wie durch ein Wunder sind wir alle relativ unbeschadet davongekommen. Und mit ‚wir' meine ich die Wächter und mich – an Aodh und Chesca wage ich kaum zu denken.

Wo ist Chesca eigentlich hin? Sie muss während meiner Bewusstlosigkeit fortgegangen sein. Denn sonst hätte sie wohl schon etwas von sich hören lassen.

Endlich halten wir an, und die Übelkeit nimmt ab.

»Seid ihr bereit?«, fragt Sturm leise.

»*Aye.*«

»Ja.«

»Ja.« Frost war der Letzte und hat dicht an meinem Ohr gesprochen. Er trägt mich also. »Aber meint ihr, dass wir sicher sind? Sie wird nicht in der Lage sein, an unseren Zielort zu denken, wenn wir durch die Steine durch sind.«

»Wir sollten sie vielleicht alle festhalten«, schlägt Crispin vor. »Arc, hast du den Heilern auf der anderen Seite Bescheid gesagt?«

»Ja, sie sind bereit. Vielleicht wissen sie ja, was mit der Kleinen los ist.«

»Steht dicht beieinander und haltet sie fest«, gibt Sturm das Kommando.

Drei Handpaare ergreifen meinen Körper an verschiedenen Stellen. In mir grummelt etwas. Ich tauche tief in mich ab, bis ich mich vor der magischen Höhle befinde. Einer der größten Felsbrocken vor dem Eingang ist in zwei Hälften zersprungen! Es gibt noch viele Hindernisse, die eine Verbindung zu meiner Magie unmöglich machen, aber irgendetwas hat sich verändert. Es muss mit der Berührung durch die Männer zu tun haben. Das kann kein Zufall sein.

»Drei – zwei – eins – und los!«

Wir treten durch das Tor.

Ich fliege auf einem Regenbogen. Kein Witz, auf einem Regenbogen!

Alles um mich herum ist hell und farbenfroh und im wahrsten Sinne des Wortes zauberhaft. Ich spüre die Magie! Sie befindet sich allerdings nicht in mir, sondern schwebt an meiner Seite und schnurrt, während der Wind ihr Fell zerzaust. Sie reckt und streckt ihre Glieder; endlich konnte sie die Höhle verlassen, in der ich sie so lange festgehalten habe. Sie grinst mich an, und ich lächele zurück. Wir sind Freunde, reiten auf einem Regenbogen, der aussieht, als hätte ein Einhorn gerülpst, während es in der Luft Loopings gedreht hat. Also kein Regenbogen, der am Boden beginnt und dann einen Halbkreis formt. Nein, dieser Regenbogen sieht wie eine Achterbahn aus, zieht sich kurvenreich und voller Schwünge in die Ferne – ist das da oben nicht sogar ein Looping in Herzform?!

Das kann nur ein Traum sein. Allerdings eher ein Klartraum, denn es ist alles so real. Hat man mir Drogen verabreicht?

»Wyn!«, ruft hinter mir jemand; sein Echo hallt durch diese Regenbogenwelt. Es ist Sturm, der wie ein Wellenreiter auf dem Regenbogen surft. Ich lache, und versuche, gegen die Strömung zu ihm zu schwimmen, aber es gelingt mir nicht. Zum Glück ist er ein Experte im Regenbogen-Surfen und erreicht mich gleich darauf.

»Wyn«, ruft er heiser, und dann liege ich in seinen Armen, er drückt mich fest an sich. Meine Magie kichert und geht schon mal voraus, lässt uns ein bisschen Privatsphäre. Hätte nicht gedacht, dass sie so rücksichtsvoll sein kann.

Sturm legt einen Finger unter mein Kinn und hebt meinen

Kopf vorsichtig an. Sein Blick ist sanft, er lächelt mich doch tatsächlich an. Sturm und Lächeln! Das muss ein Traum sein!

Er nähert sich mir, bis unsere Lippen sich beinahe berühren. »Ich dachte schon, ich hätte dich verloren«, flüstert er, sein heißer Atem streift über meine Haut.

Mir fällt trotz aller Bemühungen keine gute Antwort ein. Also lasse ich Taten sprechen, wo Worte versagen: Ich stelle mich auf die Zehen und küsse ihn. Er stöhnt und drängt mit seiner Zunge zwischen meine Lippen. Was als sanfter Kuss beginnt, wird sehr bald wilder. Und während er auf diese Weise meinen Mund für sich beansprucht, lässt er seine Hände unter mein Hemd gleiten.

Ich stöhne klagend, als er den Kuss unterbricht.

»Keine Angst, Prinzessin, ich bin noch nicht fertig«, knurrt Sturm und reißt mein Hemd in zwei Teile. Wie zum Teufel hat er das angestellt? Ist mir aber auch egal, denn jetzt öffnet er meinen BH und zieht ihn mir zusammen mit den Resten meines Shirts aus. Er geht vor mir auf die Knie und sieht mit einem merkwürdigen Blick zu mir auf. Verlangen? Ergebenheit? Bewunderung? Schwer zu sagen. Er küsst die weiche Haut zwischen meinen Brüsten, was ich wieder mit einem tiefen Seufzer beantworte. Während er eine Spur von Küssen meinen Bauch hinunter zieht, greift er mit beiden Händen nach meinem Hintern. Ich recke ihm meine Hüften entgegen, eine unmissverständliche Einladung. Er lacht.

»Nur Geduld.«

»Und das sagst ausgerechnet du!«

Statt einer Antwort öffnet er meine Jeans und zieht sie hinunter, hilft mir aus ihnen raus. Ich habe jetzt nur noch meine Unterhose an (und meine Schuhe, aber die zählen nicht). Ich wünschte, ich hätte eine hübschere angezogen – aber als ich mich heute Morgen kampfbereit gemacht habe, stand

Reizwäsche nicht gerade an oberster Stelle auf meiner Prioritätenliste.

Während er meine Pobacken knetet, hinterlässt er weiter zarte Küsse rund um meinen Bauchnabel. Es kitzelt, und so langsam frustriert mich sein zaghaftes Vorgehen etwas. Das reicht noch nicht.

Plötzlich spüre ich Hände auf meinen Brüsten. Und bevor ich mich umdrehen kann, neckt mich eine flüsternde Stimme direkt am Ohr »Da hätte ich mir ja keine Sorgen machen müssen. Mein Bruder kümmert sich anscheinend schon gut um dich. Du weißt aber schon, dass wir noch einen ziemlich weiten Weg vor uns haben, bis wir auf der anderen Seite des Tores angekommen sind?«

Frost.

Sturm wirft ihm einen verärgerten Blick zu. »Wir wissen ja noch nicht, ob sie wieder in Ordnung ist, wenn wir die andere Seite erreichen. Lass uns noch ein bisschen hierbleiben.«

»Nichts dagegen«, kichert Frost und fängt an, meine Brüste sanft zu massieren. Ich lehne mich an ihn, und er senkt den Kopf und knabbert an meinem Nacken. Wie kann sich etwas so gut anfühlen?!

Sturm hat sich endlich entschlossen, das Richtige zu tun und zieht mir langsam die Höschen runter. Als sein Mund meine Haut genau über dem empfindlichsten Punkt berührt, sehe ich Regenbogen. Gut, vielleicht habe ich die schon vorher die ganze Zeit gesehen, weil wir schließlich auf einem drauf stehen. Aber ihr versteht mich sicher.

Ich schließe die Augen und überlasse mich ganz dem körperlichen Vergnügen. In den Armen von zwei Wächtern – unglaublich! Frost dreht meine Nippel zwischen den Fingern und bearbeitet gleichzeitig meinen Nacken mit den Zähnen. Irgendwie hätte ich gerne, dass er zubeißt. Und hatte diesen Wunsch vorher noch nie. Was machen diese Kerle nur mit mir?

Etwas drückt gegen mein Innerstes. Instinktiv spreize ich ein wenig die Beine. Und schreie auf, als Sturm einen Finger in mich gleiten lässt, während er gleichzeitig an meinem Knöspchen saugt. Verfluchter Wächter!

Wenn Frost mich nicht halten würde, läge ich jetzt schon zuckend am Boden.

»Öffne dich weit für meinen Bruder«, flüstert Frost und lässt seine Hände an meinem Bauch abwärts gleiten, bis er mein Becken erreicht. Sturm fügt einen weiteren Finger hinzu, während ich wie gefordert die Beine weiter spreize und ihm leichter Zugang verschaffe. Seine saugende, stoßende, tanzende Zunge macht mich rasend.

Brüllendes Gelächter unterbricht uns. Ich öffne die Augen und sehe Arc und Crispin auf uns zu gerannt kommen. Ist es wirklich schlimm, dass ich sie alle auf einmal will? »Hört nicht auf«, befehle ich und presse mit beiden Händen Sturms Kopf zwischen meine Beine.

»Dürfen wir mitmachen?«, fragt Arc, als die Beiden schließlich da sind.

Crispin schüttelt frustriert den Kopf. »Hat sich eigentlich jemand die Mühe gemacht und gefragt, wieso sie hier steht, bei vollem Bewusstsein? Oder denkt ihr heute alle nur mit dem Schwanz?«

Sturm weigert sich zu antworten, ist stattdessen darauf fixiert, mir weitere Glücksmomente zu verschaffen. Habe nichts dagegen.

Frost räuspert sich. »Also, es geht ihr ganz offensichtlich gut, und ich dachte, Sturm hätte…«

»Typisch! Wyn, ich sollte dich untersuchen«, stellt Crispin sachlich fest.

Sturm knurrt. »Verzieh dich oder mach mit.«

Arc verbeugt sich ironisch. »Prinzessin, mit Ihrer Erlaubnis.«

Ich bin zu sehr damit beschäftigt, nicht alle Zurückhaltung

fahren zu lassen, deshalb nicke ich nur. Je mehr, je lieber. Eine leise Stimme in meinem Hinterkopf sagt mir, dass das hier nicht wirklich ich bin, dass ich viel zu prüde bin, aber ich beachte sie nicht. Hier sind drei heiße Wächter, deren einziges Bestreben zu sein scheint, mir die schönsten Gefühle zu verschaffen.

Arc ist im Nu an meiner Seite, greift in meine Haare und zieht mich zu sich heran. Er beansprucht meinen Mund, während Sturm gerade einen dritten Finger den ersten beiden folgen lässt. Himmel, was für ein Gefühl! Frost spüre ich hart an meinem Rücken, und jedes Mal, wenn sein Bruder mit den Fingern in mich fährt, reibe ich mich an ihm.

Um uns herum glitzert der Regenbogen. Aber vielleicht gaukelt mir mein Kopf das in diesem hitzigen Moment auch nur vor.

Das. Ist. So. Gut.

Sturm unterbricht plötzlich seine unglaublichen Zungenspiele. Verfluchter Wächter. Ich stand so dicht davor! »Crispin, willst du…« Er zögert, als er sich zu der Stelle umdreht, an der noch wenige Augenblicke zuvor unser Heiler stand.

Crispin ist fort.

»Keine Sorge, Prinzessin«, murmelt Arc und unterbricht seinen leidenschaftlichen Kuss einen Moment lang. »Er war schon ziemlich lange nicht mehr mit einer Frau zusammen. Wir wissen nicht, was mit ihm los ist. Vergiss es einfach, hat nichts mit dir zu tun.«

Ich kann nichts erwidern, denn seine Lippen liegen wieder auf meinen, und seine Zunge vollführt mit meiner einen ekstatischen Tanz. Sturm zieht seine Finger aus mir zurück und hinterlässt ein Gefühl der Leere. Ich stöhne gegen Arcs Mund. Aber dann höre ich einen Reißverschluss und weiß, dass noch nichts vorbei ist.

»Leg sie nieder«, sagt Sturm atemlos. Vorsichtig lässt mich

Frost auf den Boden gleiten. Meine Brüste sind geschwollen, so gut hat er es mit ihnen gemeint. Als ich auf dem Boden liege, beugt er sich über sie und nimmt einen Nippel in den Mund. Arc saugt auf der anderen Seite, während Sturm meine Beine auseinander drückt.

Ihr guten Götter, bin ich wirklich von drei Wächtern umgeben? Von drei heißen, kundigen Kerlen, die mir Gefühle verschaffen, wie ich sie noch nie zuvor durch einen Mann erlebt habe?

Sturm führt wieder einen Finger in mich ein, und ich krümme meinen Rücken einladend. Denn mir fällt wieder ein, dass ich ja mehr will.

»Sturm, bitte«, stöhne ich, aber Arc drückt mir einen Finger in den Mund und lässt mich verstummen. Ich sauge daran und finde das aus irgendeinem Grund einfach nur geil.

»Prinzessin, bist du bereit?«, fragt Sturm, und ich hebe den Kopf und sehe ihn an. Er ist nackt, wunderschön – und steinhart. Sind alle Wächter so …groß? Dazu muss ich wohl weitere Nachforschungen anstellen…

»Bist du dir sicher, dass du das willst?«, fragt Sturm erneut, und ich knabbere an Arcs Finger, bis der ihn aus meinem Mund zieht.

»Ja, ich will dich«, flüstere ich und sehe ihn unverwandt an.

»Und mich willst du nicht?«, fragt Frost. Ich bin mir nicht sicher, ob das scherzhaft gemeint ist oder ob er sich zurückgewiesen fühlt.

»Ich will euch alle.«

Frost lächelt und beugt sich hinunter, küsst mich leidenschaftlich. Mir wird bewusst, dass meine Hände noch ziemlich nutzlos am Boden liegen, also greife ich nach oben und ziehe Arc zu mir hinunter. Ich will meine Wächter so nah wie möglich bei mir haben. In diesem Augenblick dringt Sturm in mich ein. Er geht nicht sanft oder langsam vor. Er stößt hinein, und ich stöhne vor Vergnügen, als er mich ganz ausfüllt. Wir sind eins und gleichzeitig viele. Er bewegt sich in mir, und gleichzeitig küsst mich Frost und Arc massiert meine Brüste, während ich die Beule zwischen seinen Beinen knete.

Wir sind eins.

Sturm gleitet in mir vor und zurück, stößt härter und härter. So langsam verliere ich die Kontrolle; mein Atem geht stoßweise, ich habe die Hände zu Fäusten geballt und sehne die Erlösung herbei. Frost zieht sich einen Moment lang zurück, gönnt mir eine Atempause. Um uns her fliegen Funken, tanzen wie Glühwürmchen durch die Luft. Sie sind winzig, glitzern aber in tausend Farben. »Könnt ihr sie sehen?«, flüstere ich, weil ich mir nicht sicher bin, ob das nur eine Sinnestäuschung ist.

Sturm hält einen Moment lang inne, und ich bereue schon, die Frage gestellt zu haben. Hätte ich meine Neugier nicht noch einige Minuten – oder besser Stunden – lang zügeln können?!

Dann drängt er wieder mit aller Macht in mich und ich schreie auf. »Ja«. Er zieht sich wieder zurück. »Ich kann sie sehen.« Und stößt wieder zu, folgt jetzt einem neuen, schnelleren Rhythmus. Ich werde mich nicht mehr lange beherrschen können.

Die kleinen Funken bilden jetzt Formen in der Luft, pulsierende Spiralen, seltsam funkelnde Wolken.

Da geht etwas vor sich. Aber ich habe jetzt keinen Sinn dafür. Alle Gedanken sind entschwunden, jetzt zählt nur noch die Hitze, die meinen Körper durchflutet, die elektrischen Impulse, die durch meine Nervenbahnen jagen. Ich bin so dicht davor. Jemand reibt meinen Lustpunkt, aber ich habe die Augen geschlossen – ist ja auch egal, fühlt sich einfach nur gut an. Mehr als das. Ich schwebe auf einer Wolke der Glückseligkeit.

»Wyn«, stöhnt Sturm, und ich jauchze mit ihm, als er tief in meinem Innern drückt und zuckt und ich mit ihm zusammen den Höhepunkt erreiche, ich ihn mit meinen inneren Muskeln fest umarme. Ich reite auf dieser Welle, mein Körper ein einziger Tempel unendlicher Lust. Ich spüre Hände auf mir, die sanft über meine Haut gleiten, bin aber zu erschöpft, um mich zu revanchieren. Um mich herum sind meine Wächter. Und Sturm noch in meinem Inneren.

Die Verbindung pulsiert in mir und in der Ferne kann ich meine Magie schnurren hören. Endlich sind alle befriedigt.

Langsam drifte ich zurück in die Realität. Also diese verrückte Regenbogen-Realität, in der wir uns befinden. Ich öffne die Augen, blinzele einige Male. Ich bin mit Glitter übersät. Die kleinen Teilchen, die vorhin in der Luft schwebten, sind auf meiner Haut gelandet, bedecken sie komplett. Ich sehe aus – na ja, als hätte ich am falschen Ende eines inkontinenten Einhorns gestanden. Voller Verwunderung hebe ich einen Arm, bin fasziniert vom Glitzern, in dem sich das Licht des Regenbogens um mich her spiegelt.

»Was geht hier verdammt nochmal vor sich?«, frage ich schließlich. Den verwirrten Blicken meiner Wächter nach zu urteilen, haben sie auch keine Ahnung. Sturm zieht sich aus mir zurück, mir bleibt ein gewisses Gefühl der Leere. Ich bin erschöpft, will aber noch mehr. Frost und Arc; und dann noch einmal Sturm. Unser Zusammensein auf einem Regenbogen, mit Glitter bedeckt.

Ich kichere, und daraus wird ziemlich schnell ausgelassenes Gelächter.

»Du hast sie gebrochen«, meint Frost anklagend an seinen Bruder gerichtet. »Jetzt benimmt sie sich wie ein … Mädchen.« Er schüttelt sich, als ich weiter gackere.

»So etwas habe ich noch nie gesehen«, gibt Sturm schließlich zu.

»Scheint etwas Magisches zu sein. Eine ungebundene Form von Magie«, überlegt Arc mit gerunzelter Stirn. Wahrscheinlich ist ihm noch gar nicht aufgefallen, dass seine Hand noch immer auf meiner Brust liegt. Ich werde nichts sagen. Der Glitter scheint ihm nichts anzuhaben, warum sollte ich also diese schöne Berührung beenden?

»Aber Magie ist immer gebunden. Sie kann ohne einen Anker nicht existieren«, gibt Sturm zu bedenken. »Sonst würde sie nur so herumschweben und was-weiß-ich für Schaden anrichten. Explosionen, Mutationen, etwas in der Art.«

Ich lege nun auch die Stirn in Falten, mir ist nicht mehr nach Lachen. »Moment mal, dieses Zeug schwebt also normalerweise nicht um den Regenbogen herum?«

»Regenbogen?!« Sturm sieht mich ungläubig an.

»Du hast nicht bemerkt, dass wir auf einem Regenbogen stehen?«

»Wir sind doch in einer Wolke…«

»Nein, auf einer Welle«, unterbricht ihn sein Bruder.

»Blitz«, murmelt Arc.

»Wir sehen also alle etwas anderes. Wieso wisst ihr nichts davon? Ihr seid doch schon vorher durch dieses Tor gekommen, oder?«

Sie sehen sich an.

»Schon, aber normalerweise gehen wir auf der einen Seite hinein und auf der anderen gleich wieder hinaus. Da ist nichts weiter dazwischen. Kein Regenbogen, keine Magie. Kein … Sex.«

Ich bedecke mein Gesicht mit den Händen. »Ist das überhaupt Realität?«

Frost kneift mich in die Hüfte, und ich schreie auf. Er lacht unschuldig. »Scheint mir ziemlich real zu sein.«

Mistkerl.

»Könnten wir uns jetzt wieder mehr den schönen Dingen des Lebens widmen?«, fragt Arc und zieht seine Hand von meinem Busen zurück – und alles beginnt sich um mich zu drehen, zieht mich weg von ihnen, den Regenbogen entlang fliege ich durch die Luft, schneller, immer schneller, gefolgt von einer Glitter-Wolke. Ich schreie. Und dann ist da plötzlich ein Looping, so eine verdammte Achterbahn-Schleife. Ich schlage um mich, will diesem Zug entkommen, der mich den Regenbogen entlang jagt, die Kurve hoch und – nein, bitte nicht fallenlassen! – dann wieder runter. Ich bemühe mich krampfhaft, meinen Mageninhalt bei mir zu behalten, während ich mich um die eigene Achse drehe und nicht mehr weiß, wo oben und unten ist.

Der Regenbogen endet, und dahinter ist nichts.

Eine unsichtbare Macht ergreift mich und wirft mich und –

Ich lande in weichem Schnee. Es erfolgt kein harter Aufprall, ist schmerzlos. Die durchdringende Kälte, die mir durch Mark und Bein fährt, ist ein eindeutiger Hinweis, dass ich noch nackt bin. Mistkerle. Und wo sind sie überhaupt? Ich sehe mich um. Hinter mir ist ein wunderschönes schmiedeeisernes Tor, das mit Eisblumen und winzigen Eiszapfen verziert dasteht. Und dahinter – liegt der Regenbogen.

Ich bilde mir das also nicht nur ein. Auch das pulsierende Gefühl zwischen meinen Beinen bezeugt es. Ich sehe an mir hinab. Der Glitter ist zum Glück verschwunden.

Das Tor vibriert etwas, und ein knirschender Laut ist zu hören. Aus der Ferne kommen vier große Gestalten den Regenbogen entlang. Sie werden größer, nähern sich, bis meine Wächter durch das Tor treten. So elegant und würdevoll. Keiner von ihnen fällt hin, wie ich. Mal wieder typisch.

Und Crispin ist wieder bei ihnen. Merkwürdig.

Ich setze mich auf, aber etwas zieht mich zurück.

Irgendetwas am Boden muss sich verhakt haben. Ich drehe mich danach um, aber ein kollektives lautes Luftschnappen meiner Wächter lässt mich meine Aufmerksamkeit auf sie richten. Sie starren mich mit weit aufgerissenen Augen an.

»Seht euch das an! Sie hat … Flügel!«

KAPITEL
Achtzehn

F lügel.
Das Wort hallt durch meinen Kopf.

Flügel.

Wie zum Teufel soll ich zu Flügeln kommen? Ich bin kein Engel (ganz bestimmt nicht, da müsst ihr nur meine Adoptiveltern fragen!). Und sicher auch kein Dämon (so schlimm bin ich nun auch wieder nicht). Also wieso sollte ich Flügel haben?

Sie entsprechen nicht den Flügeln der Dämonen, die ich auf dem Schlachtfeld gesehen habe – die waren dick und lederartig. Und Vogelflügel sind es erst recht nicht. Nein, sie sind eher wie … schimmernder Staub, der sich zu einer halb durchsichtigen Form zusammengefunden hat. Sehr zart, wie die Flügel eines Schmetterlings, nur noch dünner. Sie zeigen alle Farben des Regenbogens, wobei Lila die Grundfarbe zu sein scheint. Ich verdrehe die Arme und fühle nach, wo sie mir aus dem Rücken wachsen. Aber da ist nichts. Fühlt sich an wie immer, nur weiche Haut, keine seltsamen Knochenausformungen, keine Federn, nichts. Aber ich kann die Flügel berühren und meine

Hände durch sie hindurchfahren lassen. Sie fühlen sich an wie Gelatine – da ist ein gewisser Widerstand, aber mit ein bisschen Druck kann man durch sie hindurchdringen. Irgendwie bringe ich sie zum Schwingen. Keine Ahnung wie, aber einige mir bis dahin unbekannte Muskeln erledigen das für mich. Oder Magie. Das trifft es wohl eher.

»Sie hat Flügel«, flüstert Frost und hat die Augen immer noch so weit aufgerissen wie die anderen Wächter.

»Das sehen wir«, bemerkt Arc und sieht mich an, als sei es das erste Mal. Ich muss auch einen interessanten Anblick bieten. Nackt im Schnee stehend, mit Flügeln…

Hab ich schon mal erwähnt, dass nicht alles in meinem Leben unbedingt einen Sinn ergibt?!

»Dir ist bestimmt kalt, Prinzessin«, sagt Crispin und kommt zu mir, bietet mir seine Jacke an. Endlich mal jemand mit einem praktischen Gedanken. Ich zittere und wickele mich in die Lederjacke. Sie riecht nach Crispin; ein leichter Duft von Kiefer und Anis. Mein Unterleib ist noch unbedeckt und…

Moment mal, ich habe doch gerade ein Kleidungsstück über meine Flügel geworfen. Sollte das nicht wehtun? Oder zumindest unbequem sein? Ich blicke über die Schulter. Sie sind verschwunden.

»Sie waren doch vor einem Moment noch da, oder?«, frage ich mit versagender Stimme.

Seufzend zieht Sturm sein Hemd über den Kopf. Und zeigt mir seine Flügel.

Wow.

Sie ähneln meinen, sind nur viel größer und kein bisschen durchsichtig. Die Spitzen befinden sich über seinem Kopf, und an der niedrigsten Stelle reichen sie bis an seine Kniekehlen. Sie sind dunkelblau, beinahe schwarz und schimmern im gleißenden Licht der verschneiten Landschaft.

»Du hast Flügel! Aber die hattest du vorhin doch nicht«, stammele ich total schockiert.

»Männer, zeigt's ihr«, kommandiert Sturm, und die übrigen drei Wächter ziehen ebenfalls das Hemd aus (einschließlich der Schutzkleidung in Arcs Fall). Drei Flügelpaare entfalten sich und lassen mich den Atem anhalten. Frosts sind türkisblau mit einem Hauch von Saphirblau, das sich wellenförmig wie in einem Ozean darüber zieht. Arcs zeigen einen dunklen Kupferton, während die Spitzen rubinrot sind. Und Crispins sind – ja, golden, passend zu seinen blonden Haaren.

Ich muss sie einige Minuten lang angestarrt haben, um mich mit dem Gedanken vertraut zu machen, dass sie Flügel haben.

Dann raste ich aus. Das ist zu viel. »Warum zum Teufel habt ihr mir nichts davon gesagt? Wieso habt ihr Flügel? Wieso kann ich meine bewegen? Und warum..?«

Crispin bringt mich zum Schweigen, indem er mich in seine Arme nimmt.

»Ist schon gut, Liebling, das alles wird bald einen Sinn ergeben«, flüstert er. Aber ich will es jetzt wissen! Am liebsten würde ich mit dem Fuß aufstampfen, aber das wäre zu kindisch. Mein Hirn kann nur langsam nicht mehr folgen. Erst war ich in meinen Körper eingeschlossen, dann hatte ich Sex auf einem Regenbogen, und jetzt haben wir alle Flügel. Das klingt nach einem Horrortrip. Vielleicht bin ich sogar noch zu Hause und habe nur mit Freunden was geraucht. Aber ich nehme keine Drogen – und viele Freunde habe ich auch nicht. Das kann's also nicht sein.

»Verdammt nochmal, warum braucht ihr Flügel? Wart ihr denn nicht auch so schon perfekt genug?«, murmele ich gegen Crispins nackte Brust. Er kichert. »Du hast sie doch auch. Keine Ahnung wieso, aber du hast sie. Und sie sind wunderschön.«

Seufzend mache ich einen Schritt zurück und gebe diesen

schönen Platz in seinen Armen auf. »Wie können die so einfach verschwinden?«

»Magie«, grinst Arc. »Hier ist alles reine Magie. Du wirst das noch merken – und du wirst es toll finden.«

Na ja, da bin ich mir nicht so sicher. Ich stehe noch ziemlich unter Schock.

Ich sehe mich um. Da ist nur Schnee – Schnee, Schnee und nochmals Schnee. Das Tor hebt sich als Einziges von dieser eisigen Landschaft ab.

»Hätten hier nicht weitere Wächter auf uns warten sollen?«, frage ich.

»Ja, das stimmt«, gibt Sturm grimmig zurück und zieht sich sein Hemd wieder an. »Arc, sieh mal nach, wo die bleiben.«

Arc nickt und schließt die Augen, legt die Stirn in Falten. Etwas später öffnet er sie wieder und seufzt tief. »Sie wurden von der Königin zurückbeordert. Ein Notfall, sagt Thomas.«

Sturm wird ebenfalls ernst. »Das muss etwas Wichtiges gewesen sein. Sie würde ihre Tochter nicht grundlos in einer Gefahrensituation alleine lassen.«

Ich lache freudlos. »Sie hat mich mein ganzes Leben lang allein gelassen. Wieso sollte sich das jetzt ändern?«

Arc legt mir den Arm um die Schultern. »Sie wird dir bald alles erklären, *Lass*. Es gab gute Gründe dafür.«

»Klar doch«, schnaube ich. Dazu muss ich erst einmal die Erklärung hören. Irgendwie kann ich mir keinen Grund vorstellen, aus dem man ein Kind in einer anderen Welt zurücklassen und es in einundzwanzig Jahren nur sehr sporadisch besuchen sollte. Welche Mutter würde so etwas tun?

»Seht mal!«, ruft Frost plötzlich und deutet Richtung Himmel. Ich schaue hoch – und halte die Luft an, als ich dort eine Gruppe Wächter auf uns zufliegen sehe. Sie sehen zuerst wie riesige Vögel aus, aber bei näherem Hinsehen, zeichnen sich ihre Gesichtszüge ab. Drei Männer, eine Frau. Das ist der erste weibliche Wächter, den ich zu Gesicht bekomme. Also – wenn sie eine Wächterin ist. Aber schließlich hatte Crispin auch eine Schwester, also muss es wohl welche geben. Ihr weißblondes Haar weht hinter ihr her – man stelle sich einen Kometen vor, nur mit menschlichen Formen. Ihr Haar muss ihr bis an die Füße reichen. Ihre mokkafarbene Haut bildet zusammen mit dem schwarzen Hosen-Einteiler einen starken Kontrast zu ihren hellen Haaren und den silbernen Flügeln. Selbst aus einiger Entfernung ist sie eine großartige Erscheinung. Die drei Männer um sie herum sehen alle gleich aus. Dunkelblaue Kleidung, dunkelblaue Flügel, dunkelblaue Haare. Ihre elfenbeinfarbene Haut ist das einzig Nicht-Blaue an ihnen. Wer auch immer sie erschaffen hat, war offensichtlich vernarrt in diese Farbe.

Sie landen ungefähr einhundert Meter von uns entfernt, gleiten elegant auf den Boden, bevor sie ihre Flügel zusammenklappen. Die Frau tritt vor, flankiert von den drei Männern. Sie müssen Drillinge sein, sie sind unmöglich auseinander zu halten.

Vor uns verbeugt sie sich tief, und die Männer folgen ihrem Beispiel.

»Prinzessin, willkommen im Reich des Winters. Ich heiße Ada, und dies sind Fox, Lynx und Phönix. Ihre Majestät hat uns geschickt, Euch an ihren Hof zu begleiten.«

Ich weiß nicht so recht, was ich darauf antworten soll, neige also einfach nur den Kopf und antworte »Danke«.

Bis zu diesem Moment hat sie von meinen hinter mir stehenden Wächtern keine Notiz genommen. Sie haben sich jeweils zu zweit an meiner Seite positioniert. Schützend, aber nicht erdrückend in ihrer Präsenz. Mir wird warm ums Herz, sie alle vier so in meiner Nähe zu wissen. Ich werde sie in dieser fremdartigen Welt sehr brauchen.

Meine Halb-Nacktheit geflissentlich übersehend, reicht mir Ada eine blaue Uniform, dieselbe Art, wie die Wächter sie tragen. Ich ziehe sie dankbar an (nachdem ich alle anderen angewiesen habe, sich umzudrehen) und genieße die aufkommende Wärme.

»Wir haben einen TT mitgebracht, um Euch in die Hauptstadt zu bringen«, sagt Phönix und tritt vor, ein Bündel aus Stricken und Stoff haltend.

»Einen was?«, frage ich, denn ich habe nicht die geringste Ahnung.

Frost kichert. »Einen Tragbaren Thron, Prinzessin. Der Palast liegt Luftlinie einige Stunden entfernt, das würde zu Fuß zwei Tage dauern.«

»Ich will aber nicht wie - wie mit der Luftrettung transportiert werden!«

»Wie bitte?«, fragt Frost verwirrt. »Die Königin reist selbst auch so.«

Jetzt ist es an mir, entgeistert zu schauen. »Sie fliegt nicht?«

»Sie hat keine Flügel, Wyn. Sie ist eine Göttin, kein Wächter.«

»Aber kann sie sich nicht irgendwie dahin zaubern, wo sie hin will? Also, sie ist doch schließlich eine Göttin und hat so viel Macht, oder?«

Die Frau und ihre Begleiter starren mich ganz offen an. Man hat ihnen offensichtlich nicht gesagt, wie ahnungslos ich bin, was meine Mutter und ihre Welt angeht.

»Wyn, deine Mutter ist die mächtigste aller Götter. Nur sie selbst weiß, was sie alles zu tun vermag. Vielleicht könnte sie sich Flügel wachsen lassen oder einen Teleport nutzen, einen Drachen reiten, was weiß ich – aber normalerweise bevorzugt sie den TT. Auf diese Weise können ihre Untertanen sie sehen.«

»Es gibt hier Drachen?!«

Frost lacht und legt mir den Arm um die Schultern. »Das ist so typisch, dass dich das Unwichtigste von meinen Erklärungen am meisten interessiert.«

Dafür hat er sich einen Rippenstoß verdient. Er schreit auf. »Ja, es gibt Drachen, aber nicht viele. Sie bleiben meistens unter sich. Aber sie schicken einmal im Jahr einen Botschafter an den Hof. Das müsste eigentlich bald wieder der Fall sein. Wenn du deine Mutter fragst, wirst du ihm sicher vorgestellt.«

»Wir sollten uns auf den Weg machen, Hoheit, wenn wir vor Einbruch der Nacht ankommen wollen«, unterbricht Ada. Während ich mit Frost gesprochen habe, waren die blauen Wächter damit beschäftigt, den TT aufzubauen. Sieht merkwürdig, aber nicht unbequem aus. Es ist so eine Art Hängesessel, aber mit Sicherheitsgurten und einer Fußstütze ausgestattet. Das Material sieht wie Leder aus, ist aber gleichzeitig glatt und weich. Ich werde noch so viel über diese neue Welt lernen müssen!

Und bin wieder einmal sehr dankbar, meine Wächter um mich zu haben. Ada macht keinen besonders geduldigen Eindruck, und die Drillinge würde ich nie auseinanderhalten können.

Der Reise-Thron ist tatsächlich recht bequem. Ich bin mir nur nicht sicher, wie er sich in der Luft verhalten wird. Klar, ich bin angeschnallt, aber wer weiß, wie das Ding durch die Luft schwingen wird. Gut, ist dürfte sicherer sein, als eigene Flugversuche zu unternehmen. Falls ich überhaupt fliegen kann. Das werde ich später an einem wärmeren Ort ausprobieren, wo ich ohne Bedenken mein Hemd ausziehen und meine Flügel entfalten kann. Apropos…

»Wie können sie ihre Flügel draußen haben und trotzdem Kleidung tragen?«, stelle ich meine Frage in den Raum und deute auf die Drillinge.

»Übung«, meint Arc schulterzuckend und breitet seine eigenen Flügel aus, immer noch vollständig bekleidet. Ich gehe um ihn herum und sehe nach, ob sein Hemd an irgendeiner Stelle zerrissen ist. Nein. Die Flügel ... fließen irgendwie durch den Stoff, mir fehlt das richtige Wort dafür. Mir sind diese Flügel ein Rätsel – sie sind nicht Teil des jeweiligen Körpers, aber eindeutig vorhanden, wachsen aus den Schulterblättern heraus und gehorchen den Befehlen ihrer Besitzer. Magie kann wirklich verdammt verwirrend sein.

»Wieso habt ihr dann vorhin eure Hemden ausgezogen?«

Frost kichert. »Wieso nicht?«

Ich stöhne. Männer! Warum müssen sie immer mit ihren tollen Körpern angeben?!

Ada räuspert sich. Gut, verstehe, wir müssen los. Die Drillingswächter ergreifen die Gurte, an denen mein Thron aufgehängt ist, aber ein vielstimmiges Knurren aus den Kehlen meiner Männer lässt sie innehalten und meine Wächter gewähren. Ist mir sehr recht, wenn sie mich halten, da fühle ich mich sicherer. Nichts gegen die Blauen, aber die anderen sind halt ... *meine* eigenen.

Vier dicke Gurte sind an jeweils einer Ecke des Throns befestigt. Meine Wächter nehmen je einen und winden ihn sich um die Hüften, beziehen dann um mich herum mit ausgebreiteten Flügeln ihre Position. Sie sind jetzt alle vollständig bekleidet. Eigentlich schade...

»Lynx und ich bilden die Vorhut, Fox und Phönix die Nachhut«, befiehlt Ada, und ihre Männer gehorchen ihr aufs Wort. Ich frage mich, ob sie lediglich ihr Anführer ist oder ob auch zwischen ihnen mehr läuft. Ihr raues Gebaren lässt in dieser Hinsicht keine Schlussfolgerungen zu.

»Fertig?«

Alle außer mir nicken, aber das scheint niemanden zu stören. Ada geht leicht in die Knie und springt mit kräftigen

Flügelschlägen in die Luft, bis sie etliche Meter über dem Erdboden schwebt.

Lynx ist als nächstes an der Reihe – und dann wir. Hurra. Keine Ahnung, ob mein Magen durchhalten wird. Als Kind bin ich gerne auf Jahrmärkte gegangen und sämtliche Karussells dort, aber mit zunehmendem Alter wurde mir bei den meisten Fahrten schlecht. Nicht so, dass ich mich übergeben musste, aber genug, mich richtig unwohl zu fühlen. Also hoffe ich jetzt inständig, dass ich auch hier meinen Magen unter Kontrolle halten kann – etwas anderes darf einfach nicht passieren. Ich bin die Prinzessin und darf wenigstens vorläufig nicht das Gesicht verlieren; später werden sowieso alle merken, wie wenig ‚königlich' ich in Wirklichkeit bin.

»Bereit?«, fragt Sturm. Seufzend nicke ich. Ich will so tun, als hätte ich sogar Spaß dabei.

Wie auf Kommando springen sie alle gleichzeitig in die Höhe, wobei sich ihre Flügel beinahe berühren. Ich schwebe in der Mitte in dem sanft schwingenden Hängestuhl und bin sehr dankbar, dass meine Füße nicht in der Luft baumeln, sondern sicheren Halt auf der Fußstütze haben. Ich sehe hinab auf den immer weiter sich entfernenden Boden. Die Wächter fliegen mit großer Geschwindigkeit – nicht ganz so schnell wie Flugzeuge, aber annähernd. Kalter Wind zerzaust mir das Haar und beißt mich in die Wangen. Eine Winterjacke wäre jetzt nicht fehl am Platz. Aber meine Taschen sind … ja wo sind sie eigentlich? Vor dem Kampf haben wir sie im Wagen zurückgelassen und wollten sie mitnehmen, bevor wir durchs Tor gehen würden. Aber als ich meine Männer auf der Regenbogen-Brücke getroffen habe, hatten sie nichts dabei. Wahrscheinlich hat sie der Schock, mich bewusstlos zu sehen, zu sehr abgelenkt. Da kann ich nur hoffen, dass meine Mutter ein paar warme Sachen für mich bereitliegen hat. Stimmt, ich komme aus Schottland, aber dort haben wir eher Regen, weniger Schnee, zumindest in

Edinburgh. Diese trockene Kälte bin ich nicht gewohnt. Zitternd lege ich die Arme um mich.

»Gebrauch deine magischen Kräfte«, ruft mir Sturm zu.

»Geht nicht«, rufe ich zurück. Mir fällt ein, dass ich ihnen noch gar nicht erzählt habe, dass ich keinen Zugang mehr zu meiner Magie habe. Ich war mit … anderen Dingen zu sehr beschäftigt; wie Sex mit Sturm.

KAPITEL
Neunzehn

Der Palast ist einfach riesig. Riesig und massig, schlicht gigantisch. Eigentlich ist es eine ummauerte Stadt, nur dass sie aus einem einzigen großen Komplex besteht. Etwas in der Art würde sich Tolkien ausgedacht haben. Türme recken sich hoch in den Himmel und sehen hinab auf verschlungene Gänge und weite Höfe. Gartenanlagen sind überall verstreut, zeigen aber nicht die üblichen Grüntöne und bunten Farben. Stattdessen dominieren Blau und Weiß – wir sind hier schließlich am Sitz der Winterkönigin.

Flaggen wehen im Wind, ich kann allerdings auf ihnen nichts erkennen. Das liegt sicher an meinen vor Kälte tränenden Augen. Wie sehr ich doch meine Magie vermisse! Aber in meinem Innern ist nur ein großes dunkles Loch dort zurückgeblieben, wo sie einmal gelebt hat. Die immer noch blockierte Höhle ist kalt und leer. Es bereitet mir beinahe körperliche Schmerzen, wenn ich nur daran denke.

»Wir landen auf dem Turm der Königin!«, schreit einer der

Drillinge gegen den eisigen Wind an. Nachdem Sturm bemerkt hatte, dass ich selbst mir keine Wärme verschaffen konnte, hat er sie für mich herbeigezaubert, aber mir ist trotzdem kalt. Der Wind geht mir durch und durch.

Wir ändern den Kurs und umkreisen den Palast. Unten ist das geschäftige Treiben seiner Bewohner zu sehen, die wie Bienen in ihrem Stock ihren Geschäften nachgehen. Allein im Außenbereich befinden sich Hunderte von Leuten – wie viele mögen noch in den Gebäuden selbst sein?!

Um die Außenmauern des Palastes herum ist eine Stadt entstanden. Dass dabei nicht planmäßig vorgegangen wurde, ist am Nichtvorhandensein von geraden Straßen und ordentlichen Häuserreihen zu sehen. Dort unten herrscht ein Gewusel von Gässchen, die sich um wahllos errichtete Gebäude winden. Sie sind aus einer besonderen Art von Stein erbaut, der im letzten Tageslicht schimmert. Sieht schön aus.

Aus dem Nichts taucht vor uns ein Gesicht in der Luft auf. Es ist das breite, gespenstische Gesicht eines Mannes mit wilden Augenbrauen und einem Bart ‚Typ Weihnachtsmann'. Allein dieser Kopf ist so groß wie meine vier Wächter übereinander gestellt. Sehr seltsam. Aber ich wurde ja vorgewarnt, dass mir hier sehr viele merkwürdige Dinge begegnen würden.

Wir schweben wartend vor diesem Gesicht. Nichts in ihm bewegt sich, nicht einmal die Augen blinzeln. Wie gesagt, gespenstisch.

»Was ist…«, flüstere ich meinen Wächtern zu, aber das Gesicht unterbricht mich mit Donnerstimme, die sowohl *um* meinen wie auch *in* meinem Kopf hallt.

»Prinzessin Wynter. Welches Anliegen bringt Euch zum Palast Ihrer Majestät?«

Ähm, meine Mutter besuchen? Ihrem Ruf folgen? Sollte dieses … Wächtergesicht das nicht besser wissen?

»Die Prinzessin ist auf Geheiß ihrer Mutter, der Königin Beira, Mutter der Götter, gekommen«, brüllt Sturm gegen den stärker werdenden Wind an.

»Und kann die Prinzessin nicht für sich selbst sprechen?«, antwortet das Gesicht, in dem endlich die Augen blinzeln. Aber es bleibt immer noch gruselig.

»Natürlich kann sie das«, rufe ich zurück. »Ich wurde eingeladen, also lass uns rein.«

Hätte ich wohl höflicher ausdrücken können, aber mir ist kalt. Pech gehabt.

»Ihre Majestät ist zurzeit nicht zu sprechen. Bitte wartet einen Augenblick.«

Verrückter Scheiß. Ist das hier so eine Art magischer Telefonvermittler?

Plötzlich höre ich eine weitere Stimme in meinem Kopf, diesmal eine weibliche, sehr bestimmend klingende. »Bernhold, was zum Teufel machst du da? Du sollst doch nicht ... oh, Ihre Majestät!«

Das Gesicht des Mannes verschwindet und wird ersetzt durch ein anderes. Diesmal das einer Frau mit fülligen Wangen, weißem Haar und Lachfältchen um Augen und Lippen. Sie ist das Bild einer Großmutter, die gerade eines ihrer Enkelkinder bei einem Fehltritt ertappt hat.

»Prinzessin, das tut mir so leid. Bernhold muss unbemerkt ins Kontrollzentrum eingedrungen sein. Kommt herein, und ich bitte um Verzeihung, der Übeltäter wird streng bestraft werden.«

Das ‚streng‘ klingt in der Tat vernichtend; kurz bevor ihr Bild verschwindet, dreht sie sich mit zornigem Gesichtsausdruck nach etwas oder jemanden hinter sich um. Dieser Bernhold tut mir beinahe leid.

Wo sich vor einem Augenblick noch das Riesengesicht befand, flimmert die Luft. Ohne weiteres Wort fliegen Ava und die Drillinge auf den Palast zu. Wir folgen ihnen, und ich lehne mich so weit wie möglich aus dem TT hinaus, um mehr vom Heim meiner Mutter zu erspähen. Je weiter wir uns den Gebäuden nähern, umso größer erscheinen sie. Der Palast der Königin in Edinburgh ist im Vergleich dazu eine Hütte. Ich fange an, die Türme zu zählen, aber von unten kommende Rufe lenken mich ab. Da unten stehen Leute und deuten auf uns. Ich rutsche verunsichert auf meinem Thron hin und her. Können die von dort etwa meinen Hintern sehen? Wie sehe ich von unten überhaupt aus? Wird man mich in Zukunft häufiger anstarren?

Mir ist es normalerweise lieber, keine Aufmerksamkeit zu erregen. Ich stand noch nie im Rampenlicht und habe zwar in der Schule und an der Uni bei Teamwork-Aufgaben oft die Führung übernommen, ziehe es aber vor, in einer Gruppe zu arbeiten und dabei nicht unbedingt die Leitung zu haben. Aber mein Gefühl sagt mir, dass sich all dies jetzt ändern könnte, wo ich im Reich der Götter angekommen bin.

Wir haben jetzt den höchsten Turm beinahe erreicht. Er ist perlweiß und schimmert in der Abendsonne. Wie alles hier, umgibt auch ihn eine Aura von Winter. Was nicht heißt, dass hier alles schneebedeckt ist oder aus Eis besteht. Nein, dieser Eindruck entsteht eher durch Glätte und Glanz der Umgebung. Die Farben entstammen alle dem Blau- und Weiß-Spektrum, es gibt kaum Gelb oder Rot. Gut, ich bin keine Künstlerin und kann daher so etwas schlecht beschreiben.

Alles in allem ist der Anblick einfach großartig.

Am oberen Ende des Turms öffnet sich eine große Tür und lässt uns ein. Ich seufze erleichtert, als wir hineinfliegen, weg aus dem Blickfeld der starrenden Menge. Ich kann es kaum erwarten, diesen TT verlassen zu können. Wie gesagt, er ist nicht unbequem, aber gibt mir doch das Gefühl, wie ein Baby durch die Luft getragen zu werden – das behagt mir nicht.

Vier Wärter erwarten uns und stehen stramm, als mir meine Wächter vom Thron helfen.

Ich fühle mich etwas unsicher auf den Beinen. Und würde gern darauf verzichten, je wieder einen TT besteigen zu müssen. Wieso kann man hier nicht einfach mit einem Flugzeug oder Hubschrauber fliegen? Aber dann fällt mir ein, dass es hier vielleicht keinen elektrischen Strom gibt. Ich sehe mich in dem Raum um. An der Stelle, wo normalerweise ein Deckenlicht angebracht wäre, schwebt ein Lichtball. Irgendwie pulsiert er und scheint auf gewisse Art ‚lebendig' zu sein. Ist aber ganz bestimmt nicht elektrisch betrieben. Ich frage mich, ob ich auch einen solchen Ball erzeugen könnte. Bei dem handelt es sich ja nicht direkt um Feuer, eher konzentriertes Licht. Ich will später Crispin danach fragen.

Mit einem Schlag wird hinter den Wärtern eine Tür geöffnet, und die Frau, die vorhin als Riesengesicht zu sehen war, betritt atemlos den Raum. Wahrscheinlich gibt es hier keine Fahrstühle.

Sie knickst kurz vor mir. »Ihre Königliche Hoheit, es ist mir eine Ehre, Euch im Palast willkommen zu heißen. Ich bin Tamara, die Vorsteherin des Haushalts.«

Frost kichert hinter mir, aber ich will nicht unhöflich sein und drehe mich deshalb nicht um, um herauszufinden, was denn so komisch ist.

»Sehr erfreut, Sie kennenzulernen«, sage ich lächelnd. Sie sieht freundlich aus, hat aber auch etwas Hartes im Blick. Dies hier ist eine starke Frau, der man nicht in die Quere kommen sollte.

Sie schnaubt. »Ich bitte nochmals um Verzeihung wegen Bernholds Benehmen. Er muss zur Strafe einen Monat lang Bettpfannen ausleeren.« Sie zwinkert mir zu, hat also offenbar Humor. Sie gefällt mir. »Folgt mir, Prinzessin.«

Ich tue wie mir geheißen, aber Sturm ist schneller und

übernimmt die Führung. Übertreibt er es nicht etwas? Im Palast meiner Mutter müsste ich doch sicher sein.

Die drei anderen folgen uns, während Ada und ihre Wächter zurückbleiben.

Auf einen kurzen Korridor folgt ein breiter, steinerner Treppenabgang. Er führt tief hinunter – mir wird ganz schwindelig, als ich die Öffnung in der Mitte hinabblicke. Kein Wunder, dass Tamara so außer Atem war; das hier entspricht in umgekehrter Richtung beinahe einer Bergbesteigung. Zum Glück gehen wir nach unten, nicht nach oben.

An den Seiten des Treppenschachtes sind auf kleinen Podesten zwei Kristallkugeln angebracht, in denen weiße Wölkchen herumwirbeln, die mich an eine Schneekugel erinnern. Tamara legt auf eine der Beiden eine Hand, woraufhin sie sofort hell erstrahlen. Es rumpelt, und, Himmel nochmal, die Treffe beginnt sich zu bewegen.

»Treppe oder Rutsche?«, fragt sie, aber ich sehe sie nur verständnislos an.

»Rutsche«, entscheidet Frost an meiner Stelle, und sie lächelt ihn verschwörerisch an. Die meinen doch nicht etwa…

Die Treppen senken sich und verbinden sich miteinander zu einer Rutschbahn, die wie eine Perlenkette sanft schimmert.

»Wow!« Ich atme tief durch.

»Willkommen im Palast«, lacht Arc. »Ins Thronzimmer?«

Tamara nickt.

»Sieh mir zu und mach's genauso, *Lass*«, sagt er und stellt sich oben an die Rutsche. »Zweiter Stock«, befiehlt er laut, und eine rote Linie erscheint auf dem Perlweiß und windet sich die Rutschbahn hinab, verläuft sich in der Tiefe. Grinsend setzt er sich »Schnell, bitte!«.

Wie der Blitz wird er nach unten getragen, rutscht mit halsbrecherischer Geschwindigkeit hinab. Das verspricht ein Spaß zu werden!

»Du musst nur den Zielort angeben und die gewünschte Geschwindigkeit«, erklärt Crispin. »Du kannst wählen zwischen langsam, sanft, mittel, schnell und Königin.«

»Königin?«

»Ihre Majestät wartet nicht gern«, antwortet Tamara.

»Möchtest du mit einem von uns abfahren?«, fragt Crispin, und ich werfe ihm nur einen kritischen Blick zu.

»Kommt nicht in Frage!«

Ich setze mich an den Beginn der Rutsche und bin überrascht, wie weich und warm sie sich anfühlt. »Zweiter Stock, mittel«, sage ich mit fester Stimme. Der Boden vibriert leicht, dann geht's los. Aber dies hier ist keine normale Rutschbahn, auf der man *selbst* hinuntergleitet. Hier bewegt sich die Rutsche, während man selbst an Ort und Stelle sitzen bleibt. Die Geschwindigkeit ist in Ordnung, aber ich wünschte, ich hätte ‚schnell' eingegeben. Der Spaß-Faktor schien dabei größer zu sein. Ein Andermal…

Von den einzelnen Etagen sehe ich im Vorüberrauschen nicht viel. Dazu sind wir zu schnell, ich kann nur verschwommen die Umrisse von Türen ausmachen. Nach etwa einer Minute erreiche ich den zweiten Stock, wo die Rutsche ordnungsgemäß zum Stillstand kommt. Hinter mir höre ich Frost freudig jauchzen. Offenbar hat er sich für die schnellere Option entschieden. Ich springe auf die Füße und beeile mich, ihm Platz zu machen. Heute ist nicht der Tag, an dem ich von einem Wächter zerquetscht werden will.

Arc erwartet uns ein paar Schritte vom Treppenabsatz entfernt in einem großen, hellen Zimmer, dessen Wände ausgesuchte Wandbehange zieren. Es gibt hier keine Stühle; vorne befindet sich als einziges Möbelstück lediglich ein Podest neben zwei mächtigen Türen. Dort steht ein Mann, dessen perfektes Äußeres darauf schließen lässt, dass er zu den Wächtern gehört. Sein tadelloser Anzug und äußerst gepflegter

Bart verleihen ihm den Anstrich von Wichtigkeit. Als er uns herankommen sieht, macht er einen Schritt auf uns zu und verbeugt sich tief.

»Königliche Hoheit, es ist mir eine Ehre, Euch endlich kennenzulernen. Mein Name ist Jonathan, ich bin der Haushofmeister Eurer Mutter. Ich hoffe, die Reise war nicht zu anstrengend?«

Offenbar hat ihm niemand gesagt, dass es in den vergangenen Tagen Anschläge auf mein Leben und etliche Kämpfe gegeben hat. Aber es ist nicht an mir, ihn aufzuklären. Vielleicht hatte Beira Gründe, dies nicht öffentlich zu machen.

Ich lächele also nur süß. »Oh, es ist alles gut gelaufen. Erwartet mich meine Mutter jetzt?«

Hinter mir unterdrückt Arc gerade ein grollendes Lachen. Ich stelle mir vor, wie ich die Vibrationen spüren würde, wenn ich jetzt an seiner Brust lehnte … Stopp, Wyn, denke ausnahmsweise mal nicht mit den Eierstöcken, sondern mit deinen Gehirnzellen. Du bist jetzt eine Prinzessin!

Jonathan räuspert sich leicht pikiert. Anscheinend habe ich mich nicht königlich genug ausgedrückt. Tut mir leid, ich bin noch neu in diesem Job.

»Ihre Majestät befindet sich noch in einer Ratsversammlung, die aber bald beendet sein sollte. Macht es Euch in der Zwischenzeit doch bitte bequem.« Er macht eine ausladende Handbewegung, als würde er auf nicht vorhandene Stühle deuten.

Etwas verunsichert warten wir. Die anderen Wächter sind jetzt zu uns gestoßen, gemeinsam harren wir der Dinge und wissen nicht so recht, was wir tun sollen. Mir wird klar, warum meine Mutter keine Sitzgelegenheiten in ihr Vorzimmer gestellt hat – genau diese Verunsicherung ihrer Gäste ist gewollt, macht sie gefügiger in den sich anschließenden Gesprächen und Verhandlungen.

Ich richte mich auf. Das sollte mich nicht weiter bekümmern. Tut es aber. Ich stehe hier und warte auf meine Mutter, die mit irgendeiner Versammlung beschäftigt ist. Es hat mich so viel gekostet, diesen Ort überhaupt zu erreichen, und dann kann sie nicht alles stehen und liegen lassen? Will sie mich denn tatsächlich sehen?

Jemand nimmt meine Hand – ich schaue in Sturms ruhige Augen. »Wird alles gut werden«, flüstert er, und ich nicke. OK. Meine Wächter sind bei mir. Selbst wenn meiner Mutter nichts an mir liegt, bei ihnen ist das anders.

Knarrend öffnen sich die Türen, und wir lösen unsere Hände. Die Männer treten einen Schritt zurück und lassen mir respektvoll den Vortritt. Ich weiß ja nicht, ob Wächter immer eine so ... intime Beziehung zu der ihnen anvertrauten Person haben. Ich sollte vielleicht nicht zeigen, wie viel sie mir bedeuten. Ach je, ich muss noch so viel lernen.

Jonathan räuspert sich. »Hoheit, folgt mir bitte.«

Ich atme tief durch und tue wie mir geheißen, betrete den Thronsaal.

Wow!

Mir stockt schier der Atem, als ich mich umschaue. Dieser Raum ist schön und gleichzeitig erdrückend. Alles funkelt und glitzert in dem hellen Licht, das Hunderte von pulsierenden Sternen unter der hohen Decke verströmen. Weiße, reich verzierte Marmorsäulen säumen den Weg zum Thron. Hohe Buntglasfenster wechseln mit Wandteppichen an den Seiten. Menschen und Tiere sind in die Textilien eingewebt – ich werde sie mir später genauer anschauen. Es sind mit Sicherheit Darstellungen von irgendwelchen Geschichten.

Ich versuche, mich von diesen wunderbaren Dingen um mich herum loszureißen und wende mich in Richtung Thron. Er steht erhöht am hinteren Ende des Saales, kristallene Stufen führen zu ihm hinauf. Zunächst halte ich die stachelähnlichen

Gebilde, die aus der Rückseite des Throns herausragen, für die Strahlen eines Sterns, erkenne dann aber, dass es sich um eine Schneeflocke handelt, die meine Mutter wie ein Heiligenschein umgibt.

Wie schon zuvor überrascht mich auch dieses Mal wieder ihre außerirdische Schönheit. Ihre langen weißen Haare reichen ihr bis zu ihrer schlanken Taille, und ihre Augen blicken so durchdringend, wie es zu einer Königin des Winters passt. Sie ist groß und schlank und doch stattlich, wie sie da auf ihrem breiten Thron sitzt. Er wurde ganz offensichtlich für sie gebaut, betont ihre Macht, ihre Strahlkraft, ihre Majestät. In diesem Augenblick wird mir bewusst, welche Macht sie tatsächlich besitzt. Sie ist nicht nur eine Königin, sondern eine Göttin. Die Mutter aller Götter wird sie genannt. Wer weiß, ob das stimmt. Ähm. Das würde auch bedeuten, dass ich etliche Halbgeschwister habe, die meisten von ihnen schon steinalt. Aber vielleicht ist das auch nur eine Redewendung. Denn wer weiß schon, wie Götter geboren werden – oder erschaffen, in diese Welt geworfen, was auch immer.

»Wynter«, sagt sie sanft und erhebt sich mit einer einzigen fließenden Bewegung. »Es freut mich so, dich zu sehen, meine Tochter!«

Ihre Stimme klingt nach Glöckchen und Schneeflocken – ist gleichzeitig warm und kalt, freundlich und distanziert. Ich kann sie nicht richtig einordnen. Spielt sie mir etwas vor?

»Ich freue mich auch, dich zu sehen, Mutter«, antworte ich nicht weniger förmlich.

»Meine Berater haben mir von deiner schwierigen Reise berichtet. Du willst dich sicher erst einmal ausruhen.«

Ich schnaube. »Also, eigentlich würde ich lieber mit dir sprechen.«

Hinter mir werden meine Wächter unruhig ob meiner

Dreistigkeit, aber ich schenke ihnen keine Beachtung. Das hier geht nur meine Mutter und mich etwas an.

Eine Aussprache ist dringend erforderlich. Wir müssen schließlich einundzwanzig Jahre aufarbeiten.

Ein Muskel in ihrer Wange zuckt leicht. »Gut, folge mir. Deine Wächter können sich in ihr Quartier zurückziehen. Ich habe ihnen Zimmer in deiner Nähe zugewiesen.«

Sturm wirft mir einen schnellen Blick zu, und ich nicke. Das hier schaffe ich alleine.

Ich gehe auf den Thron zu, wo mich meine Mutter erwartet. Sie trägt ein langes, fließendes Gewand, das ihre gute Figur umschmeichelt. Wenn man nur ihren Körper betrachtete, ohne ihr ins Gesicht zu sehen, könnte man denken, sie sei erst Mitte zwanzig. Aber ihre Augen zeigen, dass sich hier eine sehr alte Seele in einer jugendlichen Gestalt befindet. In ihnen spiegeln sich Weisheit und Wissen, aber auch viel Schmerz. Und jetzt lächeln sie mich an. Vielleicht freut sie sich ja wirklich, dass ich da bin.

Beira führt mich durch eine schmale Tür, die hinter dem Thron verborgen liegt, in einen dunklen Korridor, durch den wir einen kleinen Raum erreichen. Nach all dem Pomp im Thronsaal ist das hier ein ziemlicher Kontrast. Aber es gefällt mir besser. Zwei große Sofas stehen einander gegenüber, und ein paar Sessel umgeben den offenen Kamin in den weißen Steinwänden, in dem ein Feuer brennt. Auch hier gibt es Wandteppiche, aber sie sind farbenfroh und warm, zeigen ebenfalls Tiere, die mir unbekannt sind. Ich habe nie über die Tiere nachgedacht, die das Reich der Götter bevölkern, aber die Fauna hier unterscheidet sich offensichtlich erheblich von der der Erde.

Meine Mutter fordert mich zum Setzen auf, und ich nehme auf dem Sofa ihr gegenüber Platz. Sie sieht etwas enttäuscht aus, dass ich mich nicht neben sie setze, hat sich aber gleich wieder im Griff.

Sie schnippt mit den Fingern, woraufhin ein gelbes Licht um den Türrahmen herum erscheint.

»Jetzt kann uns niemand mehr zuhören«, erklärt sie lächelnd. Mit einer weiteren Geste zaubert sie zwei Weingläser auf das Tischchen in unserer Mitte. Statt nach einem zu greifen, sieht sie mich lange an. Mir wird etwas unheimlich vor diesem forschenden Blick.

Aber dann lächelt sie. »Ich bin froh, dass du mich alleine sprechen wolltest – hätte ich diesen Wunsch geäußert, wären die Leute gleich misstrauisch geworden.«

Ich starre sie an, verstehe nicht, wovon sie redet. Die Frage steht mir anscheinend ins Gesicht geschrieben.

»Es geschieht hier Vieles, was ich dir noch nicht erklären konnte, Wynter…«

»Man nennt mich normalerweise Wyn«, unterbreche ich sie.

Wieder lächelt sie. »So nenne ich dich in Gedanken auch. Wie schön, dass ich das jetzt auch im richtigen Leben tun darf.« Dann wird sie wieder ernst. »Es ist nicht alles so, wie es dir erscheinen mag. Es gibt so Vieles, über das wir sprechen müssen, und du hast sicher viele Fragen … aber sag mir erst einmal, was da zwischen dir und diesen appetitlichen Wächtern abläuft.«

Ich starre sie an, bin sprachlos. Wie bitte? Fragt da meine Mutter, die den Großteil meines Lebens nicht da war, nach meinem … Liebesleben?! Und hat sie tatsächlich gerade ‚appetitlich‘ gesagt?

»Jetzt schau mich nicht so an«, lacht sie. »Das ist doch ganz offensichtlich – selbst wenn ich nicht meine Quellen hätte, die mir berichtet haben, wie nahe ihr euch gekommen seid. Und es freut mich für dich – das sind die besten Wächter, die ich finden konnte.«

Mir fehlen immer noch die Worte. Das ist alles so unwirklich. Ich wünsche mir ein Loch im Boden, in dem ich verschwinden kann. Ich muss unbedingt das Thema wechseln.

»Meine Magie ist nicht mehr da«, bricht es aus mir heraus. Sie hebt die Augenbrauen, erkennt mein Manöver sofort. Aber dann wird sie ernst, als sie erkennt, was ich da gerade gesagt habe.

»Was ist geschehen?«

Ich erzähle ihr von dem Kampf, wie ich so dumm war, gleich so viele Dämonen auf einmal töten zu wollen. Als ich beschreibe, wie ich in meinem eigenen Körper gefangen war, zieht sie die Stirn in Falten.

»Ich werde veranlassen, dass dich mein Hofarzt untersucht.«

»Danke, aber ich glaube nicht, dass es mit meinem Körper zu tun hat. Ich glaube eher, dass meine Magie eingesperrt ist und ich sie nicht befreien kann.«

»Keine Sorge, unsere Ärzte sind in der Behandlung von körperlichen wie auch magischen Notfällen bewandert«, sagt sie tröstend, obwohl sich zwischen ihren Augenbrauen jetzt eine schmale Linie abzeichnet. Sie ist offenbar nicht ganz so unbeeindruckt von dem Gesagten, wie sie vorgibt. »Ich wollte eigentlich noch über vieles andere sprechen, aber das kann warten«.

Sie schnippt wieder mit den Fingern, und der gelbe Schein um die Türöffnung verschwindet. Einen Augenblick lang schließt meine Mutter die Augen, und als sie sie wieder öffnet, sieht sie mich mit ihren funkelnden blauen Augen direkt an.

»Theodor wird in deine Gemächer kommen. Tamara wartet schon draußen, um dir den Weg zu zeigen. Ich werde dich dort in Kürze besuchen.«

Sie hat wieder ihren geschäftsmäßigen Ton, das Lächeln von vorhin ist nur noch ein vages Echo auf ihren Lippen.

Ich nicke kurz, weiß nicht recht, was ich sagen soll, und verlasse den Raum.

KAPITEL

Zwanzig

Ich starre das Mädchen im Spiegel lange an. Sie ist mir so vertraut und auch wieder so fremd. Glatte, makellose Haut, schön geformte Backenknochen, lange Wimpern, die kosmetische Korrekturen überflüssig machen. Ihre Augen leuchten heller, als sie das eigentlich tun dürften.

Das also soll ich sein. Bis vor diesem Moment war mir nicht klar gewesen, dass ich mich verändert habe. Zuletzt habe ich mich in Chescas Haus im Spiegel gesehen, bevor ich Flügel bekam – und auf dem Regenbogen war. Bevor Aodh gestorben ist.

Hinter mir räuspert sich jemand, und ich drehe mich um, reiße mich von meinem Spiegelbild los. Ich will gar nicht wissen, wie anders ich jetzt aussehe. Ich will einfach nur normal sein, ganz gewöhnlich. Ich wollte nie wie eine Halbgöttin aussehen. An Flügel kann ich mich vielleicht ja noch gewöhnen, aber diese Backenknochen? Nie.

»Königliche Hoheit, ich bin Theodor, der Arzt Ihrer Majestät. Man hat mir berichtet, Ihr hättet Schwierigkeiten mit Eurer Magie?«

Joa, so könnte man es bezeichnen, sogar ziemlich große.

»Ja, seitdem … also ich glaube, ich habe zu viel Magie auf einmal verwendet. Ich bin bewusstlos geworden, und seitdem habe ich keinen Zugang mehr zu meiner Magie.«

»Spürt Ihr noch die Verbindung zu ihr?«

Ich schüttele den Kopf. »Ich weiß, dass sie noch in mir ist, aber ich kann sie nicht erreichen. Sie ist in ihrer Höhle begraben, und ich kann sie nicht herausholen.« Ich seufze frustriert. Wenn ich anderen davon erzähle, komme ich mir wie eine totale Versagerin vor. Wie konnte ich nur meine eigene Magie verschütten?

Er sieht mich verwirrt an. »Sie? In einer Höhle?«

Ich runzele die Stirn. »Ja, meine Magie lebt in einer Höhlung dicht bei meinem Herzen. Ich dachte, das wäre bei jedem so?«

»Magie existiert in jeder Person auf andere Art und Weise, aber in einer Höhle … und sie als Person zu erleben… das ist mir noch nicht untergekommen.«

Ich zucke unsicher mit den Schultern. »Wie sieht denn Ihre Magie aus?«

Diese Frage stößt ihn etwas vor den Kopf, er muss erst einen Moment lang nachdenken. »Sie ist ein großer Lichtkegel in meiner Brust.«

Ich warte darauf, dass er fortfährt, aber das ist offenbar alles. Im Ernst? Wie langweilig!

Ich kann mir beinahe vorstellen, wie meine Katze als Antwort darauf ihre Krallen ausfährt; aber nein, die Felsbrocken versperren immer noch den Zugang zu ihrer Höhle.

»Darf ich Euch untersuchen, Prinzessin?«

Ist ‚nein' eine Option? »Ja, was muss ich tun?«

»Setzt Euch einfach auf das Sofa; die meisten Patienten setzen oder legen sich lieber hin. Schließt die Augen, und ich werde versuchen, Eure Magie aufzuspüren und eine Verbindung zu ihr herzustellen. Ihr werdet vielleicht einen sanften Zug spüren, aber reagiert darauf erst einmal nicht.«

Klingt nicht schlecht. Ich tue, was er gesagt hat und warte, ob sich etwas verändert. Aber ich spüre nur, dass etwas im Sofa gegen mein Hinterteil drückt. Prinzessin auf der Erbse, genauso fühle ich mich.

Nichts geschieht. Zumindest nehme ich nichts wahr. Vielleicht tut er ja gerade etwas mit meiner Magie? Ich widerstehe der Versuchung, die Augen zu öffnen. Nur Geduld, Wyn, das ist schließlich eine Tugend. Wobei ich das über Ungeduld auch sagen würde, ist jedenfalls meine Meinung.

Endlich räuspert er sich wieder, und ich betrachte das als Zeichen, ihn anzusehen.

»Ich konnte Eure Magie nicht erreichen. Es ist geradeso als … hättet Ihr nie eine gehabt.«

Ich starre ihn an. »Ich kann Ihnen nur versichern, dass ich über diese Magie verfügt habe. Sie ist immer noch da drinnen!« Ich springe auf, weiß aber nicht, was ich dann tun soll. Am liebsten würde ich wegrennen. Ein Zeichen von Reife, ich weiß.

Es gelingt mir immerhin, meinen Ärger irgendwie hinunterzuschlucken. Es ist schließlich nicht sein Fehler, dass ich das Gefühl habe, etwas wurde mir entrissen, übel zugerichtet, und dann wieder in mich hineingestoßen, nur mit einem neuen Schloss davor, das ich nicht öffnen kann. Verdammte Magie. Und verflucht nochmal, dass ich so eingebildet war. Verdammte Dämonen. Die ganze Welt sei verflucht…

Ich schlage mit der Faust gegen die Wand.

Tut weh.

Nicht weiter überraschend.

Und just in diesem Moment betritt meine Mutter den Raum.

»Wynter, was machst du denn da?«

Ich sehe auf meine blutende Hand hinunter und lache schief. »Hab mich halt mit der Wand gestritten…«

Meine Stimme zittert, was sie hoffentlich nicht bemerkt. Ich weiß nicht, ob ich jetzt die frostige Reaktion meiner Mutter auf meinen emotionalen Ausbruch verkraften könnte. Ich erinnere mich nur zu gut an einen Fall, wo ich bei einem ihrer seltenen Besuche hingefallen war und mir das Knie aufschlug. Ich mochte damals fünf oder sechs Jahre alt gewesen sein. Tat verdammt weh, und ich hätte so gut eine Mutter gebrauchen können, die sich neben mich gekniet hätte und mir ein Pflaster gegeben, mich getröstet hätte. Nichts da, sie lief einfach weiter und rief mich, hat meinem Schmerz keinerlei Beachtung geschenkt. Ich folgte ihr humpelnd, weinend, total enttäuscht von diesem Mangel an Mitgefühl. Damals konnte ich überhaupt nicht begreifend, warum sie mir gegenüber so kalt war. Als wir bei meinen Adoptiveltern ankamen und ich meiner Mama das Knie zeigte, tat sie genau das, wonach ich mich den ganzen Nachmittag lang gesehnt hatte – sie nahm mich lange und liebevoll in die Arme.

Das könnte ich im Augenblick auch gebrauchen.

Wo sind meine Wächter nur, wenn ich sie brauche?

»Geh«, befiehlt meine Mutter, und der Arzt verbeugt sich, nicht ohne uns beim Hinausgehen einen neugierigen Blick zuzuwerfen. Schön, ihn von hinten zu sehen.

Beira nähert sich mir zögerlich. Dies ist nicht mehr die befehlsgewaltige Königin, als die sie sich noch vor ein paar Sekunden gezeigt hat. Jetzt wirkt sie eher unsicher. Vielleicht verzichte ich doch besser auf diese Umarmung. Ich könnte nicht damit klarkommen, dass meine Mutter auf einmal eine andere Seite als ihre eiskalte zeigt.

Und dennoch liege ich plötzlich in ihren Armen und erwidere den Druck, mit dem sie mich hält. Sie klopft mir langsam auf den Rücken, als sei sie sich nicht ganz sicher, was sie da tut. Dies ist das erste Mal, dass sie mich überhaupt berührt hat.

Ihre Haut fühlt sich kühl und sanft an, als sich unsere Wangen berühren, meine ist tränennass; mir war vorher gar nicht aufgefallen, dass Tränen geflossen sind. Sie klopft weiter meinen Rücken, und ich will ihr schon sagen, sie soll damit aufhören, aber gleichzeitig will ich nicht, dass diese Umarmung je endet. Wer hätte gedacht, dass meine Mutter das tun würde? Schon merkwürdig. Mir wird allmählich klar, dass es mit Königin Beira mehr auf sich hat, als ich in den vergangenen einundzwanzig Jahren erfahren habe.

Als wir auseinandergehen, ergreift sie meine Hand und pustet darauf, wie das eine Mutter bei einem Kleinkind täte. Nur – als ich mir die Hand danach betrachte, ist sie geheilt. Lediglich ein Rest verkrustetes Blut zeigt, dass ich gegen diese blöde Wand geschlagen habe. Wow. Da hat also nicht nur Crispin Heilkräfte. Wobei sie das auf ganz andere Art getan hat; ich habe keinerlei Magie gesehen.

Sie zuckt mit den Schultern, als sie mein Erstaunen bemerkt. »Ich kann dir das beibringen.«

»Wirklich?«

Sie schenkt mir ein dünnes Lächeln. »Deine Wächter haben mir berichtet, welche magischen Kräfte du bisher gezeigt hast. Wir werden sehen, wie sehr sie meinen eigenen ähneln, aber ich bin sicher, du kannst einige meiner Fertigkeiten erlernen.«

»Was kannst du denn alles?«, frage ich ohne Umschweife. Sie lacht, was dem schönen Klang eines Windspiels aus Eiszapfen ähnelt, durch das der frostige Morgenwind fährt.

»Zu viel, als dass ich es dir jetzt auseinandersetzen könnte. Aber bevor wir uns damit beschäftigen, müssen wir deine Magie reparieren.«

Ja, richtig. Meine Stimmung schlägt sofort wieder Richtung deprimiert um.

»Ich nehme an, der kleine Ausbruch vorhin hatte damit zu tun, dass Heiler Theodor keine Lösung gefunden hat?«

Ich nicke. »Er konnte meine Magie nicht erspüren. Aber ich weiß, dass sie noch da ist! Sie ist nur begraben, eingeschlossen. Ich kann sie nicht erreichen.«

Sie runzelt die Stirn und legt ihre kühle Hand auf meinen Arm. »Darf ich mir das mal ansehen?«

Ich frage mich, warum sie das nicht gleich getan hat, nicke aber nur zustimmend.

»Das könnte sich jetzt etwas ... überwältigend anfühlen«, warnt sie mich, und Sekunden später weiß ich genau, was sie damit meint.

Es ist, als schwebte ich plötzlich im Raum, körperlos, nur Sterne um mich herum. Es ist schön und furchterregend zugleich. Kein Geräusch, kein Wind, keinerlei Bewegung. Nur Dunkelheit und Sterne. Und ich, ich kleines Wesen, schwebe in diesem Vakuum und weiß überhaupt nicht, wie ich hierhergekommen bin. Ich versuche, mich zu bewegen, aber nichts geschieht. Anscheinend kann man sich ohne Körper nicht bewegen.

»Wyn, kannst du mich hören?«, erschallt plötzlich eine laute Stimme rund um mich her.

»Ähm, ja«, sage ich in das Nichts um mich herum. Und höre meine Stimme nicht – das spielt sich nur in meinem Kopf ab.

»Du musst ein paar Minuten durchhalten, während ich versuche, deiner Magie auf die Spur zu kommen«, erklingt die majestätische Stimme meiner Mutter in meinem Kopf. Ich erschauere (körperlos – sehr seltsam!). Jetzt klingt sie wirklich wie eine Göttin. Ich wende mich um, betrachte die Sterne. Das ist auf eine kalte Art und Weise schön. Keine Nebel, Schwarzen

Löcher, Sternschnuppen – nur kleine goldene Bälle in diesem schwarzen Nichts.

Ich versuche, mich in Geduld zu üben und warte. So schön das alles ist, gibt es doch nicht viel, auf das man den Blick lenken könnte. Und ich vermisse meinen Körper.

Ich beginne, irgendein Lied vor mich hin zu summen, höre aber wieder auf, als ich mich selbst nicht singen hören kann. Ist nicht so tragisch, denn meine Stimme soll nicht unbedingt … also, sie reicht gerade so für ein bisschen Karaoke in leicht angetrunkenem Zustand.

Mit einem Blitzschlag bin ich wieder zurück in der Gegenwart. Und froh, den unheimlichen Sternen entkommen zu sein.

Die Hände meiner Mutter liegen auf meinen Wangen, und mit ihren durchdringenden blauen Augen blickt sie in meine. In ihrem Blick erkenne ich Sorge und Ernsthaftigkeit. Oh nein, jetzt bitte keine schlechten Nachrichten! Ich möchte doch so viel lieber gute. Wie zum Beispiel: Ich schnippe mit den Fingern, und deine Magie ist wieder da. Etwas in der Art. Nicht dieses Endzeit-Szenario, das mir im Kopf herumspukt, seit ich aus meinem Locked-in-Zustand wieder erwacht bin.

»Wyn, mit deiner Magie gibt es ein Problem«, beginnt meine Mutter.

Ich mache einen Schritt zurück, weg von ihren kalten Händen. »Als ob ich das nicht wüsste«, empöre ich mich in schärferem Ton, als ich eigentlich wollte.

Sie reagiert darauf nicht, was meine Besorgnis nur noch steigert. Ich fahre mit den Fingern durch meine Haare, weil ich nicht weiß, was ich sonst mit ihnen tun soll.

»Als du diese ganzen Dämonen getötet hast, wurde deren Lebensenergie freigesetzt. Du kannst sie dir als eine Mischung aus deiner Magie und deiner Seele, deines Wesens vorstellen. Deine ist hell wie Sternenlicht, die der Dämonen dagegen dunkel und verdorben. Bei diesem Kampf lag so viel Energie in der Luft, dass sie jedem geschadet hätte, der sich in der Umgebung der Dämonen befand. Ich denke, du hast instinktiv welche in dich aufgenommen, weil du deine Wächter schützen wolltest. Ich weiß nicht wie, aber sie ist in dir, die dunkle Magie umgibt deine eigene. Und letztere war schlau – sie wusste, dass die Dunkelheit dir schaden würde und hat sich deshalb verbarrikadiert und damit sich selbst und die Energie der Dämonen zu Gefangenen gemacht.« Sie seufzt. »Ich kann sie befreien, aber zusammen mit ihr würde auch die dunkle Magie freigesetzt. Das könnte dich umbringen.«

Wow. Hat sie gerade gesagt, dass ich sterben könnte? Ich schüttele den Kopf. »Es muss einen anderen Weg geben, meine Magie zurückzugewinnen. Verdammt nochmal, du bist doch die Mutter der Götter! Du musst doch irgendetwas tun können!«

Die Tür geht auf und einen Moment später liebkost Sturms tiefe Stimme mein Ohr. »Das sehe ich auch so.« Er nimmt mich in seine starken Arme, und ich lehne mich an seine Brust und nehme seine Wärme in mich auf. Wie sehr ich ihn brauche! Er kann die Dinge richten, da bin ich mir sicher. Er ist Sturm, der Starke.

Meine Mutter richtet sich zu voller Größe auf. Jetzt ist sie wieder ganz Königin, schiebt die besorgte Mutter, die ich an ihr gerade zum ersten Mal gesehen habe, wieder in den Hintergrund.

»Vergreif dich nicht im Ton, Wächter«, warnt sie ihn. »Wyn, ich werde meinen Rat bitten, einige Nachforschungen anzustellen. Fürs erste muss deine Magie weiter eingesperrt bleiben. Versuch nicht, sie zu erreichen, egal was passiert.«

Damit verlässt sie den Raum. Schönen Dank auch, *Mama*.

Sturm fasst mich sanft an den Schultern und dreht mich zu sich herum. In seinen Augen erkenne ich Dunkelheit und

Donner, aber auch etwas Sanftes. Meinen Sturm. Ich stelle mich auf die Zehenspitzen und küsse ihn. Es dauert einen Moment, bevor er reagiert, aber dann öffnet er mir seinen Mund und drückt mich fest an sich. Auch ich halte ihn fest, während unsere Zungen einen verzweifelten Tanz aufführen. Ich ertrinke in ihm, und das ist ein gutes Gefühl.

KAPITEL
Einundzwanzig

Den Göttern sei Dank, dass mein Zimmer in diesem Palast über ein großes Bett verfügt. Sonst hätte ich alleine schlafen müssen. So aber bin ich von meinen Wächtern umgeben. Crispin liegt neben mir, seine Hand auf meiner Brust. Er berührt beinahe meine Brüste, aber ich bin mir sicher, wenn er das wüsste, würde er die Hand wegziehen. Ich weiß immer noch nicht, warum er größere Nähe zu mir nach wie vor meidet, aber vorerst muss ich wohl akzeptieren, dass er einfach nicht so gefühls- und körperbetont ist wie die anderen drei. Ich schaue auf den schlafenden Sturm. Also vielleicht eher körper- als gefühlsbetont. Unser Kuss vorhin war gefolgt von einigem Hände-Einsatz. Bis der Heiler zurückkam und uns missbilligend ansah. Huch. Es ist anscheinend nicht angemessen, wenn die Tochter der Königin einen Wächter küsst, während der seine Hande unter ihrem Hemd hat. Ich muss noch mehr über die Etikette bei Hofe lernen.

Frost schnarcht leise, und ich würde ihm am liebsten einen leichten Tritt geben. Einfach nur so, nicht unbedingt wegen des Schnarchens. Und was Arc betrifft, so – sieht er mich gerade an.

Ich bin also nicht die Einzige, die nicht schlafen kann. Seufzend schlüpfe ich unter der Bettdecke hervor. Der Schlaf will einfach nicht kommen. Grinsend folgt mir Arc aus dem Zimmer auf den Balkon. Die Sterne leuchten hell auf die dunkle Landschaft. Sie sehen genauso aus wie die auf der Erde. Da oben ist doch der Große Wagen. Oder etwas Ähnliches. Vielleicht hat er hier einen anderen Namen – der Große Eiszapfen oder die Große Schneeflocke; Großer Yeti? Stimmt, ich werde immer etwas kindisch, wenn ich müde bin.

Ich bin auf der Suche nach meiner Magie, um mir etwas Wärme zu verschaffen – und dann fällt mir wieder ein, dass es ja keine Magie mehr gibt. Ich unterdrücke ein Zittern. Diese Idee mit dem Balkon mitten in der Nacht war wohl doch nicht so gut.

»Du kannst nicht schlafen, Prinzessin?« flüstert mir Arc ins Ohr und legt von hinten seine Arme um mich.

»Der Kandidat hat hundert Punkte!«, erwidere ich und stoße ihm scherzhaft den Ellbogen in die Rippen. Er knurrt und zieht mich noch dichter an sich.

»Warum so gewalttätig? Das gehört sich aber nicht für eine kleine Prinzessin…«

Ich lache, und er lacht mit. Seine Brust reibt sich dabei an mir, es ist so schön, ihn zu spüren. Bitte mehr davon.

»Hast du dich schon etwas eingelebt?«, fragt er leise, als unser kleiner Lachanfall vorüber ist.

»Ich weiß nicht. Alles ist so … fremd. Kommt mir so vor, als hätte man mich in ein Märchen fallen lassen, nur dass ich statt einer bösen Stiefmutter plötzlich eine Mutter habe, die sich wirklich um mich kümmert und vier statt nur einem Märchenprinzen.«

»Ich kann dir zeigen, dass ich keine reine Märchenfigur bin«, flüstert er verführerisch, und ich muss mich sehr zusammenreißen, mich nicht sofort umzudrehen und ihn zu küssen. Als ich das nicht tue, beugt er den Kopf vor und liebkost meinen Nacken.

»Ich weiß gar nicht, was ich hier soll«, sage ich, und er stutzt. Im nächsten Augenblick hält er mich in seinen Armen und sieht mich mit seinen wunderschönen moosgrünen Augen an.

»Deine Mutter hatte gute Gründe, dich holen zu lassen. Glaub mir, du gehörst hierher. Hier wirst du gebraucht.«

»Ohne meine Magie bin ich ziemlich nutzlos.« Ich verziehe das Gesicht, was bei ihm ein Stirnrunzeln auslöst. Er nimmt eine Hand von meinem Rücken und streichelt mir sanft die Wange.

»Deine Magie ist doch nicht das, was dich ausmacht. Das ist nur eine Nebensache, die dich aber noch außergewöhnlicher macht, als du so schon bist. Du bist stark, Wyn, vergiss das nie. Du bist der stärkste Mensch, den ich kenne.«

Das glaube ich ihm nicht. Ich bin nur noch ein Menschenmädchen ohne magische Kräfte. Nur ein Mensch, der in einer Welt gelandet ist, in dem jeder andere übernatürliche Kräfte hat. Ich stehe hier auf verlorenem Posten, und das weiß er. Jeder hier weiß es.

»Sieh mal, du …« Er hält plötzlich inne und macht einen Schritt auf die Brüstung zu, zieht mich mit sich. »Hast du das gesehen?«

»Ich habe nur *dich* angesehen, du dummer schottischer Wächter. Was hast du denn gesehen?«

Er legt mir einen Finger an die Lippen. Ich würde ihn am liebsten lecken. Nicht doch, Wyn. Alles zu seiner Zeit.

»Da war jemand im Gebüsch…«

Ich wende mich um und starre in die Dunkelheit. Sie wird nur durchbrochen vom Licht, das noch aus einigen Palastfenstern strahlt. Der Mond scheint nicht … Mist! Hier gibt es ja keinen Mond. Es muss doch aber einen geben, allein schon wegen Ebbe und Flut und so. Monde sind wichtig. Auch für Werwölfe und als Entschuldigung, an einigen Tagen im Monat verrückte Dinge zu tun.

»Da!« Jetzt sehe ich es auch. Eine dunkle Gestalt, die durch den Garten schleicht, ein Schatten in der Nacht. Sie bewegt sich auf die königlichen Gemächer zu.

»Weck die anderen«, flüstert Arc und starrt weiter in die Dunkelheit. Ich begrabe meine Mond-Gedanken und gehe auf Zehenspitzen zurück ins Schlafzimmer.

Drei müde Männer sehen mich an. Ich muss sie also nicht aufwecken, bedeute ihnen nur, mir zurück auf den Balkon zu folgen. Sturm will etwas sagen, aber ich lege einen Finger an die Lippen, und er schweigt. Interessant, vielleicht sollte ich das öfter tun.

Die Männer bewegen sich trotz ihrer Größe erstaunlich geräuschlos. Noch bevor wir Arc draußen erreichen, kommt er schon ins Zimmer gestürzt. »Schnell, er hat gerade das Fenster zu den königlichen Gemächern eingeschlagen!«

Mutter. Aber das ist doch unmöglich? Sie muss doch Sicherheitsvorkehrungen getroffen haben, da kann doch bestimmt nicht jeder einfach so durch den Garten schleichen und ungesehen in den Palast eindringen!

Mich ergreift eine seltsame Furcht. Sie könnte tatsächlich in Gefahr sein. Sie ist unsterblich, aber bedeutet das tatsächlich, dass sie nicht getötet werden kann?

Ich eile Arc hinterher, die anderen folgen uns. Die Flure sind leer, das einzig vorhandene Licht flackert aus Kugeln, die unter der Decke schweben. Hinter mir klatscht jemand in die Hände, und sofort wird das Licht heller und erleuchtet die Gänge, durch die wir rennen.

Einige Köpfe schauen aus sich öffnenden Türen heraus, aber niemand hält uns auf.

Noch um eine Ecke, dann sehen wir in einiger Entfernung

endlich die große Silber beschlagene Tür, die zu den Gemächern meiner Mutter führt. Fast da. Zwei Wächter stehen vor der Tür, haben aber wohl keine Ahnung, was sich hinter ihnen abspielen könnte.

Sturm erzeugt einen Windstoß, der die Tür auffliegen lässt, und wir stürzen hinein. Es ist ein kleiner, dunkler Raum, eine Art Empfangshalle, in der sonst Besucher auf eine Privataudienz mit der Königin warten. Wir schenken den wild gestikulierenden, rufenden Wächtern keine Beachtung und durcheilen den Vorraum mit wenigen Schritten, bis wir vor einer reich verzierten goldenen Tür zum Stehen kommen. Sturm greift nach dem Türknauf und versucht, sie zu öffnen, aber nichts bewegt sich.

»Schnell, leg deine Hände auf die Flügel!«, befiehlt er und stößt mich nach vorn. Zwei gespreizte, zum Flug bereite Flügel sind in die Tür geschnitzt. Sie sehen so echt aus, dass ich sie am liebsten näher betrachtet hätte, aber dafür ist jetzt keine Zeit. Ich berühre sie mit den Händen, fühle ihre kalte, raue Oberfläche unter meiner erhitzten Haut. Es tut sich nichts.

»Verdammter Mist, sie hat sie noch nicht auf die Liste gesetzt«, flucht Frost. Er dreht sich zu den Wachtposten um, die auf uns zu gerannt kommen. »Hat einer von euch Notfall-Rechte?« Kollektives Kopfschütteln, woraufhin Sturm heftig gegen die Tür tritt und Arc einen Strom wilder Flüche ausstößt.

»Bleibt zurück!«, schreit Sturm, und wir drücken uns alle gegen die Wände, während er einen wilden Luftwirbel in Form einer Faust erzeugt. Dann schleudert er seine Arme nach vorne und mit ihnen die Luft-Faust gegen die Tür. Sie rührt sich nicht. Wieder und wieder benutzt er seinen luftigen Rammbock, aber die Tür gibt nicht nach.

»Lasst mich durch!«, ruft eine tiefe Stimme, und die wartende Menge macht einem großen Mann Platz, der dieselbe dunkelblaue Uniform trägt, die Adas Wächter-Drillinge gestern anhatten. Wobei diesem hier ein langes Schwert von der Hüfte hängt.

»Gwain, dem Himmel sei Dank!«, begrüßt ihn Sturm. »Jemand ist in die Gemächer Ihrer Majestät eingedrungen, wir müssen unbedingt zu ihr.«

»Wie das?« Gwain ist nicht nur groß, er sieht auch äußerst kräftig aus. Furchteinflößend. Gewohnt, Befehle zu erteilen. Sein graumeliertes Haar trägt er kurz, es umrahmt sein wettergegerbtes Gesicht. Eine dünne Narbe teilt seine linke Augenbraue in zwei Hälften. Dieser Mann hier hat eine Menge erlebt, sicher auch viele Kämpfe bestanden. Ihn umgibt eine Aura von Autorität, der ich mich sofort unterwerfen würde, denn ich wäre mir sicher, dass er im Recht wäre. Was an sich schon gefährlich ist. Er hat trotz seines Alters Macht – vielleicht aber auch gerade deswegen.

»Sie haben sich durch die Gärten angeschlichen und dann ein Fenster des Königlichen Schlafzimmers eingeschlagen, Sir«, berichtet Sturm. Wow, ich habe zum ersten Mal gehört, dass er jemanden mit diesem Titel anredet. Dieser Gwain muss wirklich ein bedeutender Mann sein.

»Geht zur Seite«, befiehlt Gwain, und alle gehorchen ihm ohne zu zögern. Er legt die Hände an die Tür, wie ich das zuvor getan habe. Nur bei ihm öffnet sie sich mit einem leisen Klicken. Mit gezogenem Schwert betritt er das dunkle Zimmer, und wir folgen ihm. Sturm und Arc haben sich an mir vorbei gedrängelt, ich werde von den anderen beiden Wächtern flankiert.

Hier drinnen ist es zu still. Etwas stimmt nicht.

»Eure Majestät?«, ruft Gwain, erhält aber keine Antwort.

»Licht«, flüstert Arc, und über uns leuchtet eine große eisige Kugel auf und taucht den Raum in kaltes, helles Licht. Meine Mutter liegt auf ihrem Bett. Mit einem Messer im Herzen.

Ich schreie auf.

»Durchsucht die Zimmer! Luke, schnapp dir Männer und

durchkämmt die Gärten«, befiehlt Gwain. »Ado, hol sofort Theodor.«

In dem ganzen Gewühle um mich herum arbeite ich mich zu dem Bett vor, auf dem meine Mutter bewegungslos liegt.

»Beira?«, flüstere ich, während Crispin auf die andere Seite des Bettes eilt und seine Hände in einem komplizierten Muster über sie schwingen lässt.

»Sie lebt noch, steht aber an der Schwelle«, sagt er tonlos, was die Leute um uns her die Luft anhalten lässt. »Ich werde versuchen, sie zu stabilisieren, aber wir müssen dieses Messer entfernen, bevor es weiteren Schaden anrichten kann.«

»Soll ich das tun?«, frage ich in der verzweifelten Hoffnung, endlich tätig werden zu können.

»Nein, dafür brauche ich Theodor. Es ist ein Messer des Sommers, das erfordert die Hand eines geübten Heilers.«

»Wir sollen also hier rumsitzen und warten?«, schreie ich voller Furcht und Zorn. Ich zeige auf die Wachtposten, die den Raum bevölkern. »Wie konntet ihr das zulassen? Wo wart ihr alle? Wie ist es möglich, dass jemand hier einfach hereinspaziert und Bei… meine Mutter ersticht?«

Jemand legt von hinten seine Arme um mich. Ich atme salzige, frische Luft ein. Frost. Ich schüttele ihn ab. Das brauche ich jetzt nicht. Ich will jetzt nur, dass meine Mutter wieder aufwacht. Auch wenn sie den größten Teil meines Lebens nicht da war, bleibt sie doch meine Mutter – und sie stand so dicht davor, mir das zu sagen, was ich wissen will. Alles, was ich wissen muss. Ich brauche sie. Sie ist die Königin, meine Mutter. Sie ist doch eine Göttin, wie kann sie dann so daliegen, sterbend?

»Wo bleibt Theodor?«, ruft Crispin. »Sie wird immer schwächer.«

»Wie kann dieses Messer sie töten?«, frage ich mit brechender Stimme.

»Es ist ein Messer des Sommers«, presst Crispin zwischen zusammengebissenen Zähnen hervor. »Es wurde vom König des Sommers persönlich geschmiedet. Er ist der Einzige, der unserer Königin etwas anhaben kann. Durch dieses Messer dringt sein düsteres Wesen in ihren Körper, zerstört ihre Magie, ihren Geist. Aber bevor wir es herausziehen, müssen wir diese dunkle Energie erst zurück in das Messer saugen. Sonst wird sie ihr zerstörerisches Werk fortsetzen.«

Verdammt. Wer ist dieser König des Sommers?

»Sir, Theodor ist nicht im Palast, er wurde in eines der Dörfer gerufen«, berichtet einer der Wachtposten schwer atmend.

Der Heiler kommt also nicht. Wir müssen etwas tun, so viel ist sicher. Das Gesicht meiner Mutter ist fahl, an den Wangen schon leicht bläulich. Ihr Haar sieht nicht mehr seidig und glatt aus, sondern brüchig und hinfällig. Sie welkt vor unseren Augen dahin, und ich kann nichts dagegen tun. Wenn doch nur meine Magie hier wäre. Meine Magie! Beira hat doch erklärt, dass sie sich wegen der Energie der Dämonen eingeschlossen hätte. Wenn ich also diese dämonische Energie loswerden könnte, wäre meine Magie wieder frei. Und bereit, meine Mutter zu retten.

Neuer Lärm vor der Tür lässt uns herumfahren. Ein Mann in blauer Uniform kommt herein, gefolgt von zwei Wachmännern, die einen schwarz gekleideten Mann in ihrer Mitte halten. Er ist nur halb bei Bewusstsein, sein Kopf rollt von einer Seite zur anderen.

»Sir, wir haben ihn in der Nähe des Tors zum Reich des Sommers erwischt«, meldet der blau gekleidete Mann.

Gwain ist mit zwei langen Schritten an der Seite des Mannes, fasst ihn am Kinn und hebt seinen Kopf, bis die Beiden sich in die Augen starren.

»Ein paar letzte Worte?«, knurrt Gwain, sichtlich bereit

zuzuschlagen. Ich bin mir sicher, dass er dem Kerl das Genick brechen wird. Eine weitere Befragung ist überflüssig, das Messer spricht eine eindeutige Sprache.

Das Messer!

»Halt!«, rufe ich und alle drehen sich überrascht zu mir um. Ich hoffe nur, dass ich richtig liege. Sonst nimmt das hier ein böses Ende.

»Was soll das?«, flüstert Arc, aber ich schüttele nur den Kopf. Jetzt keine Ablenkungen.

»Haltet ihn fest«, befehle ich und bin selbst erstaunt, wie viel Autorität in meiner Stimme liegt. Die Männer, die den Gefangenen festhalten, nicken kurz und halten ihn noch fester. Gut, anscheinend erkennen sie mich tatsächlich als Prinzessin an.

Bitte lass es funktionieren, flüstere ich mir innerlich zu, schließe die Augen und begebe mich in mein Inneres auf der Suche nach meiner Magie. Die Höhle ist noch da, die Felsblöcke versperren den Eingang. Jetzt, wo ich weiß, dass meine Magie da drinnen eingesperrt ist, weil sie eine dämonische Kraft bewacht, fühle ich mich ihretwegen noch schlechter. Sie ist nicht nur völlig auf sich gestellt, sondern kämpft auch einen einsamen Kampf. Aber nicht mehr lange.

»Hallo!«, rufe ich ihr zu und hoffe, dass sie mich durch diesen Steinwall hindurch hören kann. »Ich brauche dich!«

Ich kann ihr bitteres Lachen beinahe hören. Sie weiß ja, dass sie hier nicht heraus kann, ohne dass die dunkle Magie mit ihr entweicht. Aber gerade darauf zähle ich.

»Hab keine Angst, wir können diese dämonische Energie freisetzen!«, rufe ich ihr zu. »Aber ich brauche dich jetzt, meine Mutter liegt im Sterben. Komm bitte heraus, hilf mir!«

Ein leises Rumpeln lässt mich aufhorchen. Wird es funktionieren?

»Bitte, Magie! Bitte!«, flehe ich sie an. Wenn mich meine

Wächter jetzt sehen könnten – wie ich hier vor einer steinernen Wand bettele. Aber ich weiß, dass sie da ist.

Und endlich fällt ein Stein zu Boden. Gut, es ist nur ein winzig kleiner, eher ein Kiesel, aber das ist ein Anfang. Weitere Brocken folgen dem ersten, werden von dem Steinwall von unsichtbarer Hand von oben heruntergestoßen. Meine Magie kämpft sich vor, gut so.

Endlich ist ein Loch entstanden, das groß genug ist, mich hinein oder meine Magie hinaus zu lassen.

Ein Miau ist die einzige Warnung, die ich bekomme, dann springt sie mit ausgefahrenen Krallen und zerzaustem Fell durch die Luft, gefolgt von einem unförmigen Klumpen. Schwer zu beschreiben, eine schwarze, klebrige Masse, die ihre Form schneller ändert, als ich hingucken kann. Ich muss beinahe würgen bei dem Anblick. Es ist gerade so, als hätte jemand Albträume destilliert, das Ganze mit Hoffnungslosigkeit vermischt und mit einer guten Prise Bösem gewürzt. Und dieses Etwas jagt hinter meiner Magie her.

Ich strecke meine Arme nach ihr aus und fange sie auf, kurz bevor sie den Boden berührt. Ihre Krallen zerkratzen mir die Arme, aber das kümmert mich jetzt nicht. Ich habe sie wieder! Meine Magie! So süß in meinen Armen…

Wir rennen davon, die Masse dicht auf unseren Fersen. Sie tut meinen Eingeweiden weh, wie sie da so durch meinen Körper jagt. Wir müssen die Oberfläche erreichen, bevor sie uns einholt. Ich muss nach draußen.

Meine Magie wimmert leise, aber jetzt ist keine Zeit, sie zu trösten und aufzumuntern.

»Ich brauche deine Kraft«, stoße ich beim Rennen atemlos hervor. »Ich muss dieses Ding da aus mir heraus in einen anderen Behälter bekommen.« Und versuche nicht daran zu denken, dass dieser ‚Behälter' ein noch lebender, atmender

Mann ist. Aber er hat versucht, meine Mutter umzubringen. Er hat seine Wahl getroffen. Und sein Leben verwirkt.

Mit sanftem Miau gibt meine Magie ihre Zustimmung. Eine neue Kraft durchflutet mich, durchströmt mich mit einer Intensität, die ich so noch nie gespürt habe. So könnte es sich anfühlen, wenn ein Drogenabhängiger nach langer Abstinenz wieder seinen Stoff erhält.

Ich öffne die Augen. Um mich her leuchtet alles heller, in kräftigeren Farben. Ich kann die Magie wieder sehen, die die anderen Anwesenden umgibt. Sie sind alle Wächter und verfügen über die ihnen eigenen magischen Kräfte. Und in ihrer Mitte befindet sich der Attentäter. Die Wärter halten ihn fest, er wehrt sich nur noch schwach.

Ich spüre, wie die Masse sich durch mein Inneres brennt. Mir werden die Knie weich. Es ist Zeit.

Ich greife danach und halte sie fest, muss mich sehr anstrengen, nicht loszulassen. Das Ding ist schlüpfrig und brennt, und ich kann nicht anders, muss schreien, als ich es aus mir hinaus ziehe. Es wehrt sich, sucht nach einem Halt, aber ich drücke es fest, lasse nicht los. Verdammt, das Ding ist stark!

Ich lasse meine gesamte Energie in meinen Griff strömen, will, dass es aufhört dagegen anzukämpfen. Aber nein. Es schlägt um sich und schleudert brennende Geschosse nach mir. Mir schwimmt es vor den Augen, ich fühle, wie ich langsam zu Boden gehe, als etwas Neues in mir Platz greift. Eine neue Energie; nein vier verschiedene. Vier Stränge kühlender Magie gesellen sich zu meiner eigenen und winden sich um die Masse. Endlich wird ihre Gegenwehr schwächer. Und gegen letzte Reste von Widerstand ankämpfend ziehe ich den Klumpen dunkler Energie aus mir hinaus ins Freie. Ich spüre, wie ich allmählich das Bewusstsein verliere. Ich muss jetzt schnell handeln. Ich schiebe die Masse auf den sich wehrenden Mann zu, immer darauf bedacht, sie nicht loszulassen. Ich wage mir gar nicht vorzustellen, was dieses Ding anrichten könnte, wenn es freigesetzt würde. Noch ein bisschen weiter… Ich schiebe dem Attentäter die Masse in den Mund und drücke sie dann tief in ihn hinein. Er wehrt sich nur schwach. Die Masse leistet keinen Widerstand mehr, will hier bleiben. Sie hat einen neuen Wirt gefunden, ihr ist es völlig egal, wer das ist.

Endlich lasse ich los und trete zurück. Sofort durchfährt mich eine Welle von Energie und gibt mir die Kraft, die Augen zu öffnen. Das Gesicht des Mannes dagegen ist grau geworden, seine Augen schwarz. Dunkle Adern zeichnen sich auf seiner Haut ab, er sieht wie ein Zombie aus.

»Tötet ihn«, flüstere ich den Wachtposten zu und gehe davon aus, dass sie meinem Befehl gehorchen werden. Ich setze mich auf und drehe mich zu meiner Mutter um. Das ist noch nicht vorbei.

»Helft mir hoch«, sage ich zu niemandem im Besonderen, und jemand stützt mich, so dass ich auf meinen eigenen Füßen zu stehen komme. Also beinahe. Denn ohne weitere Stütze würde ich ganz schnell wieder auf dem Boden liegen.

Der Zustand meiner Mutter hat sich weiter verschlechtert. Ihr Gesicht ist gealtert, die Wangen sind eingefallen, auf der Stirn zeichnen sich Falten und Runzeln ab, die vorher nicht da waren. Als ich sie das letzte Mal gesehen habe, sah sie nicht viel älter aus als ich. Jetzt kann man ihr beim Altern zusehen. Ich mag gar nicht hinschauen. Dies ist nicht länger die perfekte, immer verlässlich gleich aussehende Mutter, die ich mein Leben lang gekannt habe.

Ich lasse mich neben ihren schwachen Körper aufs Bett sinken und lege meine Hände auf ihre Brust.

»Bist du dir sicher, dass du das schaffst?«, fragt Crispin leise. Ich sehe ihm nur in seine herrlich blauen Augen, und er nickt ohne ein weiteres Wort. Er hat mir meine Entschlossenheit angesehen.

»Zieh das Messer mit deinen Händen heraus und sauge gleichzeitig dessen magische Energie mit hinaus. Die gesamte Magie des Sommers muss in dem Moment, in dem du es herausziehst, im Innern des Messers gebunden sein. Ich werde deine Mutter parallel dazu stabilisieren.« Er dreht sich zu jemandem hinter sich um. »Arc, sie wird deine Kräfte zusätzlich brauchen.«

Ich stelle nicht in Frage, warum er Arc und nicht einen der Zwillinge mit dieser Aufgabe betraut, Crispin wird schon wissen, was er tut.

Also, dann los.

Ich atme tief ein, schließe wieder die Augen und konzentriere mich ganz auf meine Magie. Sie ist in ihrer Höhle und schläft ganz erschöpft; die Höhle ist immer noch teilweise versperrt, aber der Eingang ist groß genug, mich durchzulassen. Ich knie mich an ihre Seite und streiche sanft über ihr Fell.

»Ich brauche dich noch einmal, meine Kleine. Dann kannst du dich ausschlafen«, flüstere ich und kraule sie zwischen den Ohren. Als sie aufwacht, sieht sie mich nur empört an. »Tut mir leid«, murmele ich, denke dann aber daran, dass ich ja einen guten Grund habe, sie noch einmal zu fordern. Es geht schließlich um meine Mutter.

Ich nehme meine Magie mit aus der Höhle hinaus und setze sie auf dem Boden ab. Sie streckt sich, bevor sie mir endlich Zugang zu ihren Energiereserven gewährt.

Gut, tun wir mal so, als ob das alles ganz leicht wäre. Ich erspüre mit meinen geschärften Sinnen das Messer im Körper meiner Mutter. Es hat eine pulsierende, hässliche Wunde gerissen, in die weiter schwarze Flüssigkeit sickert, während meiner Mutter gleichzeitig ihre Lebenskräfte entzogen werden. Das ist wie bei einer Mücke, die gleichzeitig Blut saugt und einen Stoff in dieses Blut absondert, um es zu verflüssigen –

was den Stich dann hinterher jucken lässt. Nur ist die Absonderung in diesem Fall tödlich.

Ich folge der schwarzen Masse durch den Körper meiner Mutter. Sie hat sich überall verteilt, hat noch nicht alle Zellen erreicht, befindet sich aber in allen Blutbahnen und hat das Herz eingeschlossen. Es wird bald nicht mehr schlagen. Wie zum Teufel soll ich dieses Zeug entfernen?

Ich beschließe, zurück zur Quelle zu gehen, dem Messer. Vielleicht kann ich es als eine Art Anker benutzen. Ich umfasse das Messer fest mit meiner Magie und beginne zu ziehen. Meine Hände liegen nach wie vor auf der Brust meiner Mutter, damit das Messer an Ort und Stelle bleibt – ich arbeite einzig und allein mit meiner Magie.

Wie an einem Strohhalm saugend ziehe ich die schwarze Magie aus ihrem Körper. Das geht nur langsam voran und bereitet mir Übelkeit. Mit jedem Zug tritt auch ein bisschen von dem Zeug in mich über. Meine eigene Magie ist schwer damit beschäftigt, den Eindringling zu bekämpfen, aber ich konzentriere mich ganz auf meine Aufgabe. Nur noch ein bisschen mehr.

Als ich keine Spuren schwarzer Magie zum Aufsaugen mehr finde, ergreife ich schließlich mit beiden Händen das Messer. Es ist zugleich eiskalt und brennend heiß. Ich spüre, wie meine Haut Blasen wirft und will loslassen, aber das geht nicht. Ich muss es tun. Das ist alle Schmerzen wert. Hoffe ich zumindest.

Ich stähle meinen Körper und meinen Geist und ziehe, halte dabei gleichzeitig die jetzt im Messer enthaltene schwarze Masse fest, damit sie ja nicht wieder entweichen kann. Dann fällt mir ein, dass ich Crispin wohl hätte informieren sollen, bevor ich anfange. Mir fehlt die zusätzliche Energie zum Sprechen, also ziehe ich an der Verbindung zu ihm. Das wird für ihn zwar nicht ganz angenehm sein, er wird aber hoffentlich Verständnis dafür haben.

Die schwarze Magie kämpft gegen meinen festen Griff an, und ich bin fast am Ende meiner Kräfte, da ich ja zusätzlich das Messer halten muss. Ich habe zuvor schon zu viel Energie verbraucht, es sind keine Reserven mehr vorhanden. Ich spüre schon, wie etwas von der im Messer eingeschlossenen Magie in mich sickert. Ich bin mir fast sicher, dass ich diese ganze Aktion bereuen werde. Und wieder einmal bin ich in einer misslichen Lage, weil ich meine Kräfte überschätzt habe.

Dann ist das Messer tatsächlich draußen. Ich zittere am ganzen Leib, es fällt auf das Bett und verfehlt meine Mutter nur knapp. Ich hoffe, Crispin kümmert sich um sie, denn ich kann nicht mehr.

Ich lasse mich fallen, sinke in die Bewusstlosigkeit.

»Wyn«, flüstert jemand. »Zeit zum Aufstehen, kleine Prinzessin.«

Ich zucke zusammen. Das ist viel zu laut, wenn auch nur im Flüsterton gesprochen. Gibt es so etwas wie Vorschlaghämmer im Reich der Götter? Denn so fühlen sich die Töne in meinem Kopf an. Aua.

»Lass sie doch schlafen«, sagt eine andere Stimme, die nicht einmal Anstalten macht, leise zu sein. Am liebsten würde ich sie beide umbringen, ganz langsam. Aber das wäre zu anstrengend, ich müsste dafür meine Augen öffnen. Nein, besser weiterschlafen. Ich hatte einen so schönen Traum mit einer ganzen Reihe von Gliedmaßen... und anderen Körperteilen.

»Aber mir ist langweilig«, jammert die erste Stimme. Also gut. Ihr wolltet es nicht anders. Ich greife nach meiner Magie, ziehe ein paar Stränge heraus und winde sie um mein Zielobjekt.

»Was ist lll…«. Ich warte gar nicht ab, bis der andere auch etwas sagen will, sondern lasse ihm vorsichtshalber dieselbe Behandlung angedeihen.

Endlich Ruhe, jetzt kann ich schlafen.

»Wyn, wach auf. Du musst deinen Zauber von diesen Idioten nehmen. Der Kommandant will mit ihnen reden, aber das können sie gerade nicht.«

Ich strecke mich, erwache aus einem erholsamen Schlaf. Ich muss erst einen Moment lang meine Gedanken sammeln, dann erinnere ich mich wieder. Stimmt, ich habe ihnen ihre Stimmen genommen. Crispin und Arc. Nicht meine Schuld, wenn sie mich nicht schlafen lassen.

Ich öffne die Augen und lächele meine Beschützer an, die um mich herum auf dem Bett sitzen. Sie starren mich an.

»Was ist los, Jungs?«, frage ich fröhlich, obwohl meine heisere Stimme das nicht richtig rüberbringt. Frost zaubert Wasser in ein leeres Glas in meiner Nähe, und ich trinke gierig.

Arc steht auf und gestikuliert wild. Ich tue so, als ob ich ihn nicht verstehe.

»Crispin, könntest du mir übersetzen, was er sagen will?« frage ich mit honigsüßer Stimme. Frost hält sich an seinem Stuhl fest, krampfhaft bemüht, nicht laut loszulachen, und selbst Sturm verkneift sich ein Lächeln.

Crispin zeigt mir einen Stinkefinger. Ausgerechnet Crispin! Unser süßer Heiler. Zeigt. Mir. Den. Stinkefinger. Aus, das war's, er wird nie wieder sprechen.

»Prinzessin, wir müssen weitermachen«, lacht Sturm. »Wir haben schon so lange wie möglich gewartet, aber der

Kommandant will jetzt wirklich den Bericht. Crispin hat gesagt, deine Vitaldaten sähen wieder gut aus und…«

»Crispin hat *gesagt*?«, unterbreche ich, woraufhin sich Frost vor Lachen schüttelt.

»Also, er hat's aufgeschrieben«, erklärt Sturm und lässt seine Gefühle wieder hinter einer Maske verschwinden. Mist, ich finde es so schön, wenn er lächelt. »Hätte nie gedacht, dass ich das einmal sagen würde – aber lass sie bitte wieder sprechen.«

Ich seufze theatralisch und entferne dann die magischen Bänder von Arcs Stimmbändern. Sofort beginnt er zu summen. Nun ja, warum nicht. Ich wende mich an Crispin, der mich mit versteinertem Blick mustert. Er ist richtig wütend, so viel ist sicher.

»Was kriege ich, wenn ich dich wieder sprechen lasse?«

Er antwortet nicht, aber das hatte ich auch nicht erwartet.

»Vielleicht einen Kuss?«

Das ist böse von mir, ich weiß. Aber ich muss endlich seine Lippen auf meinen spüren, denn diese Verbindung zwischen uns bringt mich noch um den Verstand. Mit den anderen Dreien hat sich die Lage etwas entspannt seit … dem Regenbogen, aber mit Crispin bin ich immer noch in dem Stadium, wo ich ihm jedes Mal, wenn wir uns sehen, am liebsten die Kleider vom Leib reißen würde. Vielleicht könnte ein Kuss da Abhilfe schaffen.

Er sieht mich mit seinen blauen Augen traurig an. Dann verlässt er das Zimmer – und ich bleibe schockiert zurück. Was habe ich da nur angestellt! Das war nicht richtig von mir. Ich gebe ihm seine Stimme zurück, dann rolle ich mich voller Scham auf meinem Bett zusammen.

Epilog

BEIRA

Sie ist so erwachsen geworden, seit ich sie das letzte Mal gesehen habe. Ist nicht länger das kleine dünne Mädchen, das mich an seiner Welt teilhaben lassen wollte. Sie ist jetzt eine Frau, und ich habe sie in *meine* Welt kommen lassen. Aber ist sie bereit für das, was ich ihr auferlegen will?

Wyn sitzt auf einem Stuhl neben meinem Bett und sieht nicht gerade entspannt aus. Sie weiß immer noch nicht, wie sie mich einschätzen soll. Und dafür habe ich volles Verständnis. Ich habe sie ihr Leben lang wie eine Fremde behandelt. Wie sehr wünschte ich, ich könnte ihr sagen, dass das alles nur gespielt war. Dass ich keine andere Wahl hatte als sie wegzugeben, mich von ihr fern zu halten und meine wirklichen Gefühle vor ihr zu verbergen. Dass ich sie immer von einigen meiner Gesandten beobachten ließ, damit ihr nichts geschehe.

Aber sie hat mich gerettet, und das gibt mir die Hoffnung, dass für uns noch nicht alles zu spät ist. Vielleicht können wir uns mit der Zeit einander annähern, eine echte Mutter-Tochter-Beziehung aufbauen. Aber Zeit ist genau das, was wir nicht haben.

Dies war nicht der erste Attentäter, den Angus ausgesandt hat – und es wird nicht der letzte sein. Ich erwarte von ihm nichts anderes, es liegt in seiner Natur. Er ist der Sommerkönig. Ich bin die Winterkönigin. Er ist der Göttervater, ich bin die Göttermutter. Aber mit dem Versuch, meine Tochter zu töten, ist er zu weit gegangen. Der Angriff auf der Fähre war eindeutig sein Werk, genauso wie die Entführung davor. Aber nicht die Dämonen. Ich habe keine Ahnung, wieso da Dämonen waren, und das macht mir Angst. Selbst Angus würde so tief nicht sinken.

Ich bin mir nicht sicher, wie viel von all dem ich Wyn anvertrauen soll. Sie weiß nichts über unsere Welt, und das habe ich zu verantworten. Aber sie hat wenigstens ihre Beschützer – immerhin eine Sache, die ich richtig und gut gemacht habe. Sie werden für sie da sein, wenn ich nicht mehr bin.

Denn meine Zeit neigt sich dem Ende entgegen.

*Die Geschichte wird fortgesetzt in **Prinzessin des Winters**.*

*Und falls ihr wissen wollte, wie es Chesca nach Aodhs Tod ergangen ist, lest ihre Geschichte in **Die Rache der Dämonen** – über diesen Link kostenlos erhältlich:*
skyemackinnon.de/die_rache_der_daemonen

Wenn du über alle Neuerscheinungen auf dem Laufenden bleiben willst, abonniere meinen Newsletter:
skyemackinnon.de/newsletter

Die Autorin

Skye MacKinnon ist eine schottische Bestsellerautorin mit einer Vorliebe für fantastische Welten, keltische Mythologie und starke Heldinnen, die nicht gerettet werden müssen.

Sie wurde zwar in Deutschland geboren, ist aber inzwischen so schottisch, dass sie ihren Tee nur mit Milch trinkt, regelmäßig Haggis jagen geht und auch schon unter den ein oder anderen Kilt geschaut hat (natürlich rein zu Forschungszwecken).

Wenn sie nicht gerade in ihrem Lieblingscafé schreibt, vertilgt Skye getrocknete Mango, erkundet die schottischen Highlands und kuschelt mit ihrer winzigen Katze.

Skyes deutsche Bücher & Newsletter: **skyemackinnon.de**

Skyes englische Bücher:
(einige sind auch als Hörbuch erhältlich)
skyemackinnon.com/books

Bücher von Skye MacKinnon

Highland Shifters

Eine übersinnlicher Reverse-Harem-Serie mit einer starken Heldin und vier sexy Bären-Shiftern. Freut euch auf starke Alpha-Männer, ein episches Abenteuer, heiße Szenen, schottische Landschaften, Mythologie und ein post-apokalyptisches Setting.

Killerkatzen

Eine Urban Fantasy Reihe voller Katzen, Geheimnisse und Morde. Dies ist eine sich langsam entwickelnde Reverse Harem Geschichte, in der Kat sich nicht zwischen ihren Partnern entscheiden muss.

Starlight Highlanders: Aliens mit Kilt

Wenn ihr auf heiße außerirdische Highlander in Kilts steht, starke Frauen, die sich nicht gerne sagen lassen, was sie tun sollen, und Happy Ends, dann taucht ein in die Welt der Starlight Highlander.

Celtic Magic

Spannung, Magie und Leidenschaft gemischt mit schottischer Mythologie. Dies ist eine Reverse-Harem-Romance in der Wyn nicht nur einen, sondern gleich vier umwerfende, heiße Partner hat.